Claudia Roth-Silberberger

Die Frau, die aufs Meer schaute

novum pro

www.novumpro.com

Bibliografische Information
der Deutschen Nationalbibliothek:

Die Deutsche Nationalbibliothek
verzeichnet diese Publikation in der
Deutschen Nationalbibliografie.
Detaillierte bibliografische Daten sind
im Internet über
http://www.d-nb.de abrufbar.
Alle Rechte der Verbreitung,
auch durch Film, Funk und Fernsehen, fotomechanische Wiedergabe, Tonträger, elektronische
Datenträger und auszugsweisen
Nachdruck, sind vorbehalten.

© 2011 novum publishing gmbh

ISBN 978-3-99003-842-0
Lektorat: Silvia Zwettler
Umschlagfoto:
Janos Simonovics | Dreamstime.com
Umschlaggestaltung, Layout & Satz:
novum publishing gmbh

Gedruckt in der Europäischen Union
auf umweltfreundlichem, chlor- und
säurefrei gebleichtem Papier.

www.novumpro.com

AUSTRIA · GERMANY · HUNGARY · SPAIN · SWITZERLAND

Kapitel 1

Das Trommeln des Regens weckte mich. Mühsam öffnete ich die Augen und streckte mich. Ich schlug die weiche Daunendecke zurück und schlüpfte aus meinem kleinen, etwas durchgelegenen Hotelbett. Auf Zehenspitzen tapste ich gähnend über den kalten Schieferboden zum Fenster, zog die schweren Samtvorhänge zurück und blickte schlaftrunken hinaus. Draußen stürmte es und das tosende Meer glich einem schwarzen, zornigen Riesen, dessen salzige Zunge bedrohlich an der Küste leckte. Die Wellen schlugen mit weißen Schaumkronen gegen das Land und schienen es verschlingen zu wollen. Der Himmel hing bleiern schwer über dem kleinen Küstenort, in den es mich gestern Nacht verschlagen hatte. Mein Blick schweifte über die kleinen, dicht aneinandergereihten, weiß getünchten Häuschen, die sich dem Sturm zum Trotz zusammenzukauern schienen. Das vom böenhaften Wehen des Windes verursachte Läuten der Glocke von der kleinen, verfallenen Kapelle am Hügel gab dem Morgen etwas Mystisches. Die Straßen waren menschenleer und der Anblick der festgezurrten, jedoch mit den Wellen auf und nieder schaukelnden grauen Fischerboote war genauso deprimierend wie ich selbst. Ich wollte mich schon abwenden und ins Bett zurückschlüpfen, als mein Blick an einer Gestalt am Ende des Piers hängen blieb. Eine schwarze, zierliche Silhouette in einem wehenden Kapuzenmantel stand unbeweglich da und starrte aufs Meer. Der Sturm zerrte an dem Umhang, die hervorsprühende Gischt schien diese Gestalt wie im Nebel verschwinden zu lassen, doch regungslos und starr blieb sie fest verankert mit dem Pier. Fasziniert blieb ich einige Minuten am Fenster stehen, die Stirn an das kalte Glas gelehnt und beobachtete diese seltsame Szenerie. *„Eigenartig"*, dachte ich, *„wer stellt sich denn bei solch einem Wetter an den Pier. Verrückte Leute gibt es."* Kopfschüttelnd wandte ich mich ab und ging ins Bad. Das heiße Wasser der Dusche lief wohlig an mir herab und erweckte meine Lebensgeister.

Ein paar Tage zuvor beschloss ich kurzfristig eine Woche Urlaub zu machen. Raus aus dem Alltag, raus aus der kleinen Wohnung, die ich erst vor Kurzem bezogen hatte, weg von den Übersiedlungskartons und den halb ausgepackten Taschen. Einfach ans Meer fahren, abschalten und versuchen die Trennung von Mark, die mir noch tief in den Knochen steckte, zu verarbeiten. Mark. Er fehlte mir, aber eigentlich wusste ich gar nicht, warum. Unsere Beziehung war doch am Ende nur noch ein Aufrechterhalten von Gefühlen, Träumen und Vorstellungen gewesen, die längst nicht mehr vorhanden waren. Ich wusste nicht, ob er mir fehlte oder nur das vertraute Gefühl, in einer Beziehung zu sein. Einen geregelten Alltag zu haben, auch wenn dieser im Grunde langweilig und eintönig war. Die Sicherheit, zu zweit zu sein, obwohl ich mich im tiefsten Inneren immer mehr allein fühlte. Das Lachen war verhallt, die Leichtigkeit unserer Beziehung war einer schmerzenden Gleichgültigkeit gewichen. Immer öfter stritten wir wegen Nichtigkeiten oder schwiegen uns an. Trotzdem hatte ich das Gefühl, diese große Liebe kann doch nicht einfach so vorbei sein, es muss doch wieder so werden wie am Anfang. Ich fing an zu funktionieren, in der Hoffnung, von Mark wieder diese Aufmerksamkeit und Liebe zu bekommen, die mich am Anfang unserer Beziehung auf Wolken schweben ließ. Dass nach jedem Streit oder nach Tagen des eisigen Schweigens jedes Mal ein kleines Stück in meinem Herzen in Tausend Stücke zersprang, hatte ich immer verdrängt und beschönigend abgetan. Nun war es vorbei. Endgültig. Und diese Endgültigkeit hing wie ein dicker Kloß in meiner Kehle. *„Aber warum bin ich wirklich so traurig? Wegen Mark und der gescheiterten Liebe, die keine mehr war, oder nur aus Selbstmitleid und Angst vor dem Alleinsein? Ich weiß es nicht, ich weiß es wirklich nicht",* dachte ich und hoffte, mir in dieser Woche über einiges klar zu werden.

Kapitel 2

„Guten Morgen, ich bin Mark. Ich bin spät dran, also lass uns fahren!" Nach diesen knappen Worten kehrte er auf dem Absatz um und lief zu seinem Auto zurück. Etwas verdutzt blieb ich kurz im Türrahmen stehen. *„Nicht gerade die anständigste Art, sich vorzustellen und sich für 40 Minuten Verspätung zu entschuldigen"*, dachte ich. *„Komischer arroganter Typ, na, das kann ja heiter werden."* Mark war bereits eingestiegen und wartete mit versteinerter Miene, bis ich am Beifahrersitz Platz genommen und mich angeschnallt hatte.

Mark und ich waren unbekannterweise miteinander verabredet. Wir waren beide zur Hochzeit von Cylia und Rolf eingeladen. Rolf war nicht nur mein Arbeitskollege, sondern mit der Zeit auch ein guter Freund und Vertrauter geworden. Mark war der Lieblingscousin von Cylia. Da meine Wohnung auf dem Weg lag und ich mangels eines Autos Schwierigkeiten gehabt hätte, zu den Feierlichkeiten zu kommen, arrangierte Rolf kurzerhand diese Fahrgemeinschaft mit Mark. Ursprünglich war ich froh über diese angenehme Art der Anreise, aber mein erster Eindruck von Mark ließ mich daran zweifeln, ob die 2 ½-Stunden-Fahrt tatsächlich ein Vergnügen werden sollte.

Meine anfänglichen Versuche, etwas Konversation zu machen, scheiterten kläglich in erschöpfenden Antworten wie „Ja", „Nein", „Kann sein", „Nein, kenne ich nicht", etc. Ich wollte eine weitere Frage stellen, kam jedoch nicht über die ersten drei Silben hinaus, denn Mark unterbrach mich unwirsch.

„Hör zu, ich bin ein Morgenmuffel, ich hab verschlafen, bin leicht verkatert und am Weg zu dir war Stau, drum ist das Letzte, was ich jetzt gebrauchen könnte, sinnloser Small Talk, der keinen interessiert."

Peng, das hatte gesessen. Dann eben nicht. Ohne ein Wort zu erwidern, drehte ich den Kopf zum Fenster und betrachtete die vorbeiziehende Landschaft.

„Hoffentlich ist der Typ nicht auch noch mein Tischnachbar", ging es mir durch den Kopf und ich versuchte den Gedanken daran, den ganzen Abend neben einem unfreundlichen, arroganten Muffel zu sitzen,

abzuschütteln. Trotzdem konnte ich nicht umhin, ab und zu verstohlen Mark zu mustern. Sein aschblondes Haar war kurz geschnitten und mit Gel in Form gebracht, sein Profil war sehr markant, vor allem die schmale scharf geschnittene Nase erinnerte an griechische Statuen. Seine graublauen Augen mit den dichten dunklen Wimpern sahen unter den schön geschwungenen Brauen kalt aus. Die schmalen Lippen verliehen seinem Gesicht einen harten Ausdruck. Mark war groß und von stattlicher Figur, mit breiten Schultern und einem extrem aufrechten Gang. Seine Hände waren kräftig mit langen Fingern und mit, wie es schien, frisch manikürten Fingernägeln.

„*Eigentlich ein sehr attraktiver Mann, wenn er nicht so unsympathisch wäre. Schade*", dachte ich und widmete meine Aufmerksamkeit wieder der vorbeiziehenden Landschaft. „*Ob er im Bett auch so muffig und stocksteif ist?*", schoss es mir durch den Kopf und ich musste bei der Vorstellung daran schmunzeln. Wieso dachte ich als Erstes bei diesem Mann an Sex? Vielleicht weil er gerade so unnahbar und unerreichbar schien und mein Kampfgeist erwachte? Ich ließ meiner Fantasie freien Lauf und schon verführte ich ihn in Gedanken nach allen Regeln der Kunst einer liebestollen Sexgöttin.

„Was gibt's zu lachen?"

„Was, wie bitte?"

„Du hast laut gelacht und ich wüsste gern, was es zu lachen gibt."

Nach eineinhalb Stunden Schweigen rissen mich seine Worte aus meinen sexuellen Tagträumen. Ich spürte, wie mir die Röte ins Gesicht stieg.

„Ach, nichts, äh, mir ist nur gerade eine witzige Begebenheit von letzter Woche wieder eingefallen."

„Aha", grummelte er und hüllte sich wieder in Schweigen. Ich machte auch nicht den geringsten Versuch, irgendeine Geschichte zu erfinden, und war froh, dass Mark nicht weiter nachfragte.

Endlich erreichten wir unser Ziel. Eine kleine Kapelle in einem romantischen Dörfchen am Land, wo die Trauung und anschließend das Hochzeitsfest stattfinden sollten. Die Hochzeitsgesellschaft war bereits vollständig versammelt und stand in kleinen Gruppen plaudernd und lachend vor dem Eingang der Kirche. Die meisten Damen trugen ausgesprochen extravagante Hüte zu ihren klassischen Chanelkostümen oder gerüschten, plissierten, gerafften, halb durchsichtigen, pompösen Designerkleidern. Auch wallende Federboas oder ausgefallener Schmuck war zu bewundern. Die Herren glänzten durchwegs in Smokings und polierten Schuhen. Irgendwie unpassend zu der ländlichen Kulisse, aber in der Einladung stand ausdrücklich festliche Kleidung und schließlich gehörte man zur Gesellschaft.

Eine Gesellschaft, aus der nur Cylia kam. Rolf war in vielen Augen der Anwesenden nicht standesgemäß, aber dieser Umstand wurde nur hinter vorgehaltener Hand geäußert.

Ich selbst trug ein schlichtes silbergraues, eng anliegendes Seidenkleid mit zarten strassbesetzten Spaghettiträgern und einem tiefen v-förmigen Ausschnitt. Die Seide fiel bis an die Knöchel hinab, wobei die Rückseite etwas länger in einer angedeuteten Schleppe endete. Ein Schlitz bis zu meinem linken Knie gewährte mir etwas Beinfreiheit. Meine silbernen Riemchenstilettos, die ebenfalls mit Strasssteinen besetzt waren, passten perfekt zum Kleid. Eine Stola aus dem gleichen Seidenstoff rundete das Bild ab. Meine Haare trug ich zu einer Banane hochgesteckt mit kleinen Perlen darin. Ich fühlte mich schön, stark und selbstbewusst, eine Singlefrau, die mit beiden Beinen im Leben steht und heute umwerfend aussah. Ich freute mich auf die Feier, den Small Talk, auf das Tanzen und Flirten.

Rolf stürzte mit hochrotem Kopf auf uns zu und begrüßte uns stürmisch.

„Gott sei Dank, ich dachte schon, ihr kommt nicht. Mein Gott, in 5 Minuten geht es los und ich könnte mich vor Aufregung übergeben. Mark, du kostest mich meine letzten Nerven. Schließlich bist du mein Trauzeuge und verantwortlich für einen reibungslosen Ablauf der Hochzeitsfeier. Wieso kommst du so spät?! Die Gäste sollten schon längst in der Kirche Platz genommen haben und …"

„Ja, ja, reg dich wieder ab. Ich bin ja jetzt da. Also, geh du schon mal vor an deinen Platz am Altar und ich scheuche inzwischen die anderen rein."

Verwundert über Marks stoische Ruhe und Gelassenheit beobachtete ich, wie er mit einem freundlichen Lächeln hier und dort Hände schüttelte, ein paar Worte wechselte und mit ausschweifenden Armbewegungen die Gäste in der Kirche zum Platznehmen animierte.

„So, so, er kann also doch lächeln", dachte ich und stöckelte über den Kiesweg hinterher. In der Mitte der Kapelle gelang es mir, einen

Platz am Mittelgang zu ergattern. Beste Sicht. Kein übermäßig großer Hut vor mir.

Rolf stand in seinem perfekt geschneiderten Stresemann am Altar und trat von einem Bein auf das andere. Kleine Schweißperlen bildeten sich auf seiner Stirn und unter seiner Nase. Immer noch hochrot im Gesicht blickte er nervös zum Kirchenportal in Erwartung seiner Braut. Mark stand nun neben ihm und verzog keine Miene. Er war einen guten Kopf größer als Rolf und auch um einiges schlanker.

„Er sieht wirklich gut aus, wirklich, wirklich gut", seufzte ich in Gedanken, aus denen ich durch die einsetzende Orgelmusik gerissen wurde. Cylia stand am Arm ihres Vaters am Eingang und wartete auf das Zeichen des Pastors. Langsam wurde sie zum Altar geführt, wobei ihr spitzenbesetztes Kleid mit der langen durchwirkten Schleppe bei jedem Schritt raschelte. Ihr Gesicht war von einem hauchdünnen Schleier verhüllt, welcher an einem diamantenen Diadem befestigt war. Rolf schwitzte noch mehr und ich meinte ein leichtes Zittern seiner Hände zu beobachten.

Am Altar angekommen schlug Cylias Vater den Schleier zurück, küsste seine Tochter auf die Stirn und übergab sie an Rolf. Cylia war hochgewachsen und hatte etwas Feenhaftes, was durch das zarte Hochzeitskleid noch unterstrichen wurde. Sie waren ein ungleiches Paar. Nie zuvor war mir der Unterschied zwischen den beiden so bewusst geworden wie in dem Augenblick, als Cylia neben Rolf ihren Platz am Altar einnahm. Rolf, der etwas untersetzte bodenständige Kumpeltyp mit beginnender Glatze und braunen gutmütigen Augen, und Cylia, die grazile aristokratische kühle Schönheit. Allen äußerlichen Widrigkeiten zum Trotz und entgegen den Vorurteilen von Cylias Familie standen sie nun heute hier und besiegelten ihre Liebe. Oftmals, wenn wir in der Firmenkantine zusammen Mittag aßen, schwärmte er mit verklärtem Blick von Cylia und dass er es kaum glauben könnte, dass sich so eine Frau in ihn verlieben konnte. Ich beneidete ihn fast, es war schön, jemanden so verliebt zu sehen. Ich genoss zwar mein Singleleben und fühlte mich wohl in meiner Haut, aber ab und zu sehnte ich mich doch nach dem Gefühl, geliebt und begehrt zu werden. Nach einer starken Schulter, nach Geborgenheit und Zärtlichkeit.

Die Zeremonie lief wie in einem Film an mir vorbei, meine Gedanken schweiften ab. Ich sah mich selbst in einem prächtigen Kleid vor dem Altar stehen und neben mir den strahlenden Ritter, der nur mich liebte und feierlich zu seiner Frau machte.

Ich ertappte mich dabei, dass ich Mark unentwegt anstarrte, intensiv beobachtete. Seine edlen markanten Züge, seine durchdringenden Augen und vor allem das wunderschöne, verführerische Lächeln mit einer Perlenkette perfekter Zähne. Die Art, wie er sich bewegte, männlich und stark, unabhängig und selbstsicher, faszinierte und erregte mich. In meinem Bauch stellte sich ein nervöses Kribbeln ein.

„*Quatsch*", dachte ich. „*Spinn jetzt nicht. Der gute Mann zeigt nicht das geringste Interesse an dir. Im Gegenteil, nicht nur dass er überheblich und unfreundlich ist, er beachtet dich nicht einmal. Also, was soll das eigentlich?*", schimpfte ich mich selbst und versuchte mich wieder auf die Zeremonie zu konzentrieren.

Kapitel 3

Ich drehte den Duschhahn zu und hüllte mich in ein übergroßes Badetuch. Im Zimmer war es kühl und ich fröstelte ein wenig. Schnell schlüpfte ich in meine Lieblingsjeans, T-Shirt und einen kuscheligen Sweater. Mein Magen knurrte und ich sehnte mich nach einem heißen Kaffee. Ich sprang die knarrende Holztreppe hinunter und setze mich in den kleinen, gemütlichen Frühstücksraum der Hotelpension. Der Raum bestand aus zwei mit gehäkelten Spitzendeckchen dekorierten Esstischen, umrahmt von massiven Holzstühlen, auf dessen Sitzflächen abgewetzte Brokatpolster lagen. Im offenen Kamin flackerte ein munteres Feuer, welches das Zimmer in ein warmes Licht tauchte. Auf der Anrichte und den Teetischchen, die neben den schweren Polstersesseln am Kamin standen, waren liebevoll kitschige Seidenblumengestecke in derben Zinnvasen drapiert.

Ich seufzte und schaute gedankenverloren aus dem kleinen mit Spitzenvorhängen versehenen Fenster, als mich die Stimme der Wirtin aufschrecken ließ.

„Ach Kindchen, da sind Sie ja. Ich dachte schon, Sie bleiben bei diesem Wetter den ganzen Tag im Bett. Ja, ja, das Wetter an der Küste kann manchmal ganz schön rau sein. Wir sind das hier natürlich gewöhnt, aber für Sie, als Mädchen aus der Stadt, ist das schon recht ungewöhnlich. So, Kindchen, jetzt kriegen Sie mal ein ordentliches Frühstück, damit Sie zu Kräften kommen. Sie sind ja ganz blass um die Nase." Lächelnd drehte sie sich um und verschwand in der Küche. Die Wirtin war eine ältere, etwas mollige Dame mit zu einem Dutt hochgesteckten Zopf und roten Wangen. Ihre fröhlichen Augen wurden von tiefen Lachfalten umrahmt und strahlten etwas Mütterliches und Weises aus. Ich fühlte mich wohl in ihrer Gegenwart, ich hatte das Gefühl, geborgen zu sein.

Keine fünf Minuten später stand ein üppiges Frühstück vor mir. Der Kaffee dampfte wohlriechend in der Porzellantasse, die Croissants dufteten süß und das Rührei mit kross gebratenem Speck ließ mir das Wasser im Mund zusammenlaufen. Der erste Schluck vom

Kaffee lief angenehm warm durch meine Kehle. Ich schloss die Augen und genoss diesen Augenblick.

„So, Kindchen, jetzt erzählen Sie mal! Was verschlägt Sie denn zu dieser Jahreszeit in unsere Gegend?" Mit diesen Worten ließ sie sich mir gegenüber auf den Sessel fallen und strich ihre Kleiderschürze zurecht.

„Ach, ich wollte nur ein paar Tage Urlaub machen, ein bisschen abschalten …", erwiderte ich schwach.

„Ausgerechnet hier und bei diesem Wetter?"

Ich schwieg, schlug meine Augen nieder und nahm noch einen Schluck Kaffee.

„Aber Kindchen, Sie essen ja gar nicht richtig. Ich habe doch noch extra einen Apfelkuchen gebacken." Augenzwinkernd verließ sie das Zimmer und kehrte einen Moment später mit einem wunderbar duftenden, noch leicht dampfenden Kuchen sowie zwei Desserttellern zurück.

„So, Kindchen, das wird Ihnen schmecken. Ist ein Rezept meiner Großmutter und bekannt dafür, Sorgen vergessen zu lassen. Ich werde mir auch ein Stück genehmigen", sagte sie lächelnd und schnitt uns jeweils ein großes Stück des Kuchens ab.

„Vielen Dank, Frau … äh, Verzeihung, ich hatte gestern Abend Ihren Namen gar nicht mitbekommen …"

„Nennen Sie mich Millie, das machen alle so. Einfach Millie. Wissen Sie, Kindchen, ich lebe seit meiner Geburt in diesem Dorf und hier kennt einfach jeder jeden. Und jeder bietet Hilfe, wenn es einem einmal nicht gut gehen sollte. Ja, ja, so ist das eben am Land. Wir haben auch keine Geheimnisse voreinander; also was ist Ihr großes Geheimnis, über das Sie nicht sprechen wollen?"

Schockiert von ihrer direkten, fast plumpen Art verschluckte ich mich an einem Stück Apfelkuchen. Hustend und mit Tränen in den Augen rang ich nach Luft.

„Aber, aber ich habe doch gar kein Geheimnis, ich …", krächzte ich, „ich will doch nur ein paar Tage Urlaub machen."

Millie legte den Kopf zur Seite und betrachtete mich eingehend.

„Kindchen, ich bin vielleicht schon alt und wunderlich, aber ich sehe doch, wenn jemand unglücklich ist. Und Sie sind es. Ich weiß, das geht mich alles nichts an, aber vielleicht hilft es ja manchmal, mit jemandem darüber zu sprechen."

Ich nickte nur stumm und Tränen stiegen mir in die Augen.

„Wer ist der Kerl, der Sie so unglücklich macht?"

Wieder ließ mich ihre Direktheit staunen. Ich sah sie lange an, meine Gedanken überschlugen sich. Schließlich antwortete ich.

„Ich glaube, ich selbst."

Kapitel 4

Es war ein rauschendes Hochzeitsfest. Alle tanzten, lachten und die Schlacht am Buffet war an Gier kaum zu übertreffen. Einige Damen der sogenannten Gesellschaft hatten bereits nach dem Aperitif zu viel Champagner getankt und fielen mit laut losbrausendem Gelächter und peinlichen Annäherungsversuchen bei alleinstehenden männlichen Hochzeitsgästen auf. Ich beobachtete süffisant lächelnd dieses Szenario und fand es äußerst amüsant, wie die Opfer der Begierde ihren auf zu hohen Stöckeln dahinwankenden Jägerinnen zu entrinnen suchten. Rolf warf mir gelegentlich verzweifelt Hilfe suchende Blicke zu. Schließlich war ich mit Ausnahme von Joe, seinem besten Freund, die Einzige „seiner" Hochzeitsgäste. Der Rest der fast 150 Personen kam aus dem Lager von Cylia. Beschwichtigend zwinkerte ich ihm zu und entführte ihn auf die Terrasse des Hotels.

„Rolf, was ist denn los? Es läuft doch alles wunderbar. Du bist mit deiner Traumfrau verheiratet, alle amüsieren sich, also entspann dich und genieß die Feier."

„Meinst du wirklich, aber du siehst doch, dass gewisse Personen sich, na wie soll ich sagen, … peinlich benehmen."

„Na und, das ist doch normal an Hochzeiten, was machst du dir Sorgen. Außerdem sind das alle – verzeih mir – Leute von Cylia. Du und Cylia seid doch heute die Hauptpersonen, also was kümmert es dich, ob manche Gäste bereits zu viel getrunken haben oder etwas – na ja – aus der Reihe tanzen?"

„Ja, aber du verstehst nicht, ich … Du hast ja recht, ich sollte meine Komplexe gegenüber Cylias Kreisen ablegen."

„So gefällst du mir, also, jetzt geh rein, schnapp dir deine Braut und feiere deinen ‚schönsten Tag'!"

Rolf drückte dankbar meine Hand und verschwand im Festsaal.

Der Himmel war sternenklar, die Nacht war angenehm warm. Ich blieb noch einen Moment auf der Terrasse und atmete die laue Nachtluft tief ein. Der Abend war bis jetzt wirklich gut verlaufen, abgesehen davon, dass Mark tatsächlich mein Tischnachbar war und auch genauso gesprächig wie im Auto. Während er mit anderen Damen charmante Gespräche führte oder tanzte, ignorierte er meine Anwesenheit komplett. Ich schien gar nicht zu existieren.

„Mann!", dachte ich ein bisschen ärgerlich, „der ist nicht ganz richtig im Kopf. Ich habe doch gar nichts getan, dass er mich so ablehnt." Ich beschloss, mich nicht weiter zu ärgern, Mark Brennan endgültig aus meinen Gedanken zu streichen und mich den um einiges kommunikativeren und charmanteren Herren der Hochzeitsgesellschaft zu widmen.

Gegen vier Uhr früh ließ ich mich auf mein Hotelbett fallen und streifte meine durchgetanzten Stilettos von den schmerzenden Füßen. Ich pfiff vor mich hin, als das Badewasser einladend vor sich hin plätscherte und der Duft des Badeöls verführerisch im Raum hing. Ich öffnete die Minibar.

„Ah, Champagner, perfekt. Der krönende Abschluss eines schönen Abends." Ich glitt in die Wärme des dampfenden Wassers und prostete mir selbst zu. Genüsslich nippte ich an meinem Glas, schloss die Augen und ließ in Gedanken den Tag Revue passieren. Schmunzelnd musste ich an Kirk denken, der den ganzen Abend lang kaum noch von meiner Seite wich. Ein eher unscheinbarer, etwas schüchterner Mann mit blondem raspelkurzem Haar, der jedes Mal errötete, wenn ich ihn anlachte. Er war äußerst galant und obendrein ein sehr guter Tänzer, was ich ihm gar nicht zugetraut hätte. Kirk war es auch, der sich anbot, mich am Morgen zurück in die Stadt zu bringen. Ich nahm dieses Angebot gerne an, denn ich hatte beim besten Willen keine Lust, nochmals zweieinhalb Stunden schweigend neben diesem unfreundlichen Mark zu sitzen, Bauchkribbeln zu haben und darüber nachzudenken, warum er so abweisend mir gegenüber war.

Ich leerte den letzten Tropfen des Glases und stieg aus der Wanne. Angenehm müde schlüpfte ich unter die Decke und schlief sofort ein.

Gegen 11 Uhr traf sich die Hochzeitsgesellschaft nochmals zum Brunch. In bequemer Freizeitkleidung und mit offenen Haaren traf ich im Frühstücksraum ein. Am Buffet tummelten sich bereits die ersten Gäste, heiteres Plaudern erfüllte den Raum. Kaum trat ich durch die Tür, kam ein strahlender, wenn auch wieder etwas errötender Kirk auf mich zugelaufen.

„Guten Morgen, ich hoffe, du hast gut geschlafen", sagte er schüchtern. „Ich habe einen Platz für dich an dem Tisch dort drüben reserviert und mir erlaubt, bereits einen Kaffee für dich zu bestellen. Ich hoffe, das ist in Ordnung", sagte Kirk und wies mir mit einer galanten Handbewegung den Weg.

„Guten Morgen, Kirk", erwiderte ich lächelnd, „ich habe glänzend geschlafen und frischer Kaffee ist jetzt genau das Richtige für mich." Ich setzte mich an den runden Tisch und nahm einen großen Schluck des heißen schwarzen Getränks.

„Darf ich dir etwas vom Buffet holen?", fragte Kirk.

„Danke, das ist nett, aber das schaffe ich schon selber."

Nach der zweiten Tasse Kaffee stand ich auf, schlenderte am Buffet entlang und sondierte das reichhaltige Angebot. Es gab alles, was das Herz begehrte, Eier mit Speck, Schinken, Würstchen, Käse, Lachs und Kaviar, Torten, Kuchen, Marmelade, Müsli, verschiedene Fruchtsäfte und Champagner. Ich lud mir gerade Eier mit Speck auf meinen Teller, als mich eine dunkle Stimme hinter mir aufschreckte.

„Morgen."

Ich drehte mich um und sah in die graublauen Augen von Mark.

„Guten Morgen", erwiderte ich verdutzt, aber in dem Augenblick hatte sich Mark bereits wieder abgewendet. Ich kehrte an meinen Tisch zurück, genoss mein Frühstück und unterhielt mich angeregt mit Kirk und den anderen Tischgästen, wobei mich plötzlich das Gefühl beschlich, beobachtet zu werden. Instinktiv drehte ich mich um und bemerkte, dass es Mark war, der mich betrachtete. Blitzschnell drehte er sich weg.

„*So, so*", dachte ich, „*ich werde also von Mark beobachtet oder bilde ich mir das nur ein?*"

Ich verwarf jeden weiteren Gedanken an Mark und widmete mich wieder meinem Frühstück. Als ich aufsah und in Richtung Buffet schaute, kreuzten sich wieder unsere Blicke.

„*Himmel, diese Augen! Wie kann man nur so schöne Augen haben? Und wieso starrt er mich an, wo er mich doch gestern nicht einmal bemerkt hat?*" Wieder spürte ich ein Kribbeln in meinem Bauch. Eine eigenartige Faszination erfasste mich. „*Was ist denn los mit mir? Warum bin ich denn so nervös? Nur weil mich ein Mann ansieht?*" Ich konnte mir meine Nervosität nicht erklären; was war das Geheimnis dieses Mannes, das mich so schwach werden ließ?

Gedankenverloren nippte ich an meinem Orangensaft, als Mark plötzlich vor mir stand.

„In 10 Minuten fahre ich zurück; wenn du mitkommen willst, dann sei pünktlich beim Auto!"

Für einen kurzen Moment schaute ich ihn entgeistert an, bevor leiser Ärger in mir aufstieg.

„Na dann gute Fahrt. Ich habe einen anderen ‚Chauffeur' gefunden", antwortete ich schnippisch und wandte mich lächelnd Kirk zu. Mark stand noch einen Augenblick regungslos vor mir und sagte kein Wort. Schließlich zuckte er mit den Schultern und ging.

„Arrogantes Arschloch. Was glaubt der Typ eigentlich?"

Etwas aufgewühlt goss ich mir noch eine Tasse Kaffee ein. Gleichzeitig schweiften meine Augen wehmütig Richtung Ausgang und ich erhaschte noch einen letzten Blick auf Mark, wie er mit festem Schritt den Raum verließ. Und plötzlich spürte ich ein neues Gefühl in mir aufkeimen.

Kapitel 5

Da stand sie wieder. Die dunkle Gestalt mit dem wehenden Kapuzenumhang. Wieder am Ende des Piers, unbeweglich, den Blick aufs Meer gerichtet. Es war der zweite verregnete Morgen seit meiner Ankunft in dem kleinen Fischerdorf. Wieder war der Himmel grau und verhangen. Das Meer war ruhig, jedoch bedrohlich finster und es erschien mir wie ein düsteres Grab. Möwen flogen kreischend über dem Hafen und ließen sich elegant auf den halb morschen Pfählen nieder. Außer der Gestalt am Pier war wieder niemand zu sehen. Ein trostloses Bild. *„Wer war das? Was machte sie dort?"* Ich konnte nicht erklären, warum, aber ich musste diesem Rätsel auf den Grund gehen.

Am Tag davor ging ich nach dem Frühstück, dick eingemummt in meinen Anorak, Schal und Haube, auf Erkundungstour durchs Dorf. Nur wenige Leute waren bei dem schlechten Wetter auf der Straße, die wenigen, die ich antraf, begegneten mir freundlich, jedoch auch recht reserviert. Der Ort war nicht groß und daher hatte ich bald alles gesehen. Schließlich entdeckte ich einen kleinen Pfad, der in der einen Richtung auf den Hügel zu der halb verfallenen Kapelle führte und in der anderen runter an die Strandpromenade. Ich entschloss mich an diesem Tag den Weg zur Kapelle zu nehmen. Ich war ganz allein mit mir, meinen Gedanken und der unwirtlichen rauen Landschaft. Der Wind blies mir ins Gesicht und ließ meine Augen tränen. Als ich an der Kapelle angekommen war, bot sich mir ein unbeschreiblicher Ausblick. Vor mir lag die zerklüftete, graue Felsküste, die sich in Richtung Dorf in einen halbmondförmigen Sandstrand verlief. Eingebettet lagen die kleinen Häuser wie in einer Sichel, geschützt vor dem tobenden Meer, bevor sich am Ende des Sandstrandes wieder riesige Felsformationen auftürmten. Mein Blick schweifte auf das offene Meer. Unendlich erschien es mir. So unendlich wie die Leere, die ich in diesem Augenblick in mir fühlte. Ich wandte mich ab und öffnete zaghaft die schwere, wurmstichige, mit rostigen Verschlägen versehene Holztür. Ich betrat die kleine Kapelle und musste mich erst an das diffuse, rauchgeschwängerte Licht gewöhnen. Es roch nach Kerzen und Weihrauch, altem Holz und feuchtem Gemäuer. Vor dem einfachen Altar mit dem schlichten Holzkreuz flackerten zwei große, halb heruntergebrannte Kerzen. Auch in der Nische, in welcher man Kerzen für Verwandte, Freunde oder Verstorbene entzündet, waren diese zum Teil heruntergebrannt oder bereits erloschen. Das erkaltete Wachs war zu bizarren Gebilden erstarrt. Eine feine Staubschicht bedeckte den Kerzentisch, wie auch alles andere in dieser Kapelle. Meine Schritte hallten auf dem unebenen, durch Tausende von Fußtritten geformten Marmorboden. Ich setzte mich auf eine der kargen Holzbänke, als mein Blick auf eine weitere Nische fiel, die sich versteckt hinter einer schmalen Säule befand und beim Betreten der Kapelle nicht zu sehen war. Ich stand auf und ging hinüber. Diese Nische unterschied sich vom Rest des Inventars. Vor einer zierlichen Madonnenstatue brannte eine frische Kerze, eine weiße Rose lag daneben. Kein einziger Wachstropfen klebte auf dem polierten Mahagonitischchen und das spitzenbesetzte Tuch war blütenweiß. Diese kleine liebevoll gepflegte Nische umgab eine unerklärliche Traurigkeit.

„*Wer das wohl sein mag, der an diesem sonst so verwahrlosten Ort so viel Liebe und Hoffnung zelebriert?*", schoss es mir durch den Kopf und ein Gefühl von Mitleid gepaart mit Neugierde kam in mir auf. Ich blickte auf die Uhr. Es war bereits nach fünf Uhr und es würde sicher bald dunkel werden. Ich sollte mich auf den Weg machen. Als ich die Kirchentür öffnete, regnete es in Strömen, der Wind hetzte schwarze Wolken über den dämmrigen Himmel. Ich knöpfte meine Jacke zu und lief den schmalen Weg zum Dorf hinunter. Der Regen nagelte in mein Gesicht, der Wind raubte mir fast den Atem. Erschöpft und durchnässt erreichte ich endlich die Pension. Keuchend stand ich in der Diele und schälte mich aus dem nassen Anorak und den durchweichten, mit Lehm bedeckten Schuhen.

„Ach, Kindchen, da sind Sie ja!", hörte ich die freundliche Stimme von Millie rufen.

„Gott sei Dank, ich habe mir schon Sorgen gemacht. Ach du meine Güte, Sie sind ja pitschnass. Jetzt aber schnell ab in Ihr Zimmer. Sie ziehen sich trockene Sachen an und dann wärmen Sie sich am Kamin auf. Ich setze inzwischen den Kessel für eine richtig schöne heiße Tasse Tee auf."

„Ja, das wäre fein. Danke. Ich bin gleich wieder zurück", erwiderte ich, während ich fröstelnd die Treppen zu meinem Zimmer hinaufstieg. Ich warf meine restliche Kleidung auf den Boden und sprang in die Dusche. Das heiße Wasser ließ meine Haut rot anlaufen und pulsieren. Ich trocknete mich schnell ab, föhnte kurz durch meine Haare und streifte einen bequemen Frotteehausanzug und dicke Socken über. „*Gott!*", dachte ich. „*Wenn Mark mich so sehen würde.*" Mark hasste meine Winterkuschelkleidung, in der ich mich so wohl und warm fühlte. „Musst du immer dieses unvorteilhafte Unikum anziehen, du siehst ja aus wie deine eigene Großmutter?!", pflegte er dann in einem verächtlichen Ton zu sagen. „Aber sonst ist mir kalt und ich fühle mich wohl darin", erwiderte ich meist trotzig, was bei Mark nur ein angewidertes Achselzucken hervorrief.

Aber heute war Mark nicht hier, er war überhaupt nicht mehr in meinem Leben, also warum sollte ich ein schlechtes Gewissen haben, wie ich es so oft in seiner Gegenwart gehabt hatte. Ich schlüpfte in bequeme Hausschuhe, lief die Treppe runter und schmiegte mich mit angezogenen Beinen in einen der großen Ohrensessel, die vor dem Kamin standen. Das knisternde Feuer verbreitete eine angenehme Wärme.

„So, da bin ich wieder. Ich habe uns Tee, ein paar Kekse und, wie es bei uns so üblich ist, einen kleinen Seelenwärmer mitgebracht", zwitscherte Millie, als sie das Tablett auf das kleine Tischchen stellte.

„Seelenwärmer?", fragte ich.

„Aber natürlich, meine Liebe, einen Seelenwärmer … einen kleinen Whisky", kicherte sie, drückte mir einen Cognacschwenker aus Bleikristall in die Hand und prostete mir aufmunternd zu. Sie selbst stürzte den Inhalt in einem Zug hinab.

„Ah, das tut gut, nicht wahr?"

Ich setzte das Glas an meine Lippen und nahm einen kleinen Schluck. Mit einem leichten Brennen rann das Getränk meine Kehle runter und wärmte mich innerlich. Ich schloss die Augen und genoss die in mir aufsteigende Wärme.

„Sie haben recht, das tut wirklich gut", erwiderte ich und leerte den Rest des Glases. Millie goss uns Tee ein und füllte erneut unsere Gläser. Genüsslich knabberte sie an einem Keks.

„So, jetzt erzählen Sie mal, wie war Ihr Tag? Was haben Sie in unserem idyllischen Dörfchen alles unternommen?", schmatzte sie, indem sie sich einen Krümel von den Lippen wischte.

„Ach, nichts Besonderes. Zuerst habe ich mich etwas umgesehen und in den Läden herumgestöbert. Dann spazierte ich zu der kleinen Kapelle auf den Hügel. Eine beeindruckende Aussicht hat man von dort oben."

Wissend nickte sie und schaute mich erwartungsvoll an.

„Wird die Kapelle eigentlich nicht mehr genutzt? Sie schien mir so verlassen und auch etwas verkommen."

„Sie haben recht, die Kapelle wird nur noch …", sie hielt einen Moment inne und mir kam vor, sie rang erschrocken nach Worten, „… von ganz wenigen im Dorf besucht. Vor vielen Jahren wurde die Kirche am Dorfplatz gebaut und es werden nur noch dort Messen abgehalten. Der Investor, der die Kirche bauen ließ, und der Pfarrer, der den guten alten Pater Braun ablöste, hatten darauf bestanden, dass …", endete sie abrupt und biss sich auf die Lippen. Betreten blickte sie zur Seite.

„Ein Investor?", fragte ich ungläubig.

„Seit wann werden Kirchen von einer Privatperson finanziert? Worauf hatten die Herren bestanden? Warum wurde eine neue Kirche gebaut und nicht einfach die Kapelle renoviert?"

Millie antwortete nicht. Sie leerte ihr Glas in einem Zug und nestelte nervös an ihrer Kleiderschürze.

„Ach mein Gott, ich habe da ja noch was im Ofen", rief sie plötzlich aus und verschwand in der Küche.

„Wo bin ich da nur gelandet?", fragte ich mich kopfschüttelnd. *„Irgendwie eigenartig ist das hier. Aber ach, was soll's."* Ich legte meinen Kopf zurück und starrte müde in die Flammen.

Beim Abendessen versuchte ich nochmals das Thema von der Kapelle, dem Investor und der neuen Kirche anzuschneiden, doch Millie wich meinen Fragen eisern aus. Ein eigenartiger, zerknirschter Ausdruck hatte die sonst so fröhlichen Gesichtszüge abgelöst. Ich gab schließlich auf und die Konversation verlief sich in Banalitäten.

◆

Ich stand immer noch am Fenster und war gefesselt vom Anblick der geheimnisvollen Gestalt.

„Ich werde beim Frühstück Millie fragen, sie weiß bestimmt, wer das ist", beschloss ich und zog mich fertig an.

Als ich den Frühstücksraum betrat, wartete bereits ein voll gedeckter Tisch auf mich. Der Kaffeeduft erfüllte den Raum. Kaum hatte ich eingeschenkt, stand Millie gut gelaunt neben mir.

„Guten Morgen, haben Sie gut geschlafen? Haben Sie alles oder fehlt noch etwas?", flötete sie und schenkte mir ein breites Lächeln.

„Alles bestens, vielen Dank. Sie verwöhnen mich ja richtig", antwortete ich.

„Nun, da Sie im Moment mein einziger Pensionsgast sind, ist es auch sehr einfach, Sie zu verwöhnen. Zu dieser Jahreszeit habe ich nicht viele Gäste, ab und zu kommen Handelsvertreter für ein paar Tage, aber ansonsten ist es sehr ruhig bei uns. Im Sommer natürlich ist das Haus voll. Alle wollen an den Strand oder mit den Fischern frühmorgens auslaufen oder einfach nur die idyllische Landschaft genießen. Drum war ich auch sehr verwundert, als Sie bei uns ankamen und eine ganze Woche Urlaub machen wollten. Nicht jeder ist es gewohnt, für sich allein zu sein. Ich hoffe, Sie fühlen sich nicht zu einsam hier und werden mir noch depressiv."

„Na, so schlimm wird's schon nicht werden", erwiderte ich zwinkernd.

„Ach Millie, ich möchte Sie etwas fragen. Jeden Morgen, wenn ich aus dem Fenster sehe, steht eine Person am Pier und sieht aufs Meer hinaus. Wissen Sie, wer das ist und was sie dort macht?"

Millie erstarrte für einen winzigen Augenblick und ihre sonst so rosigen Wangen wurden blass.

„Ich … ja, ich weiß, wer das ist, aber …", stotterte sie.

„Was aber?", bohrte ich nach.

„Ich … ich kann, nein, ich darf es Ihnen nicht erzählen. Es geht nicht …"

„Aber Millie, was ist denn so schlimm daran, dass Sie mir sagen, wer das ist? Ich verstehe Sie nicht. Gestern schon sind Sie meinen Fragen bezüglich der Kapelle ausgewichen und jetzt machen Sie so ein Geheimnis um diese Person. Sie machen mich richtig neugierig. Haben nicht gerade Sie mir gesagt, manchmal tut es gut, mit jemandem reden zu können?", ermunterte ich sie lächelnd.

Millie sah mich eingehend an, bevor sie mit tonloser Stimme antwortete.

„Das ist eine lange Geschichte von einer armen, unglücklichen Seele …"

Kapitel 6

Es war Samstagvormittag. Ich lümmelte in meinem Bademantel, ungeschminkt und die Haare schlampig mit einer Spange hochgesteckt, auf der Couch, trank Kaffee und las die Morgenzeitung, als es plötzlich an der Tür läutete.

„Wer um Himmels willen ist denn das jetzt?", dachte ich und tapste zur Gegensprechanlage.

„Ja, hallo?", fragte ich.

„Hallo, ich bin's", antwortete eine dunkle Männerstimme.

„Wer ist ich?", fragte ich leicht verärgert.

„Mark. Mark Brennan."

Mir schoss das Blut in den Kopf, eine Hitzewelle durchfuhr meinen Körper. In meinem Bauch trippelten Millionen von Ameisen und meine Hände wurden feucht.

„Mark! Oh, mein Gott, was macht der hier?"

„Hallo?", hörte ich es aus der Anlage.

„Ja?"

„Kannst du dich nicht erinnern? Ich bin es, Mark, von der Hochzeit, dein ‚Chauffeur', der Trauzeuge von Rolf."

„Ja, ja, ich weiß."

„Darf ich kurz raufkommen?"

„Ja, okay", würgte ich hervor und drückte auf den Türöffner.

Wie gelähmt lehnte ich an der Wand neben der Gegensprechanlage. Mark würde in zwei Sekunden vor der Tür stehen und ich war im Bademantel, mehr oder minder gerade dem Bett entstiegen.

„Na und", schimpfte ich mich, *„soll er nur kommen und mich so sehen. Schließlich habe ich ihn nicht eingeladen. Eigentlich eine Frechheit, hier einfach so aufzutauchen"*, bestärkte ich mich innerlich und richtete mich mit erhobenem Kopf und geblähter Brust auf.

Ich atmete noch einmal tief durch, hoffte insgeheim, dass meine Gesichtsfarbe wieder normal sein würde, und öffnete die Tür.

Da stand er. Groß, stattlich, mit schwarzen Jeans und einem schwarzen Polohemd, das er über der Hose trug. Seine Haare frech mit Gel in Form gebracht und mit Augen, die einen Gletscher schmelzen ließen.

„Komm rein!", sagte ich kurz und wies ihm mit einer Handbewegung den Weg ins Wohnzimmer.

Ich wollte mich schon für meine Bademantel-Erscheinung entschuldigen, biss mir jedoch auf die Lippen und bot ihm stattdessen einen Kaffee an.

„Das wäre nett, vielen Dank", antwortete er und ließ sich auf einen meiner bequemen Fauteuils fallen.

Ich flüchtete in die Küche, nahm eine Tasse aus dem Schrank und schenkte ein. Auch meine Tasse füllte ich erneut. Tausend Gedanken jagten durch meinen Kopf. Ich schloss meine Augen, rang nach Selbstbeherrschung und rief so gleichgültig wie möglich: „Milch, Zucker?"

„Nur Milch, bitte", kam es aus dem Wohnzimmer zurück.

„Möchtest du noch ein Glas Wasser dazu?"

„Ja, gern, danke."

Ich platzierte alles auf einem Tablett und balancierte es zum Wohnzimmertisch.

„So, Mädel, jetzt reiß dich zusammen!", schalt ich mich selbst.

Lässig machte ich es mir auf der Couch bequem und nahm betont ruhig meine Kaffeetasse in die Hand.

„So, was verschafft mir die Ehre deines Besuches?", fragte ich etwas überheblich.

„Gut so, zeig es ihm", flüsterte mir eine Stimme in meinem Kopf zu.

„Also, erst mal möchte ich mich dafür entschuldigen, dass ich dich so überfalle, aber ich sah keine andere Möglichkeit, dich in Ruhe anzutreffen."

„Es gibt eine Erfindung, die heißt Telefon, da könnte man anrufen und etwas abmachen", erwiderte ich süffisant.

„Ja, natürlich, du hast recht, aber ich wusste nicht, ob du bereit wärst mich zu treffen, und so versuchte ich es auf diese Art." Erwartungsvoll blickte er mich an.

Ich hielt seinem Blick stand und blieb stumm.

„Sehr gut, nur weiter so", hörte ich wieder die Stimme in meinem Kopf. Mein Bauch allerdings rotierte und das Blut in meinen Adern

pulsierte. Diese Augen und der tiefe, warme, verführerische Blick ließen mein Herz schneller schlagen.

Mark räusperte sich, öffnete den Mund, um etwas zu sagen, fingerte dann jedoch nervös an seiner Kaffeetasse und nahm einen großen Schluck.

„*Aha, der Herr ist also nervös. Auch nervös. Interessant*", triumphierte die Stimme in meinem Kopf.

„Nun, der eigentliche Grund meines Besuches ist …", fing er an.

„Ja?", sagte ich erwartungsvoll und zog eine Braue nach oben.

„Ich, ähm, ich wollte mich für mein Benehmen bei der Hochzeit entschuldigen. Ich meine damit, dass ich kaum mit dir gesprochen habe, und auch, dass ich am nächsten Tag einfach gegangen bin."

„Und deswegen kommst du extra hierher?", sagte ich lächelnd und wusste in dem Augenblick, dass das Spiel begann.

Anstatt zu antworten, blickte er mir tief in die Augen, tiefer als ich es zu ertragen schien. Ich versank fast in diesem graublauen See und nichts rund um mich existierte mehr. All meine Nervenstränge zogen sich zusammen, eine warme Welle durchflutete meinen Körper und ein Gefühl sexuellen Begehrens bemächtigte sich meines Unterleibs.

„*Reiß dich zusammen*", schrillte die Stimme in meinem Kopf.

„Willst du noch einen Kaffee?", platzte ich plötzlich heraus und erhob mich von der Couch.

„*Eine Zigarette, ich brauche jetzt eine Zigarette*", dachte ich panisch und verschwand, ohne auf seine Antwort zu warten, in der Küche.

„Ich bring einfach die Kanne mit", rief ich so nüchtern wie möglich und zündete mir mit zittrigen Fingern eine Zigarette an.

„Nein danke", kam es aus dem Wohnzimmer. Als ich mit Zigarette und Aschenbecher bewaffnet zurückkam und mich wieder auf die Couch setzte, zückte Mark ein Zigarettenetui und fragte mit einer übertriebenen Geste: „Darf ich?"

„Sicher", antwortete ich kurz.

Er entzündete eine Zigarette, zog tief daran und blies den Rauch an die Decke starrend ausgedehnt aus.

Ich beobachtete ihn, seine feinen, markanten Gesichtszüge, seine schmalen und doch erotischen Lippen, seine Art, wie er dort saß. Die heroische Stimme in meinem Kopf schwieg und ich wollte nichts mehr als diesen Mann berühren, küssen, spüren.

Unverwandt sah Mark mich an, verlegen blickte ich auf meine Kaffeetasse.

„Nur nicht rot werden, jetzt bitte nur nicht rot werden", dachte ich hysterisch, fühlte jedoch schon die Hitze in mir aufsteigen.

„Ich krieg dich nicht mehr aus meinem Kopf", polterte er plötzlich heraus.

„Seit ich dich das erste Mal gesehen habe, als du unten im Eingang auf mich gewartet hast, habe ich dein Gesicht vor Augen."

Sprachlos starrte ich ihn mit großen Augen an. Alles hätte ich erwartet, nur das nicht. Mein Herz blieb für einen kurzen Augenblick stehen und ein eigenartiges Gefühl von Glück, Freude und auch etwas Genugtuung machte sich in mir breit.

„Zuerst wusste ich nicht, was mit mir los war. Ich war das erste Mal in der Gegenwart einer Frau unsicher. Darum habe ich auch nichts mit dir gesprochen beziehungsweise war zugegebenermaßen mehr als unhöflich dir gegenüber. Kaum warst du in meiner Nähe, wusste ich nicht mehr, was ich sagen oder tun sollte. Eine komplett neue Erfahrung für mich. Als ich dann alleine heimfuhr, hätte ich mich am liebsten geohrfeigt. Geohrfeigt für mein kindisches Verhalten und vor allem, dass …", brach er ab und schwieg.

„Ja?"

„… dass ich mir so eine tolle Frau durch die Lappen gehen lasse", schloss er fast kleinlaut.

Ich schluckte schwer, konnte kaum glauben, was ich da eben gehört hatte.

Mark räusperte sich und blickte mir gerade in die Augen.

„Ich bin hier, um dich zu fragen, ob du mir eine zweite Chance gibst, das heißt, ob ich dich einmal zum Essen einladen darf", fragte Mark mit samtweicher Stimme.

Langsam sickerten seine Worte zu meinem Gehirn durch, doch unfähig nur einen klaren Gedanken zu fassen, sagte ich einfach Ja.

„Gut, dann, hmm, wie wär's mit Mittwochabend?", fragte er erleichtert.

Ich nickte wie paralysiert.

„Ich hole dich um 19 Uhr ab. Ist das in Ordnung?"

Wiederum nickte ich nur.

„Okay, dann geh ich jetzt. Danke für den Kaffee."

Mark erhob sich und ging zur Tür. Ich folgte ihm schweigend. An der Tür verharrten wir, keine fünfzig cm voneinander getrennt. Die Spannung war fast unerträglich, ich meinte das Knistern fast hören zu können. Sein herb männlicher Geruch benebelte meine Sinne und seine ausstrahlende Körperwärme verbrannte mich beinah. Wir sahen uns erwartungsvoll und gleichzeitig etwas unsicher an, beide in der Versuchung, den anderen zu küssen.

Ich schluckte schwer, holte tief Luft und streckte ihm schließlich die Hand entgegen. Er richtete sich auf, trat einen kleinen Schritt rückwärts und drückte länger als notwendig meine Hand.

„Bis Mittwoch", sagte er und ging.

Ich schloss die Tür hinter ihm, lehnte mich dagegen und ein unkontrollierbares Grinsen bemächtigte sich meiner Gesichtszüge. Ein Glücksrausch überströmte mich wie ein warmer Wasserfall und zog mich in ein Meer von Emotionen.

„Ich bin verliebt", kicherte ich laut, „ich bin tatsächlich verliebt."

Kapitel 7

„Was ist denn mit dir passiert? Du strahlst ja wie ein Maikäfer", fragte mich Danielle, als ich Montagmorgen das Büro betrat. Nein, betreten ist das falsche Wort, ich schwebte eher in den Raum und meine Stimme überschlug sich beinahe vor Freude, als ich ihr antwortete: „Ich bin bis über beide Ohren verliebt, total verrückt, ich komme mir vor wie auf einer Wolke."

„Das sieht man, du hebst ja beinahe ab. Wer ist der Glückliche?", fragte sie neugierig lächelnd.

„Ich habe dir doch von der Hochzeit und dem unsympathischen Kerl erzählt …"

„Nein, doch nicht der!", prustete sie heraus.

„Doch, genau der. Stell dir vor, Samstagvormittag steht er plötzlich vor meiner Tür, entschuldigt sich für sein Verhalten und so weiter und lädt mich zum Essen ein. Ist das nicht verrückt?"

„Aber da ist man doch nicht gleich verliebt, du kennst ihn ja gar noch nicht richtig …"

„Ich weiß, aber ich glaube, ich habe mich schon bei der Hochzeit in ihn verliebt. Auf jeden Fall musste ich die letzten Wochen sehr oft an ihn denken. Ich hab mich sogar in Tagträumen verloren und jetzt, jetzt ist es plötzlich Realität."

„Also mal langsam, meine Süße, nur weil er dich zum Essen einlädt, heißt das noch lange nicht, dass er auch in dich verliebt ist und außerdem …"

„Ja, ja, ich weiß, aber du hättest seinen Blick sehen sollen, seine sanfte Stimme hören. Seine ganze Art … auf jeden Fall habe ich Schmetterlinge im Bauch und kann Mittwochabend kaum erwarten."

Das Schrillen des Telefons ließ uns aufschrecken. Danielle nahm den Hörer ab und widmete sich dem Kundengespräch. Ich winkte ihr kurz zu, holte mir am Automaten einen Kaffee und ging in mein Büro. Gedankenversunken startete ich meinen PC und starrte ins Nichts.

Ein Klopfen am Türrahmen riss mich aus meinen Gedanken, die sich ausschließlich um Mark drehten. In der Tür stand Rolf, frisch aus den Flitterwochen zurück. Braun gebrannt und glücklich lächelte er mir entgegen. Ich sprang auf, lief zu ihm und umarmte ihn stürmisch.

„Hey Rolf, schön, dass du wieder da bist. Wie geht's dir? Wie waren deine Flitterwochen?"

„Mir geht's hervorragend, vielen Dank. Die Flitterwochen waren ein Traum, aber leider viel zu schnell vorbei. Also, wenn du mal heiraten solltest, kann ich dir dieses Honeymoon-Paradies nur empfehlen", gab er lachend zurück.

Wir holten uns noch einen Kaffee vom Automaten und setzten uns in mein Büro. Rolf erzählte mir alle Details aus seinem Urlaub und schwelgte in den noch frischen Erinnerungen. Die Ehe schien ihm bis jetzt sehr gutzutun. Wir kamen auch auf das Hochzeitsfest zu sprechen und konnten nicht umhin, uns über einige der Gäste lustig zu machen. Ich ergriff die Gelegenheit beim Schopf und fragte Rolf ganz beiläufig nach Mark.

„Also Mark ist zwar mein Trauzeuge, aber das habe ich nur Cylia zuliebe getan. Cylia und Mark stehen sich sehr nah. Aber ganz im Vertrauen, ich kann Mark nicht besonders leiden. Er ist ziemlich überheblich, wie auch der Rest der Familie, aber das weißt du ja schon. Und außerdem ist er ein furchtbarer Weiberheld. Manchmal habe ich das Gefühl, dass Mark so gelangweilt ist und sich einen Sport daraus macht, wie schnell er eine Frau ins Bett bekommt. Kaum hat er sie da, ist sie wieder uninteressant für ihn. Es ist dann bloß eine mehr auf seiner Liste. Ich glaube schon fast, der Mann ist zu gar keinen ehrlichen Gefühlen fähig."

Mein Herz sank, als ich Rolf so über Mark sprechen hörte. Ich konnte, nein, ich wollte nicht glauben, dass ich auch nur eine Nummer in seiner Trophäensammlung sein sollte.

„Aber Menschen ändern sich vielleicht …", erwiderte ich lapidar, innerlich jedoch hoffend und trotzig zugleich.

„Menschen vielleicht. Mark nicht", schloss Rolf und erhob sich.

„So, jetzt werde ich mich mal über meine Post machen und sehen, was in den letzten Wochen so gelaufen ist. Bis später."

„Nein, das kann nicht sein. Warum sollte er sich nach Wochen die Mühe machen, mich zu erobern? Das hätte er ja bei der Hochzeit schon tun können. Kann mich mein Gefühl so täuschen?", sinnierte ich.

„Ach was, bestimmt nicht, aber vielleicht sollte ich es ihm zumindest nicht so einfach machen. Mal sehen, wer da wen verführt", munterte ich mich selbst auf und wandte mich endlich meiner Arbeit zu.

◆

„Mittwoch. Endlich ist es Mittwoch", waren die ersten Gedanken, als ich die Augen aufschlug, und lächelnd sprang ich aus dem Bett. Die letzten Tage schleppten sich wie ein träger Wurm dahin, doch jetzt endlich würde ich Mark wiedersehen. Ein paarmal musste ich noch über die Worte von Rolf nachdenken, aber erfolgreich hatte ich jegliche negativen Gefühle bzw. vernunftmäßige Gedanken beiseitegeschoben. *„Ich lass es auf mich zukommen und kann einfach nicht anders, als mich darauf zu freuen"*, bestätigte ich mich immer wieder.

Den Großteil dieses Tages verbrachte ich vor mich hin summend und geistesabwesend erledigte ich meine Arbeit. Sehr produktiv war ich allerdings nicht. Gegen Nachmittag stellte sich bereits ein nervöses Zucken in meiner Bauchgegend ein und meine Handflächen wurden feucht. Ständig sah ich auf die Uhr, doch die Minuten zogen sich dahin. Drei Stunden noch. Früher als üblich verließ ich das Büro und machte mich auf den Heimweg. Ich spielte meine Lieblings-CD, goss mir ein Glas Wein ein und versuchte mich zu beruhigen.

„Sei doch nicht so nervös, Mädchen, das ist schließlich nicht dein erstes Rendezvous mit einem Mann. Und vergiss nicht, nicht er wird dich verführen, sondern du ihn. Also, reiß dich jetzt zusammen!" Schließlich sprang ich in die Dusche und gönnte meinen Haaren auch noch eine Pflegepackung.

Nur mit einem Badetuch bekleidet und mit tropfnassem Haar stand ich vor meinem Kleiderschrank und sondierte die Lage. Zu bieder, zu sexy, zu langweilig, zu sportlich, zu festlich, zu businesslike, etc. konstatierte ich den Inhalt meines Kastens. Ich hatte keine Ahnung, in welcher Kleidung ich mich Mark präsentieren sollte. Ich wusste ja nicht einmal, in welches Lokal wir gehen würden. Schließlich fiel mir das grüne figurbetonte Leinenkleid mit den goldenen Knöpfen in die Hände. Genau das Richtige. Feminin und sexy, elegant und sportlich zugleich. Ich schlüpfte in meine schwarzgrünen Spitzendessous und ging ins Bad.

„Haare nach oben oder offen lassen?", fragte ich mich laut. „Zuerst mal schminken, dann sehen wir weiter."

Nach beendeter Arbeit betrachtete ich mich zufrieden im Spiegel und probierte lang und breit verschiedene Frisuren, bis ich mich schließlich für offene, locker hinters Ohr gesteckte Haare entschied. Ein Hauch Haarspray, die goldenen Ohrringe montiert und fertig war das Kunstwerk.

„Halb sieben. Gleich wird er hier sein", jubelte ich innerlich und stieg in mein Kleid sowie in die goldenen High Heels. Ein letzter Blick in den Spiegel entlockte mir ein anerkennendes Nicken. „Perfekt", beglückwünschte ich mich selbst.

Aufgeregt leerte ich den letzten Schluck meines Glases und blickte erneut auf die Uhr, als mich das Läuten der Hausglocke zusammenzucken ließ.

Er war da. Endlich.

Kapitel 8

Außer dem Knistern des Kaminfeuers und dem steten Ticken der großen Standuhr war es still in dem kleinen Frühstücksraum. Ich wartete auf die Geschichte, die Millie mir erzählen sollte, doch Millie stand nur betreten vor mir und schwieg. Erwartungsvoll blickte ich sie an. Hilflos ließ sie sich schließlich auf den Stuhl sinken, strich das Tischtuch mehr als notwendig glatt und seufzte.

„Ach Kindchen, das ist doch alles schon so lange her und ich kann mich gar nicht mehr so richtig erinnern. Also, lassen Sie es gut sein und genießen Sie doch Ihren Urlaub", versuchte sie sich mit einem aufgesetzten Lächeln aus der Affäre zu ziehen. Doch ihre ausweichende Antwort stachelte nur noch mehr meine Neugier an.

„Also, dann werde ich es eben selbst herausfinden", antwortete ich kämpferisch.

„Tun Sie das nicht, meine Liebe, ich bitte Sie ... es gibt auch gar nichts herauszufinden."

„Warum machen Sie dann so ein Geheimnis daraus?", forderte ich sie heraus.

Millie blickte lange zur Decke, richtete sich auf und atmete tief durch.

„Also gut, die Person am Pier ist ...", begann sie, um in diesem Moment vom Läuten des Telefons unterbrochen zu werden.

„Oh, das Telefon ...", stieß sie erleichtert hervor und verließ das Zimmer.

Ich leerte meine Kaffeetasse und wartete noch einen Moment. Millie schien das Gespräch bereits beendet zu haben, aber sie kehrte nicht zurück. Auch als ich in der Halle und der Küche nach ihr rief, blieb sie wie vom Erdboden verschwunden.

Ich machte mich auf den Weg ins Dorf in der Absicht, in den wenigen Läden herumzustöbern und um mir einfach die Zeit zu vertreiben. Vielleicht war es ja doch nicht meine beste Idee gewesen, in so einem gottverlassenen Dorf Urlaub zu machen. Immer allein mit meinen Gedanken und Erinnerungen an Mark. Aber genau das war ja auch das Ziel meiner Reise. Mich der Vergangenheit und der Gegenwart zu stellen.

Als ich die schmale kopfsteingepflasterte Hauptstraße entlangging, fiel mein Blick auf ein kleines schmiedeeisernes Schild mit der Aufschrift „Antiquitäten". Ich liebte Antiquitätenläden und konnte nicht widerstehen diesen zu erkunden. Ich öffnete die Tür, welche durch zwei blinde Glasscheiben unterteilt war, und betrat einen winzigen Raum, vollgestopft mit alten Sachen. Eine kleine Glocke am Türrahmen klingelte hell, als ich die Tür hinter mir schloss. Alte Petroleumlampen spendeten nur schwaches Licht und verbreiteten einen rußigen Geruch. Auch sonst roch es nach Staub, Möbelpolitur, alten Büchern und Leder. Der Holzboden unter meinen Füßen knarrte bei jedem Schritt und ich wagte kaum aufzutreten. Ich blickte mich um, fuhr mit den Fingern über die liebevoll arrangierten Kleinode vergangener Zeit und sog die unheimlich geschichtsträchtige Atmosphäre in mich auf. Im hinteren Teil des Zimmers bewegte sich ein Vorhang zu einem Nebenraum und keine Sekunde später trat ein alter, grauhaariger, etwas gebückt gehender Mann hervor. Mit schlurfenden Schritten kam er mir entgegen, um mich mit krächzender Stimme zu begrüßen.

„Guten Morgen, Fräulein, kann ich etwas für Sie tun?"

„Ich wollte mich nur ein bisschen umsehen, wenn Sie erlauben."

„Sicher doch, lassen Sie sich nur Zeit", antwortete er freundlich und blickte mich über seine Nickelbrille hinweg mit gütigen Augen an.

Als ich so von Gegenstand zu Gegenstand ging und alles eingehend betrachtete, ließ es sich der alte Mann nicht nehmen, mir die jeweilige Geschichte dazu zu erzählen. Stolz sprudelten die Worte aus seinem Mund. Eine alte, etwas vergilbte Fotografie, die in einem mit Patina überzogenen Goldrahmen hing, ließ mich wie gebannt davor verharren. Auf dem Bild war eine herrschaftliche Familie zu sehen. Ein stolzer, großer Mann in einem Cut mit einem gezwirbelten Schnurrbart saß streng blickend auf einem ausladenden Sessel. Rund um ihn standen, wie ich annahm, seine Frau und Kinder. Alle ebenfalls sehr schön gekleidet und von aristokratischem, zurückhaltendem Gehabe. Mein Blick fiel auf ein junges, bildschönes Mädchen mit langem, geflochtenem Haar. Ihre wunderschönen, großen Augen wirkten traurig, fast melancholisch. Der sensible Mund mit den vollen Lippen brachte nur ein gequältes Lächeln zustande. Sie wirkte unheimlich zerbrechlich.

„Wer ist das?", fragte ich fasziniert den alten Mann.

„Niemand, das ist niemand", antwortete er eine Spur zu schnell und wandte sich ab.

„Aber Sie kennen doch sonst alle Geschichten zu Ihrem Inventar ...", versuchte ich nachzuhaken.

„Nein, das ist nur ein Bild, sonst nichts", erwiderte der vorhin noch so redselige, freundliche Mann nun etwas mürrisch.

Die Fotografie ließ mich nicht los. Eine seltsame geheimnisvolle Stimmung ging von diesem Bild aus. *„Wer war diese Familie, was war ihre Geschichte, wer war dieses Mädchen mit diesen Augen, die sich einem ins Gedächtnis brannten?",* fragte ich mich.

„Was kostet dieses Bild?", fragte ich impulsiv, ohne darüber nachzudenken, was ich überhaupt mit diesem Foto anstellen sollte.

„Es ist nicht verkäuflich. Außerdem muss ich Sie jetzt bitten zu gehen, ich schließe gleich", entgegnete er kurz angebunden und forderte mich mit einer Handbewegung zum Verlassen auf.

Etwas verwirrt über seine plötzliche Unhöflichkeit sah ich ihn für einen Moment ungläubig an, drehte mich dann jedoch achselzuckend um, grüßte und verließ das Geschäft.

Irgendwie bekam ich ein mulmiges Gefühl, je länger ich mich in diesem Ort aufhielt. Alle, denen ich begegnete, wirkten vorerst nett und freundlich, aber kaum stellte ich Fragen über den Ort, Personen oder deren Geschichte, verschlossen sie sich wie eine Muschel und gaben mir das Gefühl, unerwünscht zu sein. Ich schüttelte den Kopf und versuchte meine wirren Gedanken loszuwerden. *„Was gehen mich alte Geschichten aus diesem Dorf an. Verarbeite lieber deine eigene Geschichte",* schalt ich mich und dachte unwillkürlich an Mark.

Kapitel 9

„Noch ein Glas Wein?", fragte Mark und hielt die Flasche zum Nachschenken hoch.

„Ja, gern, danke", säuselte ich zurück.

Wir prosteten uns zu und sahen uns dabei so tief in die Augen, dass wir fast zu trinken vergaßen. Wir unterhielten uns über Banalitäten wie auch über tiefgründige Themen, lachten und flirteten in dem Wissen, dass es nicht nur bei diesem Abendessen bleiben würde. Mark war äußerst charmant und zuvorkommend. So ganz anders, als ich ihn vor ein paar Wochen kennengelernt hatte. Ich genoss den Abend, seine Geschichten, seine Aufmerksamkeit und seine flirtenden Augen in vollen Zügen, obwohl mir ab und zu Rolfs Worte durch den Kopf schossen. „Nur eine mehr auf seiner Liste", „Kaum im Bett, schon vergessen" und „Sein Sport ist die Frauenjagd". Mit einer imaginären Handbewegung wischte ich diese Gedanken fort, ermahnte mich jedoch gleichzeitig, die Fäden in der Hand zu behalten.

Der Abend ging zu Ende und Mark brachte mich heim. Galant öffnete er den Verschlag meiner Tür, half mir aus dem Auto und begleitete mich zur Haustür.

Schweigend standen wir eine Weile im Eingang und sahen uns an. Wie zufällig berührten wir uns, wie schon so oft an diesem Abend. Bei jeder Berührung durchströmte meinen Körper ein heißes Prickeln. Wir wussten beide, wie es weitergehen sollte, sprachen es jedoch nicht aus. Mark beugte sich zu mir herunter und küsste sanft meine Lippen. Ich schloss die Augen, schlang die Arme um ihn und erwiderte seinen Kuss. Als er sich wieder aufrichtete und gespannt darauf wartete, dass ich aufschließen würde, nahm ich meine letzte verbleibende Kraft und Vernunft zusammen, lächelte ihn breit an und wünschte ihm eine gute Nacht. Verdutzt trat er einen Schritt zurück und blickte mich an.

„Aber ich dachte …", begann er, um sich im selben Moment selbst zu unterbrechen.

„Gute Nacht und vielen Dank für den schönen Abend. Ich hoffe, wir können das wiederholen", sagte er schließlich und in seiner Stimme schwang ein Hauch von Enttäuschung.

„Ebenfalls vielen Dank und sicher, das wäre schön", antwortete ich und verschwand im Hauseingang.

Als ich mich mit einem Glas Wein und einer Zigarette auf meine Couch setzte, spürte ich noch immer seinen Kuss auf meinen Lippen brennen. Mein Körper verzehrte sich nach einer Berührung von Mark, doch mein Verstand sagte mir, dass es die richtige Entscheidung war. Nur so konnte ich herausfinden, ob Mark es ernst meinte oder nur mit mir spielte. Aber wie lange konnte ich ihn hinhalten oder besser gesagt, wie lange würde ich seinem Charme und seiner Anziehungskraft widerstehen können? Wie lange würde er dieses Spiel, mein Spiel, mitmachen? Ich musste es darauf ankommen lassen, denn ich wünschte mir nichts mehr, als mit Mark zusammen zu sein.

Mit müdem Kopf und aufgewühlten Gefühlen versuchte ich einzuschlafen. Ich blickte auf das Telefon neben meinem Bett, in der Erwartung, nein, in der Hoffnung, Mark würde anrufen. Aber das Telefon blieb stumm.

◆

Auch am nächsten und am übernächsten Tag hörte ich nichts von Mark. Meine Laune verlor sich von Stunde zu Stunde ins Bodenlose. War es wirklich nur ein Spiel, seine schönen Worte und sein zärtlicher Kuss alles nur Lüge? Hatte er, nachdem er sein Ziel nicht erreicht hatte, so schnell das Interesse verloren?

Traurige Wut erfasste mich, ich konnte nicht fassen, dass ich so dumm war, mich in Mark zu verlieben, und versuchte ihn aus meinem Kopf zu bekommen.

„Was ist denn dir über die Leber gelaufen?", hörte ich die Stimme von Danielle. „Du machst ja ein Gesicht wie 14 Tage Regenwetter. Ist etwa deine Verabredung ins Wasser gefallen?"

„Ach, lass mich in Ruhe, ich habe nur Kopfschmerzen", zischte ich zurück, worauf sich Danielle sarkastisch schmunzelnd zurückzog.

Als ich daheim ankam, lag eine einzelne Rose und ein Kuvert vor meiner Tür. Mein Herz fing zu rasen an und ein Wechselbad an

Gefühlen durchströmte mich. Ich hob beides auf und öffnete das Kuvert. Darin befanden sich zwei Opernkarten und ein kleiner Zettel, auf dem mit einer männlichen Handschrift ein paar Zeilen gekritzelt standen.

„Gibst du mir die Ehre, dich in die Oper auszuführen? Ich hole dich um halb sieben ab. Mark."

Glücklich und zornig zugleich starrte ich auf das Papier. Ich konnte nicht glauben, was ich da las.

„Was glaubt der Typ eigentlich? Ich bin doch nicht auf Abruf bereit", stieß ich wütend hervor. „Kommt ja überhaupt nicht infrage. Nur weil der Herr heute zufällig Zeit hat, heißt das noch lange nicht, dass ich verfügbar bin. Der kann warten, bis er schwarz wird", beschloss ich und sperrte das Schloss zu meiner Wohnung auf.

Ich hatte noch nicht abgelegt, als das Telefon klingelte.

„Ja hallo?", murrte ich in den Hörer.

„Hallo, da ist Mark. Wie geht es dir? Hast du meine Botschaft gefunden?"

„Allerdings", schnappte ich zurück und ärgerte mich gleichzeitig, dass ich ihm meine Emotionen so offenbarte.

„Nun, was sagst du? Machst du mir die Freude und gehst mit mir in die Oper?"

„Findest du nicht, dass das etwas kurzfristig ist? Du hättest mich vielleicht schon früher anrufen können", antwortete ich mit betont ruhiger Stimme.

„Du hast recht, entschuldige, aber ich habe bis heute Nachmittag versucht an diese Karten heranzukommen und ich wollte dir nicht vorab etwas versprechen, was ich dann vielleicht nicht halten kann."

Mein Ärger verflog, meine unterkühlte Einstellung schmolz dahin und ich ertappte mich dabei, wie ich lächelte.

„Also gut, dann bis halb sieben", schloss ich das Telefonat und legte den Hörer auf.

Der Oper folgten Theater-, Kino- und Konzertbesuche. Immer mit anschließendem romantischen Abendessen und Abschiedskuss vor dem Hauseingang. Mark machte seit dem ersten Abend keinen einzigen Versuch mehr, mit mir ins Bett zu gehen, obwohl unsere Gespräche immer intensiver, die zufälligen Berührungen immer öfter und die Blicke immer gefühlvoller wurden. Auch ich machte keine

Anstalten, mehr zu wollen oder zuzulassen. Obwohl ich um keinen Preis nur ein Abenteuer für ihn sein wollte, ärgerte es mich, dass Mark sich so zurückhaltend verhielt. Meine „Eiserne-Jungfrau-Taktik" kam mir beinahe lächerlich und kindisch vor, denn schließlich waren wir erwachsene, freie Menschen und keine Teenager mehr. Je öfter wir uns sahen, desto mehr wollte ich ihn. Ganz. Mit Haut und Haaren. Ich beschloss daher bei unserem nächsten Treffen alle guten Vorsätze fallen zu lassen und mich einfach meinem Gefühl hinzugeben. Frauenheld hin oder her, Liste auf oder ab.

Mark holte mich wie immer ab und wir verbrachten den Abend auf der Terrasse eines kleinen italienischen Restaurants mit Blick auf den Fluss. Es war eine laue Nacht, windstill und süß nach Sommer duftend. Die Lichter der Stadt tanzten auf den kleinen Wellen des Wassers und der silbergraue Mond schob sich langsam über den Horizont. Die Kerzen auf den weiß gedeckten Tischen funkelten wie das Sternenzelt über uns. Die Klänge des Klavierspielers im Hintergrund wehten zu uns herüber und zauberten eine besondere Stimmung. Der Champagner in den Gläsern prickelte genauso wie die Luft zwischen Mark und mir. Die Nacht war wie gemacht für Romantik, Liebe und Sex. Nach dem Essen forderte Mark mich zum Tanzen auf. Wir tanzten eng, so eng, dass ich kaum noch Luft bekam. Sein heißer Körper presste sich gegen den meinen, seine starken Arme hielten mich fest umfangen. Ich roch seine Haut, spürte seinen Atem, fühlte seine Anspannung und sah die Lust in seinen Augen. In mir kroch ein unbändiges Begehren empor, meine Haut brannte unter seinen Berührungen. Ich wollte ihn spüren, richtig spüren. Unvermutet beendete ich den Tanz und zog ihn zum Tisch zurück.

„Wir sollten jetzt gehen", sagte ich kurz und gab dem Kellner ein Zeichen.

„Was ist los? Ist etwas nicht in Ordnung?", fragte Mark unsicher und etwas enttäuscht.

„Alles bestens, ich möchte einfach nur gehen", antwortete ich kurz.

Mark starrte mich verständnislos an, in seinen Augen lag ein ärgerliches Funkeln.

Schweigend fuhren wir zu meiner Wohnung zurück. Als wir ankamen, blieb Mark – nicht wie sonst – diesmal sitzen und starrte gerade aufs Lenkrad.

„Was ist das für ein Spiel, das du da spielst? Ich dachte, du empfindest auch etwas für mich …", stieß er mit einer fast verzweifelten Stimme hervor, doch bevor er weitersprechen konnte, beugte ich mich hinüber und küsste ihn zärtlich.

„Stell den Motor ab und komm", flüsterte ich bebend.

Kapitel 10

Als ich die engen Gassen des Dorfes entlangschlenderte, erinnerte ich mich an einen Kurzurlaub in Italien mit Mark. Es war Sommer, wir waren frisch verliebt und die kleine Ortschaft erschien uns als romantisches Liebesnest, wie nur für uns gemacht. Wir lachten und liebten uns und wir hatten das Gefühl, die Welt umarmen zu können. Jetzt war ich allein. Ich mummelte mich tiefer in meinen Schal, meine einsamen Schritte hallten von den Wänden der Gebäude wider.

„Hör endlich auf dich in deinem Selbstmitleid zu suhlen. Es ist vorbei, akzeptier das endlich!", schalt ich mich energisch und doch auch ein wenig wehmütig. *„Das Leben geht weiter und vor allem, so wolltest du doch auch nicht weitermachen, oder? Ohne ihn wird es dir besser gehen",* ermutigte ich mich halbherzig.

Ich begann ein regelrechtes Zwiegespräch zwischen Herz und Verstand zu führen. *„Warum ist es nur so schwer, loszulassen? Loslassen von etwas, was gar nicht mehr vorhanden war? Warum trauere ich ihm so nach? Hat er mich nicht hundertmal verletzt, enttäuscht und brüsk zurückgewiesen? Hat er dir nicht jegliches Selbstvertrauen genommen, dich versucht zu formen und zu biegen? Ja, sicher, aber trotzdem war es doch die Liebe meines Lebens. Wir waren doch füreinander bestimmt oder war das alles nur eine große Lüge? Habe ich mich selbst belogen? Nein, nein, eine Lüge war es sicher nicht. Wir hatten es doch schön zusammen. Warum bin ich nicht einfach froh, mit ihm einen Abschnitt meines Lebens verbracht zu haben? Warum kann oder will ich nicht wahrhaben, dass Mark mich nicht mehr liebte? Wie konnte es so weit kommen? Schon wieder dieses Selbstmitleid, du bist selber schuld, du hast es schließlich zugelassen. Du bist nicht nur Opfer, du bist auch Täter",* energisch schüttelte ich den Kopf.

„Ich werde es, nein, ich werde IHN überwinden. Ich muss", bestärkte ich mich fast ein bisschen ärgerlich. Aber die Erkenntnis, nicht die Schuld allein Mark zuschieben zu können, sondern selbst einen großen Teil daran zu tragen, tat am meisten weh.

Immer noch in Gedanken führte mich mein Weg schließlich mitten auf den Dorfplatz, vor mir die große weiße Kirche, dessen Turm in den Himmel ragte. Ich öffnete das schwere Portal und trat ein. Im Vergleich zu der halb verfallenen Kapelle war diese Kirche nicht an Prunk zu übertreffen. Der Altar war reich geschmückt mit Kerzen und Blumengestecken. Dahinter ein großes Kreuz mit einer marmornen Jesusfigur, rechts daneben das goldene Tabernakel. Hinter dem Kreuz erstreckte sich ein riesiges sakrales Glasmosaikfenster, welches das hereinfallende Licht in gleißende Spektralfarben zerbrechen ließ. Die Bänke waren aus massivem Holz und schienen frisch poliert. Kleine schwarze Gesangsbücher lagen an jedem Platz. Im hinteren linken Bereich stand der aus dunklem Holz edel geschnitzte Beichtstuhl, voluminös drapiert mit roten Samtvorhängen. An den Wänden hing der Kreuzgang, üppig und überdimensional gemalt in schweren Goldrahmen.

Ich wandte mich zum Gehen, als mein Blick auf eine Gedenktafel im Eingangsbereich fiel. Auf der kupfernen Tafel stand mit goldenen Lettern: „Gespendet und erbaut von unserem hoch wohlgeschätzten Herrn Enno von Barrister. Gott segne ihn." Darunter war noch eine Jahreszahl eingraviert, welche jedoch nur mehr fragmentartig zu entziffern war.

Schlagartig fielen mir die Worte von Millie ein „… vor vielen Jahren wurde die Kirche am Dorfplatz gebaut und es werden nur noch dort Messen abgehalten. Der Investor, der die Kirche bauen ließ …"

„*So, so, also Enno von Barrister ist der Investor, der die Kirche bauen ließ. Aber wieso macht Millie so ein Geheimnis daraus, wenn doch hier die Inschrift für jedermann zu lesen ist?*", dachte ich verwundert.

Ich verließ die Kirche, als im selben Moment ein ohrenbetäubendes Glockengeläut einsetzte. Ich blickte auf die Uhr, Punkt 12 Uhr, trotzdem war der Dorfplatz fast menschenleer. Ein leichtes Hungergefühl beschlich mich. Ich blickte mich auf der Suche nach einem Lokal um, konnte aber rund um den Dorfplatz nichts entdecken. Die meisten Lokale hatten, wie mir schon Millie mitgeteilt hatte, um diese Jahreszeit geschlossen.

Gerade noch rechtzeitig erreichte ich den kleinen Zeitungskiosk, dessen Besitzer bereits die Läden für die Mittagspause dichtmachen wollte. Ich erstand die aktuelle Tageszeitung sowie einige Gesellschaftsmagazine, welche jedoch schon über eine Woche alt waren. In diesem Dorf tickten die Uhren tatsächlich langsamer. Auf meine Frage nach einem Restaurant kam die knappe Antwort, dass einzig die Hafenkneipe geöffnet hätte. Der Kioskbesitzer beschrieb mir noch kurz den Weg, um mir dann ohne Gruß den Laden vor der Nase zuzuknallen.

Wiederum ob der Unfreundlichkeit – und das schon das zweite Mal an diesem Tag – erstaunt, fragte ich mich ernsthaft, welcher Teufel mich geritten hätte, ausgerechnet in diesem Kaff Urlaub zu machen. Ich packte meine Zeitschriften unter den Arm und spazierte den Anweisungen entsprechend Richtung Hafen.

Das Lokal war nicht schwer zu finden. Wie vieles in diesem Ort war auch die Fassade dieses Gebäudes etwas heruntergekommen. Dem über dem Eingang prangenden Namen des Lokals fehlten ein paar Buchstaben. Ich stieß die Türe auf, teilte den sich dahinter befindlichen schweren, kratzigen Vorhang und trat ein. Meine Augen mussten sich erst an das qualmgetränkte Licht gewöhnen. Der Geruch von kaltem Rauch, billigem Alkohol, altem Fett und Schweiß strömte mir entgegen. Das gleichmäßige, in sich versunkene Gemurmel der Gäste erlosch in dem Augenblick, als sie mich wahrnahmen. Einige Fischer mit von Wind und Wetter zerfurchten Gesichtern, übermäßig geschminkte, ältliche Damen mit billig gebleichten Locken sowie die dicke, einer verlebten Animierdame gleichenden Wirtin, die ihre Hände in einer schmuddeligen Kleiderschürze vergrub, starrten mich für einen kurzen Moment an. Ich nickte grüßend und steuerte auf den letzten freien Tisch zu. Die Fischer widmeten sich wieder ihren Gesprächen oder senkten ihre Köpfe über ihren Brettspielen. Die ältlichen Damen wandten sich ab und vertieften sich in Geplapper, ab und zu von gellendem Gelächter unterbrochen. Ich setze mich an den von Glasrändern klebrigen Tisch und wartete, bis die Wirtin auf mich zuschlurfte.

„Was darf's denn sein, Fräulein?", fragte sie mich gelangweilt.

„Ein Wasser bitte und die Karte", erwiderte ich.

Einige Minuten später kehrte sie mit dem Getränk und einer speckigen Menükarte zurück.

„Schwein und Pilze sind aus", informierte sie mich lakonisch und setzte das Glas vor mir ab.

„Danke", antwortete ich höflich und studierte die spartanische Speisekarte. Im Grunde hatte ich angesichts des bis jetzt gewonnenen

Eindrucks des Lokals keinen Hunger mehr. Ich rang mich jedoch durch und bestellte das empfohlene Tagesmenü. Mit einem zufriedenen Kopfnicken bestätigte sie meine Bestellung und verschwand in der Küche. Ich schlug eine Zeitschrift auf und vertiefte mich halbherzig in die Lektüre, als ich fühlte, dass verstohlene Blicke mich durchbohrten. Kaum blickte ich auf, schien es so, als ob sich niemand für mich interessieren würde. Ich ließ meinen Blick durch das Lokal und über die Anwesenden schweifen, als meine Augen plötzlich in denen eines alten Fischers hängen blieben. Er beobachtete mich. Offen. Direkt. Durchdringend. Sein ledernes Gesicht mit den stahlblauen, faltenumrandeten Augen, sein struppiges weißes Haar unter der schiefen schwarzen Kappe, sein vom Pfeifentabak gefärbter Schnurrbart und seine derben, von Narben übersäten Hände faszinierten mich. Ich nickte grüßend und formte ein leichtes Lächeln, was jedoch nicht erwidert wurde. Verstört und etwas unwohl wandte ich mich wieder meiner Lektüre zu. Ohne den Kopf zu heben, suchten meine Augen nochmals den alten Fischer. Er starrte mich immer noch an. Der dampfende Teller, den die Wirtin mir unter die Nase schob, unterbrach unseren Blickkontakt. Fast dankbar nahm ich die Gabel in die Hand und begann in den undefinierbaren, in Fett schwimmenden Fleischstücken herumzustochern. Nach ein paar Bissen schob ich den Teller beiseite, leerte mein Glas und winkte der Wirtin für die Rechnung. Ich wollte nur raus hier. Ich packte meine Sachen zusammen, wickelte mich in meine Jacke und Schal und steuerte dem Ausgang zu, als der alte Fischer plötzlich meinen Arm ergriff und mich aufhielt.

„Sie stellen zu viele Fragen, lassen Sie das sein", raunte er mir fast unverständlich zu. Fassungslos und erschrocken starrte ich ihn für einen kurzen Augenblick an, bevor ich mich losriss und fluchtartig das Lokal verließ.

Ich schlug die Tür hinter mir zu und rannte die kleine Hafenpromenade Richtung Sandstrand hinunter. *„Sind denn hier alle verrückt?"*, dachte ich und versuchte den alten Mann aus meinem Kopf zu bekommen. Erst am Sandstrand angekommen, merkte ich, dass sich die Wolken verzogen hatten und die Herbstsonne milde Strahlen über das Dorf warf. Ich lief ein gutes Stück den Strand entlang, bis ich mich schließlich in den Sand fallen ließ und aufs Meer schaute.

Wie friedlich es plötzlich war. Kleine sanfte Wellen kräuselten sich an den Strand und verliefen sich in weißen samtig schäumenden Teppichen. Ein beruhigendes, gleichmäßiges Rauschen begleitete die Wellen, die sich am Strand brachen. Glitzernde Sonnenpunkte tanzten auf den kleinen Kämmen. Die Sonne wärmte mein Gesicht und meine Seele. Ich sog die salzige Luft tief ein und fühlte das erste Mal seit Langem wieder eine Art von Ruhe und Zufriedenheit in mir. Ich ließ Sand durch meine Finger laufen, kleine weiße Muscheln blieben in meiner Handfläche zurück. Ich lächelte, begann Muster in den Sand zu zeichnen und vergaß alles rund um mich.

Als der Wind auffrischte und die Sonne durch Schleierwolken getrübt wurde, merkte ich, dass ich leicht fröstelte. Ich stand auf, klopfte mir den Sand von den Jeans und schlenderte den Strand entlang. Erst jetzt entdeckte ich, dass außer meiner eigenen nur eine einzige andere Fußspur in den Sand gepresst war. Es waren kleine, zierliche Füße und die Spur führte einmal Richtung Dorf und einmal Richtung Ende des Sandstrands, wo sich die Steilküste emporhob. Ohne weiter nachzudenken, folgte ich der Spur. Kurz vor den Felsen endete sie. Ich sah mich um und entdeckte einen kleinen Weg, der eine Schneise durch das Gestrüpp und die hohen Bäume schlug, eine kleine Anhöhe hinaufführte und schließlich vor einem kleinen, alten Holzhaus endete. Dem weiß getünchten Lattenzaun, der das Haus umgab, fehlten ein paar Bretter, der Rest hing schief in der Verankerung. Der Wind zerrte an den verwitterten grünen Fensterläden, welche ein knarrendes Ächzen von sich gaben. Rauch stieg aus dem schwarzen gemauerten Kamin und erfüllte die Luft mit rußigem Geschmack. Aus dem Inneren drang fahles Licht durch die Scheiben, vor denen grauweiße Spitzenvorhänge hingen. Eine alte Holzbank lehnte an der Hauswand, von welcher ein ausgetretener Pfad durch den kleinen verwilderten Garten zur Tür und zum Gartentor führte.

Als ich so dastand, bewegte sich plötzlich hinter dem Fenster eine Gardine und der Umriss eines Kopfes erschien, um sofort wieder zu verschwinden. Erschrocken zuckte ich zusammen, drehte mich um und lief den Weg ins Dorf zurück.

Ich öffnete die Tür zur Pension, klopfte die restlichen Sandklumpen aus dem Profil meiner Schuhe und trat ein. Herrlicher Bratenduft schlug mir entgegen und erst jetzt merkte ich, wie hungrig ich war.

„Millie, ich bin zurück. Das riecht ja wunderbar. Mir läuft schon das Wasser im Mund zusammen", rief ich fröhlich Richtung Küche.

„Schön, dass Sie wieder da sind, Kindchen. Das Essen ist in 20 Minuten fertig. Also, wenn Sie sich noch frisch machen wollen …", hörte ich Millies freundliche Stimme.

„Gut, ich beeile mich", antwortete ich und lief die Treppe zu meinem Zimmer hinauf.

Als ich frisch geduscht und umgezogen in das Esszimmer kam, dampfte bereits eine Tasse Tee auf dem kleinen Tischchen vor dem Kamin und neben der Tasse stand der Cognacschwenker gefüllt mit Whisky. Millie dachte wirklich an alles. Ich machte es mir in dem schweren Ohrensessel gemütlich und nippte an dem Glas. Obwohl ich den ganzen Tag nicht viel gemacht hatte, fühlte ich mich erschöpft und müde. Zu viele Gedanken schwirrten in meinem Kopf. Ich dachte an Mark, an den alten Mann im Antiquitätengeschäft, an das junge Mädchen auf der vergilbten Fotografie und an den eigenartigen Fischer in dem Hafenlokal. Viel Zeit, diese Gedanken zu ordnen, blieb mir nicht, denn Millie betrat mit einem großen Tablett den Raum und bat mich mit einer Kopfbewegung zu Tisch.

Mit Heißhunger verschlang ich die große Portion, die Millie mir serviert hatte. Es schmeckte köstlich, den Nachschlag musste ich jedoch vehement ablehnen.

„Ach Millie, das war das Beste, was ich seit Langem gegessen habe. Heute Mittag hatte ich nicht so viel Glück. Anscheinend hat im Moment nur das Lokal am Hafen geöffnet und das Essen war – um es höflich auszudrücken – schrecklich", erzählte ich ihr, während wir es uns vor dem Kamin gemütlich machten.

„Aber nicht doch, Liebes, das ist wirklich kein Lokal, wo Sie hingehen sollten. Hauptsächlich verkehren nur Fischer und Säufer dort. Und wegen des Essens ist diese Kneipe sicher nicht berühmt …", kicherte Millie.

„Es gibt noch ein sehr gutes Restaurant ein paar Kilometer außerhalb des Dorfes, ich gebe Ihnen morgen die Adresse und einen Anfahrtsplan. Das kann ich Ihnen wirklich empfehlen. Es ist zwar nicht ganz billig, aber es zahlt sich aus. Die Gegend ist auch sehr schön, Sie werden sehen."

„Ja, vielen Dank, denn keine zehn Pferde bringen mich nochmals in das Hafenlokal. Es ist mir auch etwas Eigenartiges widerfahren. Ein alter Fischer saß mir gegenüber und starrte mich die ganze Zeit an, und als ich gehen wollte, hielt er mich zurück und sagte, ich solle mit meiner Fragerei aufhören. Ich bekam es schon fast mit der Angst zu tun. Auch am Vormittag, in dem kleinen Antiquitätenladen, reagierte der Besitzer so eigenartig auf meine Fragen. Was ist denn hier los, Milllie, ich verstehe das alles nicht."

Millie hatte die Stirn in Falten gezogen und blickte mich ernst an.

„Wir leben hier in einem kleinen Dorf – unter uns – wir mögen keine Fremden, vor allem keine, die viele Fragen stellen", erwiderte sie eisig.

Ungläubig starrte ich sie an. Noch nie hatte ich sie so hart, kalt und böse gesehen. Das sonst so gütige Gesicht war wie versteinert. Ihr Blick durchbohrte mich und ließ mich beinahe erfrieren. Kerzengerade und angespannt saß Millie mir gegenüber, um im nächsten Augenblick augenzwinkernd und mit einer Handbewegung, die etwas Imaginäres wegzuwischen schien, aufzuspringen und die Rotweinflasche zu holen.

„Ihr Glas ist ja leer!", zwitscherte sie und goss mir und sich selbst nach.

Verlegen und verwirrt nahm ich einen großen Schluck und vermied es, weitere Fragen zu stellen.

◆

Als ich später in meinem Bett lag und mich von einer Seite zur anderen wälzte, den Kopf voller schwerer Gedanken und offener Fragen, wünschte ich mir nichts mehr, als in den beschützenden Armen eines Mannes zu liegen. Geborgen und warm. Unruhig fiel ich in einen Dämmerschlaf.

Kapitel 11

„Guten Morgen, Sonnenschein", flüsterte mir eine verschlafene Stimme ins Ohr. Ich weigerte mich die Augen zu öffnen, stattdessen kuschelte ich mich noch enger an Mark und begann seinen nackten Oberkörper mit Küssen zu bedecken. Ich wollte ihn einfach nicht loslassen. Seine warme Haut roch männlich und verführerisch und ich konnte nicht umhin, meine Hände über seinen Körper gleiten zu lassen.

„Hör auf, du kleines Sexmonster, ich muss jetzt wirklich aufstehen!", lachte er und wand sich aus meiner Umarmung. Seufzend ließ ich ihn los und beobachtete, wie er ins Bad ging. Der Anblick seines durchtrainierten muskulösen Körpers ließ mich wohlig erschauern. Er gehörte mir. Ganz und gar. Seit drei Monaten waren wir ein Paar und ich hatte das Gefühl, noch nie so glücklich gewesen zu sein. Mit einem zufriedenen Lächeln streckte ich mich und schwang mich ebenfalls aus dem Bett.

„Ich mach uns schnell Kaffee", rief ich ihm ins Bad hinterher, streifte sein Hemd über und verschwand in der Küche. Mit zwei großen Tassen heißen Kaffees kehrte ich zurück und lehnte mich an den Türstaffel des Badezimmers. Mark stand nur mit einem Badetuch um die Hüften und mit Rasierschaum im Gesicht vor dem Spiegel. Meine Augen glitten verliebt über seinen Körper.

„Ich liebe es, wenn du dich nass rasierst, das macht dich unheimlich sexy."

„Na, ich hoffe, dass du mich nicht nur wegen der Rasur sexy findest", lachte er zurück und zwinkerte mir durch den Spiegel zu.

Ich reichte ihm die Tasse und setzte mich auf den Badewannenrand.

„Hast du heute viel zu tun oder besteht die Möglichkeit, dass wir uns zum Mittagessen treffen?", fragte ich hoffnungsvoll, denn ich konnte es kaum ertragen, ihn den ganzen Tag nicht zu sehen.

„Ich muss dich leider enttäuschen, aber ich bin heute randvoll mit Terminen und am Abend habe ich noch so ein langweiliges Kundenessen. Außerdem sollte ich wieder mal zu Hause nächtigen und nach dem Rechten sehen. Ich weiß ja bald gar nicht mehr, wie mein Haus aussieht", erwiderte er lakonisch.

„Oh, verstehe, schade", antwortete ich traurig.

Marks Haus. Ich kannte es nicht, ich wusste nicht einmal seine genaue Adresse. Die meiste Zeit waren wir unterwegs oder in meiner Wohnung. Mark hatte es nie erwähnt, geschweige denn mich zu sich eingeladen. Bis anhin war mir das gar nicht bewusst, es störte mich auch nicht. Doch es ernüchterte mich, dass er mich jetzt so selbstverständlich damit konfrontierte, diese Nacht in seinem Haus zu verbringen.

„Hat er schon genug von mir? Enge ich ihn ein?", schoss es mir durch den Kopf. Seit der ersten Nacht, die er bei mir verbrachte, waren wir nicht mehr getrennt. Ich genoss diese intensive Zweisamkeit, ich liebte ihn mit Haut und Haaren und konnte nicht genug von ihm bekommen. So gern ich vorher eine selbstsichere Singlefrau war, so gern war ich nun eine Frau in einer festen Beziehung.

„Vielleicht liebe ich ihn zu sehr und erdrücke ihn damit", meldeten sich erste Selbstzweifel einer fast schon krankhaft Verliebten. Auch Rolfs Reaktion fiel mir wieder ein, als ich ihm erzählte, dass wir ein Paar wären. Rolf dachte vorerst, ich würde scherzen. Mit einem hämischen Auflachen beurteilte er unsere Beziehung als zum Scheitern verurteilt, denn schließlich kenne er Mark.

Seine Worte hallten durch meinen Kopf.

„Bist du verrückt? Gerade Mark suchst du dir aus? Ich hatte dir doch schon erzählt, dass er ein Weiberheld ist. Seit ich Mark kenne, hat es keine geschafft, ihn zu halten. Nach ein paar Wochen wird er dich zwar galant, aber nichtsdestotrotz fallen lassen wie eine heiße Kartoffel. Plötzlich wird er unheimlich viele und wichtige Termine haben und sonstige Verpflichtungen, die er nicht verschieben kann, etc. Und eines Tages wird er dich nicht einmal mehr anrufen und du wirst nicht wissen, warum. So ist er nun mal. Bitte glaube mir, ich bin schließlich dein Freund und will nicht, dass er dir wehtut."

„Hatte Rolf recht oder steigere ich mich da in etwas rein?"

Ein herzhafter Rasierschaumkuss riss mich aus meinen ängstlichen Gedanken.

„Aber, aber, mein kleiner Liebling, von einer getrennten Nacht geht doch nicht gleich die Welt unter", lachte Mark und zwinkerte mir aufmunternd zu.

„Hast ja recht", lächelte ich zurück und stand auf.

„Ich hol mir noch einen Kaffee, möchtest du auch noch einen?", fragte ich, gab ihm einen Klaps auf sein knackiges Hinterteil und verschwand Richtung Küche.

„Danke, Kleines, aber ich bin schon spät dran", erwiderte er und stieg in seine Kleidung.

Ich machte es mir am Küchentisch gemütlich, trank meine zweite Tasse Kaffee und las die Morgenzeitung. Mark kam mit einem breiten Lächeln zu mir, beugte sich runter und küsste mich zärtlich.

„Ich ruf dich an. Ich wünsch dir noch einen schönen Tag." Und weg war er.

◆

Als ich ins Büro kam, hatte ich bereits 3 Meldungen auf meinem Anrufbeantworter. Ich drückte auf die Wiedergabetaste, hörte Marks dunkle Stimme und lächelte glücklich.

„Piep. Hallo mein Sonnenschein, ich vermisse dich jetzt schon. Ich probier es später nochmals. Klick. – Diese Nachricht wurde hinterlegt um 7 Uhr 15" – „Piep. Hallo mein Schatz, wo bist du denn, kommst du wieder mal zu spät ins Büro? Ich habe in 20 Minuten eine Sitzung und weiß noch nicht, wie lange diese dauert. Aber ich versuche es auf jeden Fall wieder, ich muss doch deine schöne Stimme hören. Klick. – Diese Nachricht wurde hinterlegt um 7 Uhr 40." – „Piep. So, ein letztes Mal vor meiner Sitzung. Wie ich sehe, bist du immer noch nicht im Büro. Schade, ich hätte dich gerne noch gehört. Auf jeden Fall wollte ich dir noch sagen, dass ich dich liebe und schrecklich vermisse. Aber morgen sehen wir uns ja wieder. Ich kann es kaum erwarten. Ich küsse dich, schönen Tag noch. Klick. – Diese Nachricht wurde hinterlegt um 7 Uhr 55. – Piep – Sie haben keine weiteren Nachrichten."

Ich lehnte mich zurück und spulte das Band nochmals zurück. Ich musste mir seine Worte nochmals anhören. Ein unglaublich warmes Glücksgefühl durchströmte mich. Gleichzeitig ärgerte ich mich über mich selbst, dass mich in der Früh so eine lächerliche Unsicherheit bezüglich Marks Liebe beschlichen hatte. Und ich ärgerte mich über Rolf, der solch ein Misstrauen gegenüber Mark in mir säen konnte.

„Mark liebt mich und ich liebe ihn. Basta", triumphierte ich innerlich. Rolfs Prophezeiungen hin oder her.

◆

Am späten Nachmittag leuchtete endlich Marks Nummer im Display auf. Mein Herz hüpfte, als ich den Hörer abnahm.
„Hallo mein Liebling, wie war dein Tag?", fragte ich sanft.
„Frag besser nicht, ich hab auch gar nicht lange Zeit. Die nächste Sitzung beginnt gleich. Ich wollte nur schnell deine Stimme hören. Ich liebe dich, vermisse dich und deinen Wahnsinnskörper. Am liebsten würde ich jetzt mit dir … Moment … wer ist dran … nein, ich rufe später zurück … so, da bin ich wieder, entschuldige bitte."
„Ich liebe dich auch und würde dich jetzt auch gern spüren", säuselte ich erregt zurück.
„Ich muss jetzt los. Ich freu mich auf morgen. Ich küsse dich", erwiderte Mark etwas gehetzt und doch liebevoll.
Ich legte den Hörer auf und lächelte glücklich. Rundum glücklich. Das Leben war schön.

Kapitel 12

Als ich am Morgen in meinem kleinen, durchgelegenen Hotelbett mit Rückenschmerzen aufwachte und der Blick durchs Fenster wieder schlechtes Wetter prophezeite, beschloss ich abzureisen. Dieser Kurzurlaub war ein Schlag ins Wasser. Nicht nur die unwirtliche Gegend, auch die sonderbaren Leute hingen mir schön langsam zum Hals heraus. Trübsal blasen konnte ich schließlich auch in meinen eigenen vier Wänden. Gerädert stieg ich aus dem Bett und streckte mich. Die tägliche Routine, ans Fenster zu gehen und nachzusehen, ob die Gestalt am Pier stehen würde, hielt ich auch diesmal ein.

„*Na klar, da steht sie ja*", dachte ich gleichgültig, wandte mich ab und ging ins Bad.

◆

Während ich beim Frühstück saß und lustlos an meinem Croissant kaute, verzogen sich die Wolken. Der Himmel war stahlblau und die Sonne blendete durchs Fenster.

„Ist das nicht ein wunderschöner Tag heute?!", zwitscherte Millie, die mit einem frisch gepressten Orangensaft in die Stube trat. „Die beste Gelegenheit, übers Land zu fahren. Es ist so eine schöne Gegend. Und außerdem können Sie dann gleich das Restaurant testen, von dem ich Ihnen gestern erzählt habe. Ich hole gleich mal die Adresse und den Plan."

„Ich wollte eigentlich heute abre…", weiter kam ich nicht, denn Millie war bereits wieder verschwunden.

Mit glühenden Backen und einer Landkarte kam Millie zurück und bemühte sich ausschweifend mir den Weg und die Besonderheiten im Hinterland zu erklären.

„*Also schön*", dachte ich bei mir, „*einen Tag noch, aber morgen reise ich wirklich ab.*"

Ich setzte meine Sonnenbrille auf, stieg ins Auto und folgte Millies Richtungsangaben in das sogenannte Hinterland. Die sanften grünen Hügel, die sich vor mir erstreckten, erinnerten mich an Irland und den Urlaub, den ich mit Mark dort verbracht hatte. Ich lächelte und plötzlich wurde mir bewusst, dass ich das erste Mal bei einer Erinnerung an Mark lächelte. So missmutig, wie ich in der Früh aufgestanden war, so fröhlich war ich nun. Die Gegend wirkte freundlich und friedlich, die einzelnen Häuser waren gepflegt und liebevoll instand gehalten. Obwohl ich erst ein paar Kilometer gefahren war, wurde der Kontrast zu dem unwirtlichen, heruntergekommenen Fischerdörfchen immer stärker. Fast befreit atmete ich tief durch und stimmte lautstark in das Lied aus dem Radio ein. Nach einer langen Geraden durch unendlich scheinende Felder und Hügel begann ein kleines Wäldchen. Ein Weg führte rechts weg. Den Anfang des Weges begrenzte auf beiden Seiten eine kleine Mauer, auf welcher steinerne, halb verwitterte Löwen prangten. Ich bog ab und fuhr den Kiesweg durch den Hain entlang. Der Weg verbreiterte sich und verlief sich in einem großen Platz, in dessen Mitte ein vertrockneter Springbrunnen stand. Dahinter erhob sich ein altes Herrschaftshaus mit hohen Säulen und zwei gegenüberliegenden Freitreppen, die auf einer großen Terrasse vor dem mächtigen Portal endeten. Das Haus schien verlassen zu sein. Die Fensterläden waren geschlossen. Als ich näher kam, bemerkte ich, dass dieses wunderschöne Anwesen bereits halb verfallen war. Ich stellte den Motor ab und stieg aus. Der Kies knirschte unter meinen Schritten, als ich auf die mit Laub bedeckten Treppen zuging. Ich stand auf der Terrasse und blickte über den nunmehr verwilderten Park, den Springbrunnen und die lange Auffahrt.

„*Es muss wunderschön gewesen sein*", dachte ich bei mir und malte mir das Leben auf diesem Anwesen in den buntesten Farben aus.

Ich drehte mich um und inspizierte die große Eingangstür in der Hoffnung, zu erfahren, wer hier einst gelebt hatte. Drei in sich verschlungene Buchstaben in alter Schrift waren kunstvoll in beide Frontflügel der Eichentür eingeschnitten.

„EvB", las ich laut vor, „EvB".

Ich drückte die Klinke und rüttelte an der Tür, konnte sie aber nicht öffnen.

Ich streifte noch ein paar Minuten um das Haus, betrachtete die wunderschöne Architektur und bedauerte den verfallenen Zustand. Schließlich stieg ich wieder ins Auto und verließ mit einem letzten Blick in den Rückspiegel das Anwesen. An der Hauptstraße angekommen, folgte ich dem Wegweiser in das nächste Dorf, in dem auch das Restaurant sein sollte, von dem Millie so schwärmte.

Nach gut zwanzig Minuten erreichte ich mein Ziel – eine hübsche, gepflegte kleine Ortschaft mit breiten Straßen und blumengeschmückten Häusern. Ich parkte mein Auto und schlenderte durch die belebten Gassen zum Hauptplatz. Das Restaurant war nicht zu übersehen. Einladend war die Eingangstür geöffnet und die davor ausgestellte Menükarte ließ mir das Wasser im Mund zusammenlaufen. Kaum hatte ich das Lokal betreten, wurde ich von einer Kellnerin freundlich empfangen und zu einem freien Tisch geführt.

„Welch ein Unterschied zu dem Fischerdorf", dachte ich, als ich mich an dem schön gedeckten Tisch niederließ. *„Hier ist alles so gepflegt und nett."* Auch die Leute erschienen mir bei Weitem höflicher und offener. Aber vielleicht lag das ja auch am Sonnenschein oder meiner guten Laune, dass ich nun alles mit anderen Augen sah.

Nach einem herrlichen und ausgiebigen Mahl lehnte ich mich gesättigt zurück.

„Einen kleinen Verdauungsschnaps vielleicht?", fragte mich lächelnd die Kellnerin, als sie den Tisch abräumte.

„Nein, besten Dank, ich bin mit dem Auto unterwegs."

„Ja, das dachte ich mir schon. Sie sind nicht von hier. Sind Sie auf der Durchreise?"

„Mehr oder weniger. Ich mache eine Woche Urlaub in dem kleinen Fischerdorf an der Südküste."

„Du meine Güte, was hat Sie denn an diesen gottverlassenen Ort verschlagen?", fragte sie erstaunt.

„Das frage ich mich auch schön langsam", antwortete ich lächelnd. „Kennen Sie den Ort? Die Leute dort sind alle so verschlossen, unfreundlich und mürrisch. Außer Millie, der Wirtin von der Pension, in der ich wohne, sie kümmert sich reizend um mich."

„Ja, ja, die gute alte Millie versucht also immer noch den Tourismus ein bisschen anzukurbeln. Sie müssen wissen, die Dorfbewohner wollen keine Fremden. Sie dulden gerade noch die paar Sommergäste, die sich dorthin verirren. Diese sind jedoch meist selbst froh, wenn sie in Ruhe gelassen werden. Sie wissen schon, das sind so Alternative oder Künstler oder Möchtegernaussteiger", plapperte sie munter drauflos.

Das Lokal war fast leer. Die Kellnerin stand immer noch mit den Tellern in der Hand vor mir, machte jedoch keine Anstalten, unsere Unterhaltung zu unterbrechen. Im Gegenteil, sie zog mit dem Fuß den Stuhl zurück, stellte die Teller wieder auf den Tisch und setzte sich zu mir.

Bedeutungsvoll lehnte sie sich zu mir herüber.

„Wissen Sie, ich verstehe es ja selbst nicht, aber seit ich denken kann, kapseln sich die Leute dort ab und vermeiden jeglichen Kontakt zu den Nachbardörfern. Eigenartige Leute sage ich Ihnen."

Zustimmend nickte ich.

„Aber für unseren Ort ist das nur positiv, denn so kommen die Gäste zu uns. Wir sind zwar nicht direkt am Meer, haben aber sonst einiges zu bieten", sprudelte es weiter aus ihr heraus.

„Ach übrigens, auf meinem Weg hierher kam ich bei einem wunderschönen Anwesen vorbei, leider bereits ziemlich verfallen. Wissen Sie zufällig, wem dieser Besitz gehörte und warum es nun so verlassen ist?", fragte ich unschuldig, denn die letzten Tage hatten mich gelehrt, dass Fragen nicht willkommen sind.

Zu meiner Verwunderung bekam ich jedoch überschwenglich Auskunft.

„Zufällig, sagen Sie, zufällig?! Natürlich weiß ich, wer der Herr auf dem Anwesen war. Schließlich gehörte ihm das ganze Land ab seinem Gut bis hin zur Küste samt dem Fischerdorf. Es war ein gewisser Herr Enno von Barrister. Ein strenger, unerbittlicher Herr. Also, das weiß ich natürlich nur von Erzählungen, denn das war alles vor meiner Zeit. Auf jeden Fall ... wo war ich stehen geblieben, ach ja, Enno von Barrister, irgendwie aus altem Adel, ein großer Mann mit einem aufgezwirbelten Schnurrbart. Er hatte eine Frau und vier Kinder glaube ich."

Gebannt lauschte ich ihren Ausführungen.

Enno von Barrister ... der Kirchenerbauer ... aufgezwirbelter Schnurrbart, vier Kinder ... die Fotografie ...", schoss es mir durch den Kopf.

„Er führte ein sehr strenges Regiment; man sagt, nicht nur das Land gehörte ihm, sondern auch die Menschen, die darauf wohnten. Alle waren in gewisser Weise abhängig von ihm. Vom Lehrer, Pfarrer oder Geschäftsinhaber bis hin zum Fischer. Sein Wort war Gesetz.

Auf der anderen Seite, so erzählt man sich, gab er den Leuten eine gewisse Sicherheit und einen geregelten Wohlstand."

„Na, nach Wohlstand sieht mir das Dorf heute aber nicht mehr aus", warf ich zweifelnd ein.

„Da haben Sie schon recht, aber früher war es der schönste und reichste Landstrich weit und breit. Bis – nun – bis zu dem Unglück …"

„Welches Unglück?", bohrte ich nach.

„Nun ja, so genau weiß das niemand und die, die es wissen könnten, schweigen eisern. Ich weiß nur so viel, dass die ganze Familie irgendwie umkam, nur eine Tochter überlebte und die wurde wahnsinnig, sagt man. Ich glaube, sie lebt sogar noch in dem Fischerdorf … so, nun aber genug geplaudert, ich muss wieder an die Arbeit", endete sie, erhob sich lächelnd, nahm die Teller und ging.

Erschlagen von den vielen Informationen saß ich noch eine Weile an dem Tisch und leerte gedankenverloren mein Wasserglas. War etwa die Gestalt am Pier die verrückte Tochter, die überlebt hatte? War es das wunderschöne Mädchen auf der Fotografie in dem Antiquitätenladen? Meinen Entschluss, abzureisen, verwarf ich. Jetzt musste ich es wissen.

Kapitel 13

Ich nützte die Gelegenheit des „freien" Abends und verabredete mich mit meiner besten Freundin Elise. Elise und ich kannten uns schon seit Ewigkeiten. Über Jahre waren wir durch dick und dünn gegangen. Wir lachten und weinten miteinander. Jedes noch so intime Geheimnis wurde geteilt. Wir scherzten oft darüber, dass wir eigentlich ein ideales Paar abgeben würden. Nichts und niemand würde unsere Freundschaft beeinträchtigen können.

Ich musste allerdings zugeben, seit ich Mark kannte, hatte ich meine Freundschaften ziemlich vernachlässigt. Glücklicherweise verzeiht man einer bis über beide Ohren Verliebten vieles. Natürlich telefonierten wir regelmäßig, aber gesehen hatten wir uns in den letzten Monaten nicht.

Wir beschlossen zu unserem Lieblingsitaliener zu gehen und anschließend bei mir noch eine Flasche Wein zu köpfen. Wir landeten schließlich auf meinem Sofa, jeder mit einem Weinglas bewaffnet, und ich musste ihr alles bis ins kleinste Detail über meine Beziehung mit Mark erzählen. Elise lauschte meinen Ausführungen mit glühenden Augen und immer wieder prosteten wir uns zu und schenkten uns nach. Obwohl ich Mark sehr vermisste, genoss ich diesen Abend in vollen Zügen und fühlte mich ein wenig in meine herrliche Singlezeit zurückversetzt.

Beschwipst und wie Schulmädchen kichernd beendeten wir unseren Damenabend gegen 3 Uhr Früh. Elise schlief – wie gewöhnlich nach solchen Trink- und Tratschabenden – bei mir.

In der Früh wachten wir beide mit einem Brummschädel auf. Wir blickten uns an und fingen zu lachen an.

„Wie in guten alten Zeiten, nicht wahr?", krächzte Elise, denn auch unser nächtlicher Zigarettenkonsum ließ nichts zu wünschen übrig.

„Du sagst es", hustete ich lachend zurück.

„Ach, war das herrlich gemütlich gestern. Das nächste Mal lassen wir nicht wieder so lange Zeit verstreichen. Versprochen", ergänzte ich.

„Ich nehme dich beim Wort, du verliebtes Küken", antwortete Elise und begab sich in die Dusche.

◆

Als ich ins Büro kam, griff ich als Erstes zum Telefonhörer und wählte Marks Nummer. Mark war nicht erreichbar und so hinterließ ich enttäuscht eine Nachricht bei seiner Sekretärin. Ich hätte ihn so gern gehört und ihm von meinem schönen Abend mit Elise erzählt. Ich freute mich schon auf abends, denn dann konnte ich ihn endlich wieder in die Arme schließen.

Mein Kater war schlimmer, als ich vorerst bemerkt hatte. Mit hämmerndem Kopf und müdem Körper saß ich über einem sterbenslangweiligen Akt und quälte mich durch die Seiten, als das Telefon klingelte.

Als auf dem Display Marks Nummer erschien, ging es mir gleich viel besser. Freudig nahm ich ab.

„Guten Morgen, mein Liebling, endlich höre ich dich, ich hab dich so vermisst. Ich hatte schon versucht dich zu erreichen, aber deine Sekretärin sagte mir, du seist außer Haus."

„Guten Morgen, mein Sonnenschein, ja ich hatte noch einen Termin. Ich hab dich auch vermisst und freu mich schon auf heute Abend, wenn ich dich endlich wieder küssen kann. So und wie geht es dir, mein Liebling?"

„Jetzt, wo ich dich höre, gut, obwohl ich einen Riesenkater habe. Ich war gestern mit Elise aus, wir hatten einen wahnsinnig lustigen Abend, aber eben leider auch ein bisschen zu viel getrunken."

„Ach ja?", kam es plötzlich unterkühlt zurück.

„Ja, stell dir vor, wir haben bis drei Uhr Früh getratscht und getrunken und einfach Spaß gehabt."

„So, so."

„Was ist denn? Bist du böse? Du sagst ja gar nichts."

„Nein, ich bin nur etwas enttäuscht und wundere mich, dass du die erstbeste Gelegenheit ausnutzt, um … na ja, lassen wir das. Ich muss jetzt sowieso weitermachen. Also, bis später." Klick.

Ungläubig starrte ich den Hörer an. Was war denn jetzt passiert? Ein eigenartiges Schuldgefühl schlich sich in meinen Bauch. Aber warum? Ich habe doch nichts verbrochen. Ich legte den Hörer auf und versuchte dieses sonderbare Gespräch als unwichtig abzutun.

„Mark wird sich schon wieder beruhigen, vielleicht hat er heute ja nur schlechte Laune", dachte ich.

◆

Beim Mittagstisch traf ich Rolf in der Kantine.

„Hallo Rolf, ich habe dich schon lange nicht gesehen. Warst du wieder auf Geschäftsreise?"

„So ist es, die letzten drei Wochen war ich fast ständig unterwegs. Cylia ist schon etwas mürrisch deswegen. Letzte Woche hatten wir unseren ersten großen Streit. Aber ich nehme an, das kommt in allen guten Ehen vor. Und … wie läuft es bei dir und Mark so? Immer noch zusammen?"

„Allerdings und es könnte nicht besser gehen. Ich versteh gar nicht, dass du so skeptisch bist. Vielleicht ist Mark gar nicht so, wie du immer geglaubt hast."

Rolf verdrehte die Augen.

„Wenn du meinst. Auf jeden Fall drücke ich dir die Daumen, dass es weiterhin mit euch so gut geht."

„Danke, das wird es."

Eine Weile saßen wir schweigend da und stopften den Kantinenfraß in uns hinein. Irgendwie lag mir Marks unvermutete kühle Haltung am Telefon immer noch im Magen.

„Rolf, darf ich dich was fragen, ohne dass du gleich wieder sagst ‚Ich hab es ja gewusst' oder so?"

Rolf sah von seinem Teller auf und blickte mich mit seinen gutmütigen Augen fast schon mitleidig an, als ob er sich innerlich bestätigt fühlte, dass das Ende unserer Beziehung doch nicht mehr weit sein konnte.

„Also, es ist so … gestern waren Mark und ich das erste Mal, seit wir ein Paar sind, getrennt, er hatte irgendeinen Termin am Abend und wollte dann bei sich übernachten. Daraufhin habe ich mit meiner besten Freundin den Abend verbracht und wir hatten es wirklich lustig …"

Rolf nickte nur, die Stirn in Falten gezogen.

„… und heute, wie ich Mark davon erzählt habe, hat er ganz eigenartig reagiert. Er hat keine zwei Worte mehr mit mir gewechselt und das Telefonat ziemlich abrupt beendet. Meinst du, er ist böse, weil ich mit Elise aus war?"

Rolf schwieg noch eine Weile. Behutsam fasste er seine Meinung in Worte.

„Hmm, nun ja, Mark ist, wie ich dir ja schon immer gesagt habe, ein etwas schwieriger Charakter und im Grunde muss immer alles nach seinem Kopf gehen. Aber vielleicht ist er heute ja nur schlechter Laune. Nimm dir das nicht so zu Herzen und lass dich ja nicht einschüchtern. Wie es aussieht, liebt Mark dich wirklich, denn so lange war er noch nie mit einer Frau zusammen. Also nehme ich an, dass du mit ihm umzugehen verstehst. Darum bitte ich dich, bleib weiterhin so, wie du bist, und lass dir nicht ein schlechtes Gewissen einreden."

„O.K., ich danke dir. Du hast recht. Es ist ja auch nichts dabei, sich mit der besten Freundin ab und an zu treffen und wenn ihn das stört, ist das sein Problem."

Zufrieden und bestärkt beendete ich mein Essen und unterhielt mich mit Rolf noch eine Weile übers Geschäft und sonstige belanglose Dinge.

◆

Als ich abends heimkam, war Mark bereits in der Wohnung. Ein großer Strauß roter Rosen prangte auf dem Esstisch. Aus der Küche duftete es verführerisch. Im Wohnzimmer brannten Hunderte kleine Teelichter und romantische Musik drang aus den Boxen.

Mark stürmte aus der Küche auf mich zu, umarmte mich heftig, küsste mich leidenschaftlich und riss mir beinahe wild die Kleider vom Leib. Das Essen musste warten, aber gab es einen schöneren Grund?!

Kapitel 14

Ich zahlte und verließ das Restaurant. Ich war noch immer wie gefangen von den Geschichten der Kellnerin. Ich beschloss so schnell wie möglich in das Fischerdorf zurückzufahren und dem großen Geheimnis auf die Spur zu kommen. Ich nahm mir vor keine Fragen mehr zu stellen, sondern auf anderen Wegen herauszufinden, was damals passiert war. Meine erste Anlaufstelle würde die Bibliothek sowie das Rathaus sein. Vielleicht wurde ich ja fündig. Gespannt setzte ich mich ins Auto und fuhr los.

Ich parkte mein Auto vor der Pension. Millie, die gerade den Hof kehrte, entdeckte mich und lief strahlend auf mich zu.

„Ach, da sind Sie ja wieder, Kindchen. Wie war Ihr Tag? Waren Sie in dem Restaurant, das ich Ihnen empfohlen habe? Was haben Sie alles unternommen?", sprudelten die Fragen nur so aus ihr heraus.

„Hallo Millie", antwortete ich fast abwehrend.

„Kommen Sie, meine Liebe, lassen Sie uns eine Tasse Tee miteinander trinken, dann können Sie mir alles in Ruhe erzählen." Und schon verschwand sie im Haus.

Der Wind hatte bereits wieder aufgefrischt und dunkle Wolken zogen über den Himmel.

„Gut", dachte ich, *„ich muss mich sowieso noch wärmer anziehen, wenn ich das Wetter so beobachte. Also trinken wir halt eine Tasse Tee. Lieber wäre mir jetzt eigentlich ein Bier."*

Ich stiefelte Millie in die Küche hinterher.

„Millie, haben Sie vielleicht auch ein kühles Bier? Ich habe jetzt so richtig Durst."

„Aber selbstverständlich", kicherte sie und ging zum Kühlschrank.

Nachdem ich ihr alles erzählt hatte, mit Ausnahme der Unterhaltung mit der Kellnerin, holte ich mir meinen warmen Anorak und den Schal, winkte noch kurz in die Küche und ging Richtung Hauptplatz.

Doch weit kam ich nicht. Denn da sah ich sie. Steten Schrittes und mit wallendem Umhang lief die kleine zierliche Person den Weg zur Kapelle hinauf. Ihre Kapuze blähte sich bei jedem Schritt mit dem Wind. In einigem Abstand folgte ich ihr und wartete, bis sie in der Kapelle verschwunden war. Jetzt beschleunigte ich meine Schritte und war bald am Tor angelangt. Behutsam und so leise wie möglich betrat ich das alte Gemäuer, schloss die Türe und blieb regungslos stehen.

Die Gestalt kniete vor dem kleinen gepflegten Mahagonitischchen und legte eine frische weiße Rose darauf. Sie entzündete neue Kerzen und strich das Damasttuch zurecht. Sie schlug ihre Kapuze zurück und dichtes weißes Haar in einem langen Zopf kam zum Vorschein. Sie legte ihre Stirn gegen den Tisch und murmelte immer wieder etwas vor sich hin. Ich konnte es nicht verstehen und wagte ein paar Schritte vorwärts.

„Wann kommst du zurück, wann kommst du endlich zurück und holst mich? Ich bitte dich, komm und hole mich, mein Liebster. Ich warte schon so lange auf dich. Wann kommst du, wann …"

Ihre Worte ließen mir einen kalten Schauer über den Rücken laufen. Ich merkte nicht einmal, dass ich einen weiteren Schritt in ihre Richtung unternahm, doch das knirschende Geräusch meines Schuhes ließ uns beide aufschrecken.

Sie fuhr herum und starrte mich mit großen panischen Augen an. Augen, die ich schon einmal gesehen hatte. Große, wunderschöne, junge, aber melancholische Augen. Doch nun waren es die Augen einer alten Frau, trüb, voller Falten und unendlich leer. Auch ihr Gesicht hatte noch die gleichen feinen Züge wie auf der Fotografie, allerdings entstellte eine lange Narbe ihre linke Wange. Die ehemals schön geschnittenen vollen Lippen waren gramverzogen und verbittert.

„Wer sind Sie? Was wollen Sie hier? Gehen Sie weg, Sie haben hier nichts zu suchen. Das ist meine Kapelle, hören Sie, meine Kapelle", rief sie hysterisch und mit fast tränenerstickter Stimme.

„Entschuldigen Sie, ich wollte Sie nicht stören", stammelte ich.

„Ich … ich wollte Ihnen nicht zu nahe treten, aber ich sehe Sie jeden Tag am Pier stehen und jetzt hier und ich …"

„Was wollen Sie von mir? Lassen Sie mich in Ruhe!", schrie sie.

Ich wollte noch etwas erwidern, brachte jedoch nur ein leises „Entschuldigung" heraus und wandte mich zum Gehen. Als ich gerade die Tür aufziehen wollte, sprach sie mich an. Ihre Worte waren kaum hörbar.

„Sie waren das also. Sie waren bei meinem Haus am Ende des Strandes. Niemand kommt jemals dorthin. Niemand. So wie auch niemand in diese Kapelle geht."

Die Tür immer noch halb geöffnet in der Hand, blieb ich wie erstarrt stehen. Ich hatte nicht damit gerechnet, dass die alte Dame mit mir sprechen würde. Ich ließ die Tür ins Schloss fallen und drehte mich langsam um. Sie kniete noch immer vor dem Schrein, das Gesicht von mir abgewandt.

„Ja, ich folgte den Spuren im Sand, ohne darüber nachzudenken, und kam schließlich zu Ihrem Haus. Ich wusste nicht, dass Sie darin wohnen", antwortete ich zaghaft.

Sie erhob sich langsam und drehte sich zu mir. Sie blickte mich lange an.

„Es ist lange her, seit jemand mit mir gesprochen oder sich für mich interessiert hat. Wieso Sie?", fragte sie und setzte sich auf eine der alten Holzbänke.

„Ich weiß nicht, ich war nur – entschuldigen Sie – ja, ich war fast fasziniert davon, Sie jeden Tag bei Wind und Wetter so unbeweglich auf dem Pier stehen und auf das Meer starren zu sehen. Ich war einfach neugierig. Ich konnte mir nicht erklären, was es damit auf sich hatte. Ich fragte auch einige Leute im Dorf, aber ich stieß nur auf versteinerte Mienen und Ablehnung", erwiderte ich und trat einen Schritt auf sie zu.

„Das wundert mich nicht." Verbittert starrte sie ins Leere.

Ich wagte mich weiter vor, denn immerhin hatte sie die Unterhaltung begonnen.

„Ich war in dem kleinen Antiquitätenladen und sah dort eine alte Fotografie von einer stattlichen Familie. Dabei war auch ein wunderschönes Mädchen. Ich habe jetzt fast den Eindruck, als ob Sie dieses Mädchen wären …", begann ich behutsam.

Sie nickte nur.

„Ich bin heute auch an einem alten verfallenen Herrschaftssitz vorbeigekommen und habe erfahren, dass dort einst die Familie von Barrister wohnte …"

Wieder nickte sie nur.

Nach einer kurzen Weile des Schweigens sagte sie: „Ich bin eine von Barrister, nein, besser gesagt, ich war eine von Barrister … Rosalind von Barrister … früher einmal, in einem anderen Leben."

Sie erhob sich und wandte sich dem Ausgang zu. Es erschien mir, als ob sie mich nicht mehr wahrnehmen würde. Mit einem entrückten Gesichtsausdruck ging sie an mir vorbei und verließ die Kapelle. Ich starrte ihr nach und wollte ihr noch etwas nachrufen, doch ich fand keine Worte.

Kapitel 15

„Na, was sagst du?", meinte Mark und grinste schelmisch.

„Ich … ich bin sprachlos", stammelte ich und starrte auf den goldenen Herzanhänger mit den zwei Schlüsseln.

„Ich hatte eher auf ein freudiges ‚Ja' gehofft. Immerhin sind wir jetzt schon eine Weile zusammen und ich dachte mir, es ist Zeit, einen Schritt weiterzugehen. Wäre doch auch schade, so ein großes Haus leer stehen zu lassen, oder? Auf jeden Fall hättest du genug Platz für deine Schuhe …"

Mark hatte mich am Nachmittag im Büro angerufen und mich für 19 Uhr 30 ins „Cavolo" bestellt, eines der teuersten Restaurants der Stadt. Da saßen wir nun, eine Flasche Champagner im Eiskübel und vor mir lag das kleine Päckchen, dessen Inhalt der Schlüsselanhänger war. Mit den Schlüsseln zu seinem Haus.

„Nach dem Essen zeige ich es dir. Schließlich sollst du ja wissen, wo du demnächst einziehst. Ich bin überzeugt, dass es dir gefallen wird", endete er zufrieden und prostete mir zu.

Ich konnte es kaum glauben. Mark wollte tatsächlich mit mir zusammenziehen. In sein Haus. Einen größeren Liebesbeweis konnte es nicht geben. Ich beugte mich zu ihm hinüber und küsste ihn zärtlich.

„Danke" war das Einzige, was ich ob der überwältigenden Gefühle, die in mir tobten, hervorbrachte.

◆

Mit einem lachenden und einem weinenden Auge durchstreifte ich ein letztes Mal jedes Zimmer meiner Wohnung. Jetzt war sie leer. Den Umzug hatte ich hinter mich gebracht, nur den Schlüssel sollte ich noch abgeben. Etwas wehmütig dachte ich an die vielen schönen Erlebnisse, erfüllte und einsame, lachende und weinende, aufgeregte und gelangweilte Momente, die ich in diesen Räumen erlebt hatte. Für einige Jahre war diese Wohnung mein Nest, mein Rückzugsort, meine Liebeshöhle, aber vor allem mein Reich gewesen. Nun die leeren Wände und Räume zu sehen, tat mir fast körperlich weh. Auf der anderen Seite empfand ich ein unheimliches Glücksgefühl, denn nun wohnte ich mit Mark richtig zusammen.

Sein Haus war größer, als ich es mir vorgestellt hatte. Alles sehr modern, aber auch etwas kühl eingerichtet. Man merkte, dass Mark darin bis anhin allein gewohnt hatte, aber ich dachte mir, dass es durch meinen Einfluss schon bald um einiges gemütlicher sein würde.

Auch der Garten, der das Haus umgab, bestand mehr oder weniger aus Wiese und ein paar Sträuchern. Keine Blumenbeete, keine Farben. Ich freute mich bereits, daraus eine kleine grüne, duftende, blühende Oase zu machen. Schließlich hatte ich sogar auf meinem Balkon immer jede Menge Töpfe mit Blumen und Gewächsen.

Ich blickte auf die Uhr und sah, dass es nun Zeit war, dem Vermieter den Schlüssel zu bringen. Ich zog die Tür ein letztes Mal hinter mir zu. Ein Kapitel meines Lebens war abgeschlossen.

◆

„Hallo, ich bin zu Hause", hörte ich Mark von der Eingangstür rufen, seine Schlüssel klimperten, als er sie in die Schale warf.

„Wo bist du?"

„Ich bin oben im Schlafzimmer!", rief ich zurück.

Ich kniete gerade vor den vielen Kisten mit Kleidung und verräumte alles sukzessive in die großen Schränke der begehbaren Garderobe. Eines musste ich neidlos zugeben, hier hatte ich wirklich mehr als genug Platz.

Ich hörte, wie Mark die Treppe heraufsprang und kurz darauf mit einem breiten Grinsen in der Türe stand.

„Na Kleines, kommst du voran? Wenn ich mir die vielen Kisten so ansehe, hoffe ich nur, dass ich nicht bald ausziehen muss. Vor allem, wenn ich bedenke, dass hier nur die Kleiderkisten stehen und unten ein ganzes Zimmer noch mit anderen Kartons gefüllt ist."

„Keine Angst, so schlimm ist es auch wieder nicht. Du wirst schon sehen, dass meine Sachen sehr gut in dein Haus passen und es sehr wohnlich wird", lachte ich zurück.

Mark verdrehte übertrieben die Augen.

„Aber mach mir ja kein Museum daraus. Ich mag es nicht, wenn alles so angeräumt ist ... und vor allem: ICH wische deine Staubfänger sicher nicht ab."

„Ja, ja, schon gut, hab verstanden, du meinst also, das Haus zu putzen ist reine Frauensache und wird somit an mir hängen bleiben."

„Selbstverständlich, warum glaubst du, wollte ich, dass du hier einziehst", schmunzelte Mark.

„Alter Macho", lachte ich zurück und warf mit einem Paar Socken nach ihm.

„Zu Hilfe, zu Hilfe, sie will mich mit Socken erschlagen ...", rief Mark aus und ließ sich theatralisch zu Boden fallen.

Ich stürzte mich auf ihn und peitschte ihn mit dem Ärmel meines Kaschmirpullovers. Wir brachen beide in schallendes Gelächter aus. Mark zog mich zu sich herunter und küsste mich zärtlich.

„Ich bin froh, dass ich dich gefunden habe und du nun hier bist. Ich liebe dich."

Kapitel 16

Nach dem Erlebnis in der kleinen Kapelle war meine Neugierde größer denn je. Ich konnte kaum schlafen und wartete ungeduldig auf den nächsten Morgen. Früher als sonst sprang ich aus dem Bett und machte mich fertig. Die Sonne schien warm durch das Fenster. Nur ein paar Schäfchenwolken standen am Himmel. Die kleinen Wellen glitzerten in dem goldenen Morgenlicht. Als ich aus dem Bad kam, sah ich sie bereits. Sie ging gerade an das Ende des Piers. In Windeseile warf ich mir einen Pullover über, schlüpfte in meine Jeans und die Turnschuhe, schnappte meine Jacke und rannte aus dem Zimmer.

Als ich die Treppen heruntersprang, trat Millie mit einem verwunderten Ausdruck in den Flur.

„Aber Kindchen, wo wollen Sie denn hin? Was ist denn mit dem Frühstück?", fragte sie verwirrt und blickte mir nach, als ich fast schon aus der Haustür war.

„Später, Millie, später!", rief ich über die Schulter zurück.

Ich rannte, so schnell ich konnte, runter zum Hafen auf den Pier. Sie stand immer noch dort, an der gewohnten Stelle, unbeweglich wie auch schon die Tage zuvor. Ich verlangsamte meine Schritte und ging behutsam bis auf einen Meter Abstand auf sie zu. Sie bemerkte mich nicht. Mein Herz pochte wie wild und ich wusste nicht, ob ich sie nun ansprechen oder mich neben sie stellen sollte.

Ich trat ein paar Schritte vor, bis ich auf gleicher Höhe mit ihr war, und sah genauso gebannt aufs Meer wie sie.

„Schön, nicht wahr, wenn das Meer so ruhig ist und auf den Wellen kleine Diamantpunkte tanzen…", begann ich zaghaft und hoffte auf eine Reaktion von ihr.

Sie ignorierte mich und starrte weiterhin auf die Weiten des Wassers.

„Unglaublich, dass es manchmal auch ganz anders sein kann. Stürmisch, schwarz und gefährlich. Ich schaue gern aufs Meer hinaus, es beruhigt mich und macht mich irgendwie zufrieden…", setzte ich weiter fort.

Ich merkte, wie sie mir den Kopf zuwandte und mich mit wässrigen Augen ansah.

„Ich stehe nicht hier, damit es mich beruhigt oder damit ich zufrieden bin … ich warte und halte Ausschau", sagte sie gedehnt und ihre Stimme klang hoffnungslos.

„Darf ich fragen, auf wen Sie warten?"

„Warum?"

„Ich weiß nicht, ich meine, es verwundert mich einfach …"

„Es geht Sie nichts an, lassen Sie mich in Ruhe!"

„Das stimmt schon, aber … Sie haben recht, es tut mir leid. Ich wollte mich nur ein bisschen mit Ihnen unterhalten."

„Ich will mich aber nicht mit Ihnen unterhalten. Also gehen Sie endlich weg!" Ihre Stimme klang müde und verzweifelt.

Betreten schwieg ich und trat von einem Bein auf das andere.

„Entschuldigen Sie, ich … ich wollte Sie nicht stören", sagte ich schließlich und drehte mich um. Als ich bereits ein paar Schritte entfernt war, hörte ich ihre Stimme.

„Haben Sie schon einmal geliebt?"

Erstaunt blieb ich stehen und wandte mich zu ihr.

„Ja, allerdings", erwiderte ich.

„So sehr geliebt, dass Sie sogar töten oder Ihr eigenes Leben dafür geben würden?"

„Also, ich … ich weiß nicht recht, ich habe mir darüber noch nie Gedanken gemacht."

„Dann können Sie das hier auch nicht verstehen."

„Wollen Sie es mir erklären?", fragte ich in der Hoffnung, endlich diesem Rätsel auf die Spur zu kommen.

„Wozu denn? Sie sind jung. Warum wollen Sie Geschichten einer alten Frau hören?"

„Vielleicht kann ich ja etwas von Ihnen lernen. Ich bin eine gute Zuhörerin."

Langes Schweigen trat ein. Während der ganzen Unterhaltung nahm sie kein einziges Mal den Blick vom Meer. Auch jetzt sah sie mich nicht direkt an, als sie fast unhörbar meinte: „Kommen Sie am Nachmittag zu meinem Haus. Aber sprechen Sie mit niemandem darüber. Mit niemandem, hören Sie?"

Ich nickte nur, drehte mich um und ging zurück zur Pension.

◆

Aufgewühlt saß ich beim Frühstück und leerte mehrere Tassen Kaffee. Ich konnte es kaum erwarten, dass es Nachmittag würde. Millie riss mich aus meinen Gedanken.

„Na, Kindchen, wo waren Sie denn? Einfach so aus dem Haus zu stürmen …"

„Ach, es war so schönes Wetter, da wollte ich mir vor dem Frühstück noch schnell die Beine vertreten."

„Ich habe Sie gesehen, Sie standen am Pier."

„Das ist richtig, ich liebe das Meer und gerade die Morgenstimmung …"

„Aber Sie waren nicht alleine dort, oder?"

„Nein, eine alte Dame stand auch dort."

„Und … haben Sie sich unterhalten?", fragte sie argwöhnisch.

„Nein, ich habe sie nur gegrüßt, sonst nichts", antwortete ich scheinheilig.

Es schien mir, als würde Millie erleichtert aufseufzen.

„Na, dann ist es ja gut", murmelte sie.

„Sind Sie zu Mittag hier oder gehen Sie auswärts essen?"

„Aber Millie, niemand kocht doch so gut wie Sie. Ich würde gerne hier zu Mittag essen, wenn es Ihnen nicht zu viele Umstände macht."

„Aber natürlich nicht, Liebes, ich freue mich, wenn Sie mit mir essen. Dann haben wir wieder Gelegenheit, ein bisschen zu plaudern. Sie könnten mir von Ihrem Beruf erzählen oder wie es so ist, in einer Großstadt zu leben."

„Sicher, Millie, das machen wir", schloss ich die Unterhaltung und ging auf mein Zimmer.

◆

Gegen drei Uhr machte ich mich auf den Weg. Aufgeregt ging ich zum Strand runter, voller gemischter Gefühle und Gedanken. Ich wusste nicht, warum mich diese Person und deren Geschichte so fesselten, aber etwas Geheimnisvolles umgab sie, dem ich auf den Grund gehen wollte.

Ich lief den Strand entlang bis zu dem Weg, der auf die kleine Anhöhe führte. Keuchend blieb ich stehen und schnappte nach Luft. Niemand hatte mich gesehen. Langsam setzte ich meinen Weg fort, bis ich vor ihrer Haustür stand. Mit pochendem Herzen klopfte ich.

Kapitel 17

Das erste Jahr in Marks Haus verflog im Nu. Meinem anfänglichen Enthusiasmus, das Haus etwas gemütlicher einzurichten, hier und dort Vasen oder Kerzen aufzustellen, Bilder aufzuhängen oder sonstige kleine Einrichtungsgegenstände zu platzieren, wurde bald Einhalt geboten. Mark goutierte meinen Hang zur wohnlichen Gemütlichkeit überhaupt nicht und bezeichnete die meisten Gegenstände als kitschig, überflüssig oder Staubfänger. Also verschwanden sie wieder im Karton und landeten im Keller. Ich hatte mich mittlerweile daran gewöhnt, in einem etwas kühlen und spartanisch eingerichteten Haus zu leben.

Nichtsdestotrotz verbrachten wir eine wunderbare Zeit miteinander, lachten und reisten viel, waren beliebte Gäste oder Gastgeber und das Beste von allem war wilder, leidenschaftlicher Sex, und das jede Menge. Ich konnte mich kaum an einen Tag erinnern, an dem wir keinen Sex gehabt hätten. Mark gab mir stets das Gefühl, begehrt, schön und aufregend zu sein, und ich suhlte mich beinahe darin. Obwohl es sonst nicht immer einfach war mit Mark. Er konnte unheimlich stur und oberflächlich sein, alles musste nach seinem Kopf gehen. Anfangs fiel es mir gar nicht auf, dass er mich auf eine ganz spezielle Art manipulierte und kontrollierte. Damenabende mit meinen Freundinnen gab es schon lange nicht mehr. Firmenfesten blieb ich meist fern, denn alleine sollte ich nicht hingehen und mitkommen wollte er schon gar nicht.

Auf der anderen Seite schleppte er mich auf sämtliche gesellschaftliche Anlässe mit, die zu seinen Gunsten waren. Er verpackte dies immer in charmanten, überzeugenden Worten. Ich fühlte mich wirklich gebraucht und geliebt. Ich war wichtig für Mark.

◆

„Hallo mein Kleines, wie geht es dir?"; Mark war am Telefon.

„Ich bin total im Stress, ich habe in 10 Minuten Budgetmeeting, danach eine Präsentation, dann ein weiteres Meeting und einen Kundentermin. Was gibt es?", antwortete ich und freute mich seine Stimme zu hören.

„Hör zu, ich habe ein kleines Problem. Du weißt doch, ich habe dir von Firma Keller & Söhne erzählt, an denen ich schon so lange dran bin, sie als Kunden zu gewinnen. Überraschenderweise ist das Meeting mit Herrn Keller heute besser gelaufen, als ich dachte …"

„Super, das freut mich für dich, gratuliere."

„Ja, ich bin auch sehr froh, immerhin arbeite ich schon seit Monaten daran. Ich brauche jetzt aber deine Hilfe. Ich habe Keller und seine Frau sowie seinen Sohn plus Ehefrau heute Abend um 19 Uhr zu uns eingeladen und ich wäre dir unendlich dankbar, wenn du noch schnell einkaufen gehen könntest und uns ein Festmahl zauberst. Du bist doch so eine hervorragende Köchin; nach deinem Mahl hab ich Keller sicher im Sack."

„Aber Mark, ich hab den ganzen Tag Meetings und um 17 Uhr noch einen Termin bei einem Kunden, ich weiß nicht, wie ich das schaffen soll."

„Aber Kleines, das schaffst du, das weiß ich. Verschieb doch einfach deinen Kunden, das wird schon nicht so wichtig sein. Du würdest mir wirklich einen großen, einen sehr großen Gefallen tun."

„Wie stellst du dir das vor, ich habe schließlich auch einen verantwortungsvollen Posten und kann doch nicht einfach so einen Termin absagen."

„Ich dachte, es wäre dir wichtig, wenn ich endlich Erfolg bei Keller hätte, aber bitte, wenn du meinst, du schaffst das nicht, auch gut, mir wird schon was einfallen."

„Nein, nein, warte, also gut, ich versuche den Termin zu verschieben. Ich schaff das schon. Mach dir keine Sorgen."

„Braves Mädchen, so gefällst du mir. Ich wusste ja, ich kann mich auf dich verlassen. Ach und übrigens, es wäre schön, wenn du zumindest einen Drei-Gänger kochen könntest, aber bitte keinen Fisch, Keller hasst Fisch. Also, mein Liebes, lass dir was Schönes einfallen und überrasche uns. Ich liebe dich, bis dann!" Klick.

Wie paralysiert hielt ich den Hörer noch einige Zeit in der Hand und starrte ins Leere. *„Beruhige dich erst mal"*, dachte ich, denn mein Magen hatte sich während des Gesprächs teils aus Wut und teils aus schlechtem Gewissen zusammengekrampft.

„Du schaffst das. Es ist wichtig für Mark. Also, zuerst mal den Termin verschieben", sagte ich mir selbst vor.

Der Termin war schnell und glücklicherweise unkompliziert verschoben. Den Rest des Tages verbrachte ich in dem Bemühen, volle Konzentration während der Meetings zu bewahren und gleichzeitig ein Drei-Gänge-Menü in Gedanken zusammenzustellen. Ich durfte Mark nicht enttäuschen, es hing so viel für ihn davon ab, Keller als Kunden zu gewinnen. Auf der anderen Seite keimte in mir eine unbändige, ohnmächtige Wut. Mein Job war auch wichtig, ICH war auch wichtig. Warum nur spielte er diesen Umstand immer runter? Warum waren seine Termine, seine Arbeit wichtiger als meine? Natürlich verdiente er auch um einiges mehr als ich. Trotzdem konnte ich es nicht begreifen. Ich tröstete mich jedoch damit, dass Mark nach einem gelungenen Abend wieder sehr stolz auf mich sein würde und mich umso mehr liebte.

Kurz nach 17 Uhr raste ich aus dem Büro und fuhr zum Supermarkt. Wie üblich um diese Zeit war der Laden gerammelt voll. Es bildete sich eine endlose Schlange an der Kasse. Nervös blickte ich immer wieder auf die Uhr.

„Wie soll ich das nur bis sieben schaffen?", fragte ich mich selbst und begann zu schwitzen.

Endlich war ich an der Reihe, als mein Handy läutete. Es war Mark.

„Hallo Liebes, wo bist du?"

„Ich stehe gerade an der Kasse im Supermarkt", antwortete ich gehetzt.

„Was, jetzt erst? Ich hab dich doch extra gebeten … Du weißt doch, wie wichtig Keller für mich ist", tönte es vorwurfsvoll aus dem Handy, welches ich unter der Schulter eingeklemmt hatte, während ich gleichzeitig den Einkauf in die Papiertüten packte.

„Ich beeil mich ja, zaubern kann ich auch nicht", erwiderte ich frustriert.

„Tu das, also bis später."

Ich nahm das Handy vom Ohr und schmiss es erbost in meine Handtasche. Tränen stiegen in meine Augen. Ich rannte zum Auto, verstaute die Einkaufstaschen und raste nach Hause.

„Verdammt noch mal, das kann doch nicht wahr sein. Ich hetze mich ab und der ‚Herr' macht mir noch Vorwürfe", polterte ich heraus und schlug mit den Handflächen wütend auf das Lenkrad.

„Na ja, wahrscheinlich ist er einfach nur sehr angespannt und verlässt sich halt auf mich", versuchte ich mich ein paar Minuten nach meinem Wutausbruch selbst zu trösten.
„Tja, meine Liebe, genauso ist es, wo wäre er denn ohne dich. Er würde es ohne dich ja gar nicht schaffen. Also, jetzt setzen wir ein freundliches Gesicht auf und zeigen den Kellers die perfekte Gastgeberin", bestärkte mich eine kämpferische Stimme in meinem Kopf.

◆

Der Abend lief hervorragend. Kellers waren beeindruckt von meiner Kochkunst und dem guten Wein, den Mark aus dem Keller geholt hatte. Am Ende der Einladung hatte Mark den Vertrag mit Keller so gut wie in der Tasche. Nachdem unsere Gäste gegangen waren, hob Mark mich in die Luft, wirbelte mich herum und rief mit einem glücklichen Gewinnerlachen: „Wir haben es geschafft! Ich danke dir, du bist ein Schatz. Ich bin ja so stolz auf dich, du bist einfach die Beste! Komm, zur Feier des Tages köpfen wir noch eine Flasche Champagner."

Verflogen war mein Ärger vom Nachmittag, vergessen der Stress des Einkaufes und Vorbereitens, verdrängt der Gedanke an die Küche, die wie ein Schlachtfeld aussah. Mark war glücklich und ich war es auch.

„Ja, wir sind schon ein tolles Team", lächelte ich und prostete Mark zu.

Kapitel 18

Nach einiger Zeit, ich hatte bereits mehrmals geklopft, öffnete sich endlich die Türe. Die alte Dame stand unsicher über meine Schulter blickend im Türrahmen und winkte mich herein.

„Keine Angst", sagte ich, „es hat mich niemand gesehen."

Sie nickte nur und wies mir einen Platz auf einer alten Chaiselongue zu. Der grüne Samt war teilweise verschlissen und ausgebleicht. Als ich mich setzte, spürte ich die Metallfedern durch die Polsterung drücken. Links und rechts des Liegemöbels standen zierliche Biedermeiersessel, in der Mitte ein kleiner Teetisch. Der Raum war sehr karg eingerichtet. Die vorhandenen, antiken Möbel mit den verblassten Intarsienarbeiten oder abgewetzten Samtbezügen waren zwar staubfrei, jedoch abgewohnt und ungepflegt. An der einen Wand stand ein alter Sekretär mit vielen kleinen Laden und Fächern. Briefe, die mit einem roten Seidenband gebunden waren, stapelten sich feinsäuberlich auf der Schreibfläche, eine Schale mit getrockneten weißen Rosenköpfen stand daneben. Die Wände waren leer, kein einziges Bild zierte dieses Zimmer. Dafür lagerten Hunderte von Büchern in beinahe ein Meter hohen Türmen entlang den Wänden und überall am Fußboden verstreut.

„Sie lesen wohl sehr viel?", unterbrach ich die unangenehme Stille, die seit meinem Eintreffen bei der alten Frau geherrscht hatte.

Ohne auf meine Frage zu antworten, verließ sie das Zimmer und kehrte keine Minute später mit einem Tablett zurück. Sie stellte das mit Teeservice und dampfender Teekanne beladene Tablett mit zittrigen Händen auf den kleinen Tisch vor mir. Sie goss in beide Schalen ein und reichte mir eine davon. Meine Tasse war blütenweiß und schien ungebraucht zu sein. Ihre hingegen zeigte kleine Risse im Porzellan und kleine Ecken waren aus dem Rand gebrochen.

„Vielen Dank, das ist sehr freundlich von Ihnen", lächelte ich scheu und hoffte auf eine Reaktion ihrerseits. Bis anhin hatte sie noch kein Wort gesprochen und nun erweckte es auch nicht den Anschein einer flüssigen Konversation.

Ich führte die Tasse zum Mund und nahm einen kleinen Schluck. Diesen jedoch nicht gleich wieder auszuspucken, rang mir eine unglaubliche Beherrschung ab, denn der Tee war nicht nur brennheiß, sondern vor allem ekelhaft bitter. Mühsam würgte ich das Gebräu die Kehle hinab.

„Ich möchte nicht unverschämt sein, aber hätten Sie vielleicht ein bisschen Zucker? Der Tee ist sehr gut, aber auch sehr stark."

Wieder gab sie keine Antwort, sondern verschwand einfach.

„Was mache ich eigentlich hier?", fragte ich mich, als ich darauf wartete, dass sie zurückkommen würde. *„Ich sitze bei einer wildfremden alten Frau, die kein Wort herausbringt, und schütte ein widerliches Gebräu in mich. Jetzt bist du wirklich von allen guten Geistern verlassen"*, sinnierte ich, wurde jedoch dabei von der alten Dame unterbrochen, die mir wortlos eine Zuckerdose und einen Löffel hinhielt.

„Vielen Dank", sagte ich leise und füllte drei große Portionen in meine Tasse.

Nach weiteren Minuten der Stille, gequältem Hinunterschlucken meines Tees und betretenem Vor-sich-hin-Starrens unterbrach sie plötzlich ihr Schweigen.

„Ich bin es nicht gewohnt, Gesellschaft zu haben. Schon lange, sehr, sehr lange habe ich nicht mehr mit jemandem gesprochen. Ich konnte, nein, ich durfte ja nicht. Es ist eine außergewöhnliche Situation für mich und doch möchte ich es endlich erzählen, offenbaren …", begann sie.

Erleichtert, dass sie nun endlich sprach, und gleichermaßen neugierig blickte ich sie aufmunternd an. Mit müden, wässrigen Augen starrte sie mich an, um im nächsten Moment durch mich hindurchzusehen.

„Ich habe Schuld auf mich geladen, eine Schuld, für die ich mein ganzes Leben lang gebüßt habe und an jedem Tag, in jeder Minute und mit jedem Atemzug, solange ich noch auf dieser Welt sein werde, weiter büßen muss."

Erschrocken und etwas unbehaglich räusperte ich mich. Ich wusste nicht, was ich sagen sollte.

„Wollen Sie mir davon erzählen?", fragte ich schließlich.

Die alte Dame blinzelte für einen Moment, so als ob sie von meiner Anwesenheit überrascht wäre.

„Ja, das will ich. Es ist an der Zeit", antwortete sie tonlos.

Und dann begann sie zu erzählen. Ruhig, gleichmäßig und vollkommen losgelöst von Raum und Zeit. Gebannt hing ich an ihren Lippen, Gänsehaut lief über meinen Körper und nach ein paar Minuten verschmolz ich mit Rosalind und ihrer Geschichte.

Kapitel 19

„Meine Mutter, meine Schwester Therese, mein Bruder Philippe, unser Nesthäkchen Sophie und ich lebten damals auf einem großen Anwesen, umgeben von einem prächtigen Park, wohlbehütet und umsorgt von mehreren Gouvernanten, Hauslehrern und Angestellten. Das Haus war riesig, jedes Kind hatte sein eigenes Zimmer. Die Schränke waren gefüllt mit Kleidern, Schuhen und Spielzeug. Der Park bot alle Möglichkeiten, die man sich als Kind wünschen konnte. Ausreiten, spazieren gehen und vor allem die kleinen Geheimverstecke, in die wir Kinder uns oft flüchteten. Bei uns wurde nicht einfach nur gegessen, es wurde getafelt. Die ganze Familie war in dem großen Esszimmer versammelt und wurde von mehreren Bediensteten mit den Köstlichkeiten aus der Küche verwöhnt. Es fehlte uns an nichts, wir waren reich, sehr reich sogar. Man könnte daher meinen, ein perfektes Leben, eine glückliche Familie. Aber war da noch mein Vater.

Er regierte mit strenger Hand jeden und alles in einem weiten Umkreis. Ihm gehörten Ländereien, Ortschaften, Fabriken, Geschäfte, selbst die Bewohner auf seinem Land. Seine besondere Liebe galt der Pferdezucht, eine Liebe, die er seiner Frau oder seinen Kindern nicht entgegenbrachte. Im Gegenteil, Enno von Barrister als Gatten oder Vater zu haben, kam einer Bestrafung gleich. Unsere Kindheit und Jugend war geprägt von eiserner Disziplin und Härte. Selbst Schläge waren keine Seltenheit. Die Einzige, die sein Herz erweichen konnte, war Sophie. Sophie war so zart, so rein, so kindlich naiv und engelsgleich. Mein Vater nahm sie oft auf den Schoß, umarmte und liebkoste sie. Eine emotionale Geste, die er den anderen Familienmitgliedern verweigerte. Als Sophie mit sechs Jahren an Lungenentzündung starb, verschwand auch der letzte kleine Rest menschlichen Gefühls in meinem Vater. Er machte meine Mutter für den Tod Sophies verantwortlich. Uns strafte er mit Verachtung, da wir es nicht wert waren, am Leben zu sein, während ihm sein kleiner Engel genommen wurde. Die Lieblosigkeit meines Vaters und seine Vorwürfe stürzten meine Mutter in tiefe Depressionen. Mit den Jahren war sie nur mehr ein Schatten ihrer selbst, demütig und apathisch. Philippe, Therese und ich hatten ein sehr enges Verhältnis, wir gaben uns gegenseitig Halt und Kraft, diesen Vorhof der Hölle durchzustehen. Von Mutter konnten wir keine Unterstützung erwarten.

Nach Sophies Tod wurden meine Geschwister und ich immer mehr Ziel von Vaters Aggressionen und cholerischen Wutausbrüchen. Wir wagten es kaum, zu atmen, immer in der Angst, etwas falsch zu machen oder seinen Vorstellungen nicht zu entsprechen. Vor allem mein Bruder musste unter seinen Misshandlungen leiden.

Vaters Reitgerte hinterließ nicht nur Spuren auf unserer Haut, auch unsere Seele war mit Striemen übersät. Je älter wir wurden, desto stärker prägte Vaters Verhalten unsere Charaktere.

Therese flüchtete sich irgendwann in ihre eigene Welt. Sie verfiel in ein kindliches, ja fast abnormales Verhalten. Sie begann wieder mit Puppen zu spielen, redete teils in der Sprache eines Kleinkindes. Sie lächelte meist dümmlich und schien nichts mehr von der Realität an sich heranzulassen. Philippe hingegen wurde immer verbitterter und aufsässiger, obwohl er wusste, dass er sein Verhalten mit harten Strafen büßen würde. Auf der einen Seite zerbrach er fast an der Härte des Vaters, auf der anderen Seite forderte er Konfrontationen beinahe heraus. Ich selbst versuchte unauffällig zu bleiben. Tief in meinem Inneren formte sich jedoch eine unbändige Kraft und ein starker Wille. Ich hatte nur ein Ziel im Kopf; eines Tages diesem Haus und meiner Familie den Rücken zu kehren und ein neues glückliches Leben zu beginnen. Ich wusste nicht wie und wann, aber ich wusste auch, dass es eines Tages so weit sein würde und dann müsste ich die notwendige Stärke haben.

Als ich noch keine siebzehn Jahre alt war, versprach mich mein Vater einem um dreißig Jahre älteren Mann. Er war ein kleiner, untersetzter Herr mit beginnender Glatze und stets wischte er sich den Schweiß von der Stirn. Der Mann war ebenfalls ein reicher Gutsbesitzer und Vater versprach sich gewinnbringende Geschäfte mit seinem zukünftigen Schwiegersohn. Hochzeit sollte an meinem achtzehnten Geburtstag gefeiert werden. Als ich ihn das erste Mal sah, gerann das Blut in meinen Adern. Ich hasste diesen Mann vom ersten Augenblick an. Meine Versuche, mich gegen diese Verbindung zu wehren beziehungsweise mich zu verweigern, endeten darin, dass mich mein Vater fast zu Tode prügelte. Hätte sich nicht mein Bruder dazwischengeworfen, hätte ich es nicht überlebt.

Während meiner Genesung hatte ich genug Zeit, mir einen Plan zurechtzulegen. Ich würde diesen Mann ehelichen, ihn als Sprungbrett in die Freiheit benutzen. Bei ihm konnte es mir nicht schlechter gehen als zu Hause. Bis zur Hochzeit hatte ich ja auch noch über ein Jahr Zeit. So gab ich mich meinem Vater gegenüber als gehorchende Tochter aus, die sich bereits auf diese Verbindung freute. Ich konnte ihn sogar davon überzeugen, dass ich, da ich bald eine Ehefrau von hohem Stand sein würde, Erfahrung am gesellschaftlichen Parkett sowie mit dem „normalen" Volk sammeln sollte. Denn bis anhin fehlte mir jeglicher Kontakt mit der Außenwelt. Unser Leben spielte sich am Gut ab, mit Privatlehrern und Bediensteten. Bei den abendlichen Anlässen, wie Geschäftsessen oder Bällen, waren wir Kinder bisher stets ausgeschlossen. Jetzt wurde ich behutsam in die Gesellschaft eingeführt. Mein Vater erlaubte mir nun, einmal in der Woche eine sogenannte Ausfahrt in die nächste Stadt, Dorf oder Umgebung zu machen, um Land und Leute kennenzulernen und gelegentliche Aufwartungsbesuche zu absolvieren. Selbstverständlich nur in männlicher Begleitung; mein Lehrer sollte dabei sein, im Notfall durfte mein Bruder mich begleiten. Zu Beginn wählte ich die Gesellschaft meines Lehrers, schon allein deshalb, da ich wusste, dass er meinem Vater Bericht zu erstatten hatte. Also benahm ich mich, wie es von mir erwartet wurde, mehr noch, ich spielte meine Rolle so gut, dass anfängliche Bedenken meines Vaters zerstreut wurden und die paar gestohlenen Stunden außerhalb unseres familiären Gefängnisses verlängert und einfacher zu genießen waren. Ich nutzte das Wissen meines Lehrers und versäumte keine Gelegenheit, ihn über Land und Leute genauestens auszufragen. Abends schrieb ich all diese Informationen fein säuberlich in mein geheimes Tagebuch. Es würde mir eines Tages helfen auf eigenen Beinen zu stehen. Nach ein paar Wochen war mein Lehrer mir nicht mehr von Nutzen, denn ich konnte keine weiteren Auskünfte von ihm erhalten. Ich musste ihn irgendwie loswerden, ihn und somit auch meinen Vater davon überzeugen, dass die Begleitung meines Bruders ausreichend wäre. So kam es dann auch. Wir genossen den Duft der Freiheit, die Unbeschwertheit, frei zu sein und lachen zu können, die Entdeckungen in dieser für uns neuen Welt sowie die Unterhaltungen mit den Dorfbewohnern. Die Pflichtbesuche bei den Bekannten meines Vaters sowie der Verwandtschaft meines Bräutigams reduzierte ich auf ein notwendiges, aber absolutes Minimum. Mein Drang, auszubrechen, wuchs von Tag zu Tag, aber ich musste Geduld haben, die Zeit war noch nicht gekommen. Zuerst würde ich diese verhasste Ehe eingehen, dann wäre ich meiner Freiheit einen Schritt näher. Und für diesen Schritt tat ich alles, um ihn eines Tages auch umzusetzen.

Durch diese Ausflüge wuchs in gewisser Weise auch mein Selbstvertrauen und gleichzeitig die Kraft, meinem Vater in einer Art gegenüberzutreten, die sein Wohlwollen fand. Ich entwickelte mich zu einer jungen, schönen Frau, die charmant die gelegentlichen Aufwartungen des zukünftigen Bräutigams entgegennahm, sich in Gesellschaft geziemend benahm und dem Hause von Barrister alle Ehre machte. Mein Vater nahm mich das erste Mal richtig wahr, und wenn er nicht so ein gefühlskalter Mann gewesen wäre, hätte man fast meinen können, dass er stolz auf mich war. Auch das Verhältnis zwischen meinem Bruder und meinem Vater entspannte sich ein wenig. Die gelegentlichen Stunden in Freiheit ließen auch Philippe ruhiger und zufriedener werden. Vor allem konnte er meinem Vater beweisen, dass er ein verantwortungsvoller junger Mann war, denn schließlich hatte er die Aufsicht über mich zu führen und dies bis anhin ohne Beschwerden bewältigt. Selbst der vorwiegend schlechte Gemütszustand meiner Mutter besserte sich. Sie war froh, mich bald verheiratet und in sicheren Händen zu sehen. Für Mutter war es das Wichtigste, gut versorgt zu sein, denn die Illusion, auf Liebe zu hoffen, hatte sie aus eigener Erfahrung bereits lange aufgegeben. Ein paar Monate verlief alles ruhig und entspannt. Ich feilte an meinem Freiheitsplan, Philippe hatte seine eigenen Ideen, Mutter ließ wie immer ihr Leben vorbeiziehen und Vater arbeitete mehr denn je. Er war besessen von Macht und Reichtum und gerade Letzteres wollte er stets vermehren. Die Einzige, um die ich mir in dieser Zeit Sorgen machte, war Therese. Ihr Verhalten wurde immer abnormer, unberechenbarer und vor allem kindlicher. Sie war nur ein Jahr jünger als ich, trotzdem fand ich keinen Zugang zu ihr. All meine Versuche, vernünftig mit ihr zu reden, scheiterten kläglich. Entweder nahm sie mich nicht wahr oder sie sah mich mit großen, unschuldigen Augen an, kicherte und wiegte ihre Puppe in den Schlaf. Ich sorgte mich nicht nur um ihretwillen, sondern auch, das gebe ich zu, um mich und meinen Plan. Ich befürchtete, dass sie mit ihrem Verhalten den Zorn unseres Vaters wecken könnte und er seine großzügige Erlaubnis zu den Ausfahrten oder der Teilnahme an gesellschaftlichen Anlässen zurückzöge und somit nicht nur sie, sondern wieder uns alle bestrafen würde. Schließlich traf das Unvermeidbare ein. Es geschah an dem Tag, als die Fotografie geschossen wurde. Vater wollte ein Bild mit seiner Frau und seinen Kindern, das er stolz über den Kamin in seinem Arbeitszimmer aufhängen konnte. Denn bald schon würde ich außer Haus, eine verheiratete Frau und Mutter seiner Enkelsöhne sein. Der Fotograf war für 10 Uhr bestellt.

Ich kleidete mich sorgfältig, die Haare trug ich, wie es sich für unverheiratete Mädchen damals gehörte, zu Zöpfen geflochten. Ich ging zu meiner Schwester, um ihr zu helfen und zu versuchen, sie auf das Kommende vorzubereiten. Therese war an diesem Tag außergewöhnlich ruhig und benahm sich seit langer Zeit wieder einmal ihrem Alter entsprechend. Ich dankte Gott dafür und hoffte inständig, dass der Fotografentermin bald überstanden wäre. Als wir die Treppe herunterkamen, hatte der Fotograf bereits alles aufgebaut. Therese klammerte sich an meinen Rocksaum wie ein scheues Reh. Ich nahm sie kurz in den Arm, drückte sie und sprach ihr Mut zu. Schließlich wurden wir platziert. Mein Vater thronte auf einem ausladenden Sessel. Mutter stand neben ihm, wir Kinder einen Schritt links und rechts dahinter. Das erste Foto wurde geschossen. Der Blitz ließ uns kurzfristig fast erblinden. Wir wurden angewiesen, unbeweglich die Position zu wahren, denn zur Sicherheit würde noch ein zweites Bild gemacht werden. Und da passierte es. Als der Blitz aufflammte, begann Therese wie am Spieß zu schreien, sich auf den Boden zu werfen und wie wild mit Händen und Füßen um sich zu schlagen. Versteinert verharrten wir einen Moment, unfähig diese Situation zu begreifen, geschweige denn unter Kontrolle zu bringen. Vater gewann als Erster die Fassung und sprang von seinem Sessel auf. Er schlug mit der Reitgerte, die er stets bei sich trug, auf Therese ein, doch dies bewirkte nur noch lauteres Geschrei, dass beinahe wie hysterisches Lachen klang. Der Fotograf packte eilig seine Sachen, Vater schrie ihn an, dass er verschwinden solle. Mutter begann leise zu weinen; Philippe und ich wagten kaum zu atmen. Ich bemerkte allerdings, wie Philippes Halsschlagader wie wild pochte und seine Kieferknochen zum Bersten angespannt waren. Ich wusste, was er fühlte. Hass und ohnmächtige Wut gegenüber unserem Vater und verzweifeltes Mitleid mit unserer Schwester. Ich empfand genauso. Schließlich ließ Vater von ihr ab und verließ wortlos den Raum. Therese verstummte und ringelte sich wie ein Embryo zusammen. Wir brachten sie auf ihr Zimmer und versorgten ihre Striemen. Was weiter geschehen würde, wussten wir nicht. Therese weinte nicht, im Gegenteil sie lächelte. Dieses Lächeln machte mir Angst.

Vater verschwand zwei Tage. Am dritten Tag kehrte er zurück, redete jedoch kein Wort mit uns. Wieder zwei Tage später wurde Therese abgeholt und weggebracht. Ich habe sie nie wieder gesehen.

Es gab keine Erklärungen und wir wagten nicht zu fragen. Der Gesichtsausdruck meines Vaters blieb versteinert. Meine Mutter fiel in eine neuerliche Depression. Uns blieb nichts anderes übrig, als mit diesen offenen Fragen und Ängsten weiterzuleben.

Erst viel später erfuhr ich, dass mein Vater Therese enterbt und in eine geschlossene Anstalt abgeschoben hatte. Und so liefen die Monate dahin. Die Abwesenheit meiner Schwester wurde totgeschwiegen. Ich spielte weiterhin die Rolle der braven Tochter und zukünftigen Ehefrau; Philippe entwickelte sich immer mehr zu einer hasserfüllten tickenden Zeitbombe. Der einzige Lichtblick waren unsere wöchentlichen Ausflüge.

Doch dann kam der Tag, der mein ganzes Leben veränderte. Und nicht nur mein Leben, auch das meiner Familie."

◆

Plötzlich verstummte die alte Dame.

„Ist Ihnen nicht gut? Warum erzählen Sie nicht weiter?", fragte ich besorgt und gleichzeitig fast vor Neugier platzend.

„Ich bin müde, sehr müde", antwortete sie matt.

„Ich erzähle Ihnen morgen den Rest der Geschichte. Wie spät ist es?"

„Gleich halb fünf."

„Was, schon so spät? Ich muss doch noch zur Kapelle!", sprach sie hastig, fast schon panisch und erhob sich aus ihrem Sessel. Sie warf sich das schwarze Cape um, fingerte nach einer weißen Rose, die in einer Vase neben der Tür stand, und drängte mich hinaus. Die Tür fiel hinter ihr ins Schloss. Mit eiligen Schritten bahnte sie sich den Weg zum Strand. Irritiert lief ich hinter ihr her.

„Wann darf ich morgen kommen?", rief ich, aber sie antwortete nicht mehr.

Ich ließ sie davoneilen und verlangsamte mein eigenes Tempo. Es dunkelte bereits, eine bizarre Wolkenstimmung spannte sich über den Himmel. So bizarr wie die Geschichte, die ich gerade gehört hatte. Die Personen und Geschehnisse kreisten in meinem Kopf. Es erschien mir alles so surrealistisch und gleichzeitig war ich wie gefesselt von dieser Erzählung. Ich konnte es kaum erwarten, den Rest davon zu hören.

In der Pension duftete es bereits nach Abendessen. Eigentlich hatte ich gar keinen Hunger und erst recht keine Lust auf Gespräche mit Millie. Aber die Höflichkeit gebot es mir, mit Millie zusammen vor dem Kamin einen Aperitif zu nehmen und dann begleitet von Millies belanglosem Geschwätz den Braten in mich hineinzustopfen.

Später fiel ich in einen unruhigen Schlaf. Die Realität und die Vergangenheit, mir bekannte und unbekannte Personen vermischten sich in wilden, abstrusen Träumen. Schweißgebadet wälzte ich mich hin und her, bis ich schließlich verwirrt aufschreckte.

Kapitel 20

„Was ist denn los? Träumst du wieder schlecht?", fragte mich Mark verschlafen und rüttelte mich wach.

„Wieso, was ist denn?", erwiderte ich erschöpft, denn die letzten Stunden hatte ich sehr schlecht geschlafen.

„Du murmelst und keuchst und trittst um dich. Ich brauche meinen Schlaf, ich habe morgen einen schweren Tag vor mir", antwortete Mark kühl.

„Entschuldige. Soll ich ins Gästezimmer wechseln?", fragte ich, allerdings in der Hoffnung, dass Mark dies verneinen und mich stattdessen in den Arm nehmen würde.

„Ich denke, das wird wohl das Beste sein", entgegnete er knapp und drehte mir den Rücken zu.

Enttäuscht nahm ich meine Decke und meinen Polster und schlich mich ins andere Zimmer. Nun war ich hellwach. Ich lag auf dem Bett und starrte die Decke an.

„Was mache ich nur falsch? Warum ist er in letzter Zeit so abweisend zu mir?", fragte ich mich immer wieder.

Mark hatte sich in den letzten Monaten verändert. Begonnen hatte alles an unserem zweiten Jahrestag. Ich wollte uns einen besonders schönen, romantischen Abend gestalten. Ich hatte mir extra den Nachmittag freigenommen, um einzukaufen und seine Lieblingsspeisen kochen zu können. Ich deckte festlich den Tisch, entzündete mehrere Kerzen, legte romantische Musik auf und zu guter Letzt warf ich mich selbst in ein atemberaubend schönes Nichts von einem Kleid. Ich trug die Haare so, wie Mark es am liebsten hatte, legte dezentes Make-up auf und war in bester Feierlaune. Das Geschenk, goldene Manschettenknöpfe mit seinen Initialen, die ich extra hatte anfertigen lassen, platzierte ich liebevoll verpackt neben seinem Teller. Ich öffnete eine Flasche Champagner und goss mir selbst ein Glas ein. Ich prostete mir zu und freute mich so auf diesen Abend, dass ich sogar Schmetterlinge im Bauch hatte. Doch Mark kam nicht. Es wurde immer später und später. Telefonisch konnte ich ihn auch nicht erreichen. Im Büro war er nicht mehr, das Handy nahm er nicht ab.

Nervös ging ich auf und ab, schenkte mir Champagner nach und rauchte eine Zigarette nach der anderen. Immer wieder probierte ich seine Nummer, erhielt jedoch keine Antwort. Ein Gefühl aus Angst, es hätte ihm etwas passiert sein können, und unbändiger Wut grub sich in meine Magenhöhle. Als die Kerzen längst abgebrannt waren, das Essen kalt und vertrocknet in der Küche stand und ich mit kalt schwitzenden Handflächen immer wieder zum Fenster lief und weiterhin verzweifelt und krank vor Sorge versuchte ihn telefonisch zu erreichen, kam Mark leicht angeheitert zur Tür herein. Erleichtert und mit Tränen in den Augen stürzte ich auf ihn zu und umarmte ihn innig.

„Gott sei Dank, es ist dir nichts geschehen. Ich habe mir solche Sorgen gemacht. Was ist denn passiert? Ich konnte dich nicht erreichen … ich wusste nicht, was los ist … ich habe dich schon in irgendeinem Graben liegen sehen … wo warst du um Himmels willen?", schluchzte ich.

„Na, na, na, wer wird denn gleich an so was denken. Was regst du dich denn auf? Sei doch nicht so hysterisch", lallte Mark zurück und schob mich von sich.

Ungläubig starrte ich ihn an. Ich konnte nicht glauben, dass er mich an unserem Jahrestag einfach sitzen ließ, sich nicht einmal meldete und mich jetzt als hysterisch abstempelte. Ein Gemisch an Gefühlen aus Wut, Verzweiflung und Unverständnis tobte in mir. Tränen liefen ungebremst über meine Wangen.

„Was heißt hier hysterisch? Was glaubst du eigentlich? Ich drehe fast durch, weil ich nicht weiß, was mit dir los ist, und du tust so, als wenn nichts geschehen wäre. Immerhin haben wir heute unseren Jahrestag und du wusstest, dass ich uns einen schönen Abend bereiten wollte. Am Nachmittag hast du mir am Telefon noch gesagt, dass du es kaum erwarten kannst, heimzukommen und dann …" Mir blieb vor Ärger der Atem weg und ich japste kurz.

„… dann tauchst du nicht auf, kein Anruf, keine Nachricht, nichts … und ich soll jetzt hysterisch sein? Das ist ja wohl die größte Frechheit." Meine Stimme überschlug sich beinahe. Jetzt war ich wirklich hysterisch, aber wer wäre das nicht in meiner Situation gewesen!

„Du spinnst ja", entgegnete Mark angewidert, „ich gehe jetzt schlafen, denn ich habe beim besten Willen keine Lust, mit dir zu streiten oder mir irgendwelche Vorwürfe anzuhören."

Mit diesen Worten drehte er sich um und sprang die Treppe zum Schlafzimmer hinauf. Fassungslos blickte ich ihm hinterher.

„Mark … Mark … rede mit mir …", rief ich ihm verzweifelt nach. Mark winkte nur ab und verschwand im Zimmer.

Ich ließ mich auf die Couch fallen und weinte hemmungslos. Was hatte ich nur falsch gemacht? Ich konnte doch nicht so tun, als ob nichts geschehen wäre. War ich wirklich zu hysterisch? Hätte ich anders reagieren müssen? War er nun böse auf mich? Ich zerfleischte mich mit Tausenden Fragen, bis ich schließlich unendlich traurig und erschöpft auf dem Sofa einschlief.

Ich erwachte mit verschwollenen, verweinten Augen und Kopfschmerzen, gerade als Mark frisch geduscht und fit die Treppe herunterkam. Ich fühlte mich schrecklich. Einerseits immer noch traurig und enttäuscht, andererseits mit dem leisen Gefühl schlechten Gewissens. Vielleicht hatte ich ja wirklich zu heftig reagiert. Es war Mark, der den Anfang machte.

„Guten Morgen, Liebes. Es tut mir leid wegen gestern. Wir haben einen großen Kunden an Land ziehen können und dann noch ein bisschen gefeiert, da hab ich total die Zeit vergessen. Ich mache es wieder gut. Versprochen. Heute Abend gehen wir fein aus und feiern nach. Einverstanden? Du darfst dir das Lokal aussuchen", sagte Mark und drückte mir einen Kuss auf die Wange.

„So, jetzt muss ich aber los. Wir sehen uns am Abend, also Kopf hoch, Kleines, ist doch alles halb so schlimm", schloss er und ging.

Ich blickte ihm nach. Ich war zwar froh, dass er sich entschuldigt hatte und es wiedergutmachen wollte, trotzdem empfand ich eine gewisse Enttäuschung, dass er diese ganze Situation in meinen Augen als Lappalie abgetan hatte.

„*Ach, was soll's*", dachte ich schließlich, „*er ist eben so, also steigere dich jetzt nicht in etwas rein.*"

◆

„Du siehst umwerfend aus!", lachte mir Mark entgegen, als ich das Lokal betrat und an unseren Tisch geführt wurde. Ein riesiger Strauß roter Rosen stand auf einem kleinen Bestelltisch neben meinem Platz, ein liebevoll verpacktes längliches Geschenk lag auf meinem Teller.

Mark umarmte mich und drückte mir einen zärtlichen Kuss auf meine Lippen. Galant rückte er meinen Sessel zurecht. In zwei Gläsern auf dem Tisch prickelte bereits kühler Champagner. Mark erhob sein Glas und prostete mir zu.

„Auf uns und unsere Liebe und dass du in Zukunft nicht gleich wieder die Nerven verlierst, wenn es einmal später wird!", lautete sein Trinkspruch, verpackt in ein verführerisches Lächeln.

Ich verschluckte mich beinahe an seinen Worten, lächelte jedoch nur gekünstelt und würgte meine Antwort, die mir bereits auf der Zunge brannte, runter. Vielleicht hatte er ja recht, grundsätzlich führten wir ja eine gute Beziehung. Also warum einen schönen Abend mit einer Diskussion, die wahrscheinlich zu nichts führte, verderben. Trotzdem blieb ein kleiner Kratzer in meinem Herzen zurück.

Kapitel 21

Es dämmerte bereits, als ich aus meinem unruhigen Schlaf erwachte. Wind und Regen peitschten gegen die Fensterscheiben. Ein trostloser, dunkler Tag brach an. Gerädert setzte ich mich auf und streckte mich. Ein dumpfer Schmerz pochte in meinem Kopf, meine Augen waren schwer und verschwollen. Ich ließ mich zurückfallen und kuschelte mich nochmals tief in die Daunendecke. Ich schaute zum Fenster und beobachtete die Tropfen, wie sie gegen die Scheiben prasselten und in dünnen Bahnen hinabrannen. Doch eigentlich starrte ich ins Nichts und fragte mich erneut, was ich hier zu finden meinte. Es war an der Zeit, in meine eigene Welt, in mein neues altes Leben zurückzukehren. In ein pulsierendes, städtisches Leben, zurück zu meinen Freunden, zurück in die Normalität. Rosalinds Geschichte hatte einen tiefen Eindruck bei mir hinterlassen. Es wurde mir so richtig bewusst, wie wichtig es war, Freunde und Familie zu haben, und dass ich mich glücklich schätzen konnte, beides zu haben. Ich war in der Lage, ein selbstständiges Leben zu führen, tun und lassen zu können, was ich wollte, über mich selbst bestimmen. Jetzt schämte ich mich beinahe, dass ich mich bei Mark selbst zum Opfer degradiert und nur, um ihm zu gefallen, mein Selbst fast aufgegeben hatte. Und ich schäme mich, dass ich mich in Selbstmitleid badete, obwohl ich – wie ich mir nun eingestehen musste – ein fantastisches Leben hatte. Mit und ohne Partner.

Die vielen Gedanken und das gleichmäßige Geräusch des Regens ermüdeten mich. Als ich zwei Stunden später aus einem tiefen, traumlosen Schlaf erwachte, fühlte ich mich besser. Die Kopfschmerzen waren verschwunden, meine Laune war besser und selbst der Regen hatte aufgehört. Ich schwang mich aus dem Bett und ging zum Fenster, um nachzusehen, ob Rosalind wohl am Pier stünde. Zu meiner Überraschung stellte ich fest, dass außer ihr noch jemand am Steg war. Ein Mann stand vor ihr und hielt sie an beiden Armen fest. Ich konnte ihn nicht erkennen, da er mir den Rücken zukehrte. Es schien mir, als würde er sie beuteln und heftig auf sie einreden. Rosalind versuchte sich aus der Umklammerung zu lösen und schüttelte immer wieder energisch den Kopf. Gebannt stand ich am Fenster und beobachtete die beiden. Plötzlich ließ er von ihr ab und drehte sich um. Jetzt sah ich, wer er war. Der alte Fischer aus der Hafenkneipe. Was wollte er von ihr? Warum schrie er sie so an? Rosalind hatte doch gesagt, dass niemand aus dem Ort mit ihr sprach. Wieso nun dieser Fischer?

Unsicher wie ich mich verhalten sollte, kleidete ich mich schnell an. Auf der einen Seite wäre ich am liebsten zu ihr auf den Pier gelaufen, auf der anderen Seite hatte sie immer betont, dass ich mit niemandem reden sollte und wir nicht miteinander gesehen werden sollten. Unruhig machte ich mich fertig und ging in den Frühstücksraum. Millie stand am Fenster und blickte hinaus. Sie bemerkte mich nicht, als ich eintrat, und zuckte bei meinem Gruß überrascht zusammen.

„Oh Gott, Kindchen, haben Sie mich jetzt aber erschreckt. Ich habe Sie gar nicht kommen hören. Frühstück ist gleich fertig."

„Entschuldigen Sie, ich wollte Sie nicht stören. Haben Sie etwas Bestimmtes beobachtet?", fragte ich scheinheilig, da ich genau wusste, dass der Blick vom Fenster auf den Pier führte.

„Nein, nein, ich habe nur die Möwen betrachtet", erwiderte sie hastig und verschwand nervös lächelnd in der Küche.

Ich stellte mich ans Fenster. Rosalind war verschwunden. Der Fischer jedoch saß auf einer kleinen Bank und zündete sich seine Pfeife an.

◆

„Rosalind, Rosalind, sind Sie zu Hause?", rief ich und klopfte kraftvoll an ihre Türe.

„Rosalind, hören Sie mich? Ich bin es. Sie wollten mir doch Ihre Geschichte weitererzählen."

Rosalind öffnete die Türe nur einen Spaltbreit.

„Gehen Sie weg, lassen Sie mich in Ruhe. Es gibt nichts zu erzählen", flüsterte sie.

Ich stellte meinen Fuß in die Türe, um mir Eintritt zu verschaffen.

„Rosalind, das glaube ich Ihnen nicht. Sie sagten mir doch, dass Sie die Geschichte endlich loswerden wollen, dass Sie sie offenbaren wollen, dass es an der Zeit wäre, alles zu erzählen."

„Nein, nein, bitte, lassen Sie mich in Ruhe!"

„Oder hat es etwas mit dem alten Fischer zu tun, mit dem Sie heute Morgen Streit hatten? Hat er Sie bedroht? Was ist los, Rosalind?", hakte ich nach.

Rosalinds Augen weiteten sich. Nach einigen Sekunden schüttelte sie den Kopf und resignierend ließ sie mich eintreten.

„Also gut, kommen Sie herein und setzen Sie sich. Wollen Sie Tee?"

„Nein, vielen Dank", antwortete ich hastig in Erinnerung an das entsetzliche Gebräu vom Vortag.

Rosalind setzte sich, wie auch schon am Vortag, auf den Sessel neben dem Sofa. Sie versank beinahe darin, so klein und zerbrechlich wirkte sie heute. Sie hielt ihren Kopf gesenkt, die schmalen, faltigen Hände ruhten in ihrem Schoß.

„Die Schatten meiner Vergangenheit …"; begann sie leise und Tränen rannen über ihre Wangen. Instinktiv griff ich nach ihrer Hand. Erschrocken zuckte sie zurück und blickte mich verstört an.

„Keine Angst, Rosalind, ich wollte nur Ihre Hand halten und Sie trösten."

Zitternd legte sie ihre Hände in meine und seufzte tief. Mit halb geschlossenen Augen begann sie zu erzählen.

◆

Es war ein strahlend blauer Frühsommertag. Philippe und ich konnten es kaum erwarten, unserem Gefängnis für ein paar Stunden zu entfliehen. In letzter Zeit fuhren wir regelmäßig in das kleine Fischerdorf ans Meer. Ich liebte diesen Ort, den Strand, die salzige Luft, die nach Freiheit roch, die freundlichen Menschen und vor allem die Kapelle auf dem Hügel. Jedes Mal, wenn ich sie betrat, fühlte ich mich befreit, sicher und beschützt. Ein unendlicher Frieden umgab mich und machte mich glücklich.

Eines Tages begegnete ich Pater Braun. Ein kleiner, älterer, weißhaariger Mann mit gütigen Augen und einer samtenen Stimme. Ich öffnete ihm mein Herz und meine Seele und er wurde so etwas wie ein väterlicher Freund und Zufluchtsort für mich. In seiner Gegenwart fühlte ich mich verstanden und geborgen. Philippe wartete während meiner Besuche bei Pater Braun meistens in dem kleinen Kaffeehaus an der Strandpromenade und beobachtete das Treiben im Hafen, las Zeitung oder plauderte mit anderen Gästen.

Wie gesagt, war es ein strahlend blauer Tag und wir waren diesmal früher in dem Ort als sonst. Als ich die Kapelle verließ und aufs Meer schaute, sah ich, wie die Fischer gerade in den Hafen zurückkehrten. Die Boote voll mit frisch gefangenem Fisch. Ich lief, so schnell ich konnte, den schmalen Weg hinab, um das Geschehen näher betrachten zu können. Erhitzt und mit geröteten Wangen erreichte ich den Pier. Ich blieb kurz stehen, richtete mein leicht zerzaustes Haar und zupfte mein Kleid zurecht. Neugierig schritt ich den Steg entlang und begutachtete links und rechts die Boote und deren reichen Inhalt. Im Hafen herrschte ein reges Treiben, die Männer riefen alle durcheinander, gaben Befehle oder schleppten in Holzkisten ihren Fang weg. Als ich fast am Ende des Piers angelangt war und vollkommen in Gedanken bei den Fischen und in dem bunten Treiben versunken war, ließ mich eine dunkle Stimme, die mir einen schönen Morgen wünschte, aufschrecken.

Ich drehte mich um und augenblicklich stockte mir der Atem.

Ein hübscher, junger Mann mit schwarzen Locken, feurigen Augen und einem strahlend weißen Lächeln saß in einem der Fischerboote und flickte ein Netz. Da er ein ärmelloses Hemd trug, konnte ich seine braun gebrannten, von Schweiß glänzenden Arme und das Spiel seiner Muskeln sehen. Allein die Art, wie er mich anlächelte, so männlich, selbstbewusst und schelmisch, ließ mir die Schamesröte ins Gesicht steigen. Ich hatte noch nie in meinem Leben so einen schönen Mann gesehen. Er war für mich das Abbild von Abenteuer, Freiheit, Lebenslust und Liebe. Ab dem ersten Moment war ich diesem Mann verfallen. Er sagte etwas zu mir, doch ich hörte ihn nicht.

Alles rund um mich drehte sich, ich fühlte mich wie in einer Wolke aus Watte. Keiner Bewegung fähig, geschweige denn einen Ton herauszubringen, stand ich einfach nur da und starrte ihn an. Gefühle, die ich noch nie zuvor empfunden hatte, stürmten durch meinen Körper. Es schien mir, als ob die Welt rund um uns nicht mehr existierte. Es gab nur noch ihn und mich und eine Flut von Emotionen.

Er sprang aus dem Boot und kam strahlend auf mich zu. „Guten Morgen, schöne Unbekannte", sagte er zu mir und seine dunkle, weiche Stimme ließ mein Blut in Wallung geraten. Panik erfasste mich, ich wusste nicht, was ich tun sollte, und so drehte ich mich um und lief wie ein kleines Kind davon. Sein schallendes Lachen begleitete mich. Als ich zu dem Café kam, in dem Philippe auf mich wartete, drohte mein Herz zu zerspringen, so wild pochte es in meiner Brust. Aufgelöst und keines klaren Gedankens mächtig, zog ich Philippe zu unserem Wagen. Mein Bruder war völlig konsterniert und konnte sich nicht erklären, was geschehen war, denn aus mir war kein normales Wort herauszubekommen. Als ich mich während der Heimfahrt schließlich beruhigt hatte, erzählte ich Philippe von meiner Begegnung und wie kindisch ich mich verhalten hatte. Philippe schüttelte sich vor Lachen und machte Witze über mich. Erst als ich ihm sagte, dass ich diesen Mann um jeden Preis wiedersehen musste, dass ich mich auf den ersten Blick verliebt hatte, wurde er ernst und sah mich lange nur an. Er fragte mich nichts und sagte auch nichts, doch ich wusste, dass ich auf ihn zählen konnte.

Die Woche bis zu unserem nächsten Ausflug zog sich endlos dahin. Ich zählte nicht nur die Tage und Stunden, sondern auch die Minuten und sogar die Sekunden. Dabei wusste ich doch nicht einmal, ob und wie ich ihn wiedersehen würde. Das Schwierigste war, mir nichts anmerken zu lassen, denn ich befürchtete fast, mein Vater würde meine Gedanken lesen können. Doch endlich war es so weit. Wir fuhren früher als gewohnt in das Dorf, denn ich wollte unbedingt auf den Pier, bevor die Fischer zurückkehren würden. Schließlich stand ich am Ende des Stegs, schaute aufs Meer und wartete sehnsüchtig. Als ich am Horizont die Umrisse der Boote entdeckte, hüpfte mein Herz vor Freude. Ich kniff die Augen zusammen und bemühte mich zu erkennen, ob er in einem der Boote sein würde. Und tatsächlich, als sie näher kamen, sah ich ihn. Auch er hatte mich entdeckt, denn er winkte mit ausladenden Armbewegungen.

Ich genierte mich ein wenig, dennoch verharrte ich und wartete, bis die Boote angelegt hatten. Er sprang als Erster heraus, zurrte das Boot fest und kam auf mich zu. Sein breites Lächeln und seine strahlenden Augen ließen meine Knie weich werden. Er war so schön, so wunderschön, so jung und so stark.

Er grüßte mich freundlich und sah mich erwartungsvoll an. Seine dunklen Augen sprühten vor Feuer und ich verbrannte beinahe in deren Glut. Mit zittriger Stimme erwiderte ich seinen Gruß und lächelte scheu. Schließlich nahm ich all meine Kraft und meinen Mut zusammen und wechselte ein paar Worte mit ihm. Er hieß Christos und war Sohn griechischer Einwanderer, die selbst seit Generationen als Fischer tätig waren. Christos zeigte mir die Fische, die er diesen Morgen gefangen hatte, und erzählte mir stolz von seiner Arbeit. Er plauderte so frei, so offen und unverblümt, dass es mir ganz warm ums Herz wurde. Für diese wenigen Augenblicke war ich rundum glücklich und vergaß meine Herkunft, mein tristes Leben und meine düstere Zukunft.

Da es sich für ein unverheiratetes Mädchen ohne männliche Begleitung nicht ziemte, sich allein mit einem fremden Mann – noch dazu von minderem Stand – zu unterhalten, und wir bereits neugierige Blicke auf uns zogen, beendete ich schweren Herzens unsere Unterhaltung und streckte ihm meine Hand entgegen. Er ergriff sie und hielt sie lange fest. Seine Berührung elektrisierte mich und am liebsten hätte ich mich in seine Arme geworfen. „Werde ich dich wiedersehen, meine schöne weiße Rose?", fragte er und drückte meine Hand noch fester. Ich nickte nur und löste mich langsam aus seinem Griff, bis nur noch unsere Fingerspitzen sich berührten. Ich wandte mich um und ging, drehte mich jedoch nochmals kurz um, um einen letzten Blick von ihm zu erhaschen. Er stand einfach da und sah mir nach. Als unsere Augen sich trafen, wusste ich, dass ich für immer diesem Mann gehören würde. Ich liebte ihn und nichts und niemand würde mich davon abhalten können, mit Christos zusammenzukommen, nicht mein Vater, nicht mein Bräutigam, niemand. Wir waren füreinander bestimmt.

◆

Obwohl ich gespannt an Rosalinds Lippen hing, schweiften meine Gedanken kurzfristig ab. Ich dachte an Mark und wie ich anfangs ebenfalls daran glaubte, dass wir füreinander bestimmt wären.

Kapitel 22

Ich hatte gerade die Fotos von unserem letzten verlängerten Wochenende geholt und betrachtete sie mit einem Lächeln. Ich war glücklich und mein Herz war voller Liebe. Mark hatte mich mit einer Städtereise überrascht und mich in ein romantisches, kleines Hotel entführt. Von der Stadt selbst hatten wir nicht allzu viel gesehen, denn wir verbrachten die meiste Zeit im Bett. Wir frühstückten sogar im Bett und anschließend brachte uns der Zimmerkellner Champagner mit Erdbeeren. Diskret, jedoch mit einem Schmunzeln auf den Lippen, zog er sich zurück. Es war ein wunderschönes Wochenende, denn wir hatten endlich wieder einmal Zeit für uns. Abgesehen davon, dass Mark ein fantastischer und nimmermüder Liebhaber war, verhielt er sich diesmal besonders zärtlich und aufmerksam. Wie zwei Frischverliebte streunten wir eng umschlungen durch die schmalen Gassen, fütterten uns gegenseitig in kleinen Bistros, lachten viel und tanzten auf der Straße. Mark war wie ausgewechselt. So liebevoll und fast schon übermütig hatte ich ihn noch nie erlebt. Ich legte die Bilder vor mir auf und schwelgte in Erinnerungen an diese fünf Tage, in denen ich so rundum glücklich war. Wir waren ein schönes Paar und ich war überzeugt, dass wir füreinander bestimmt waren, obwohl Mark nicht den einfachsten Charakter hatte und teilweise sehr bestimmend und sogar empfindlich kühl mir gegenüber sein konnte. Aber dieses Wochenende hatte viele kleine Enttäuschungen, Unsicherheiten und Frustrationen der letzten Monate wettgemacht. Ich wollte dieses Gefühl speichern und fest daran glauben, dass es zwischen uns so wundervoll weiterginge. Ich sammelte die Fotos wieder ein und legte sie mit einem kleinen Seufzer auf meinen Schreibtisch. Fertig mit Tagträumen, es war an der Zeit, das Abendessen vorzubereiten. Willkommen zurück im Alltag!

◆

Erst einige Zeit nach unserer Rückkehr hatte er mir den Grund für diesen Kurzurlaub erzählt und der hieß „Job".

Mark war zum Juniorpartner befördert worden, das hieß noch mehr Arbeit, noch mehr Geschäftsessen und vor allem noch mehr Geschäftsreisen. Nachdem ich lange Single gewesen war, spielte das Alleinsein keine große Rolle für mich.

Ich hatte zwar noch nie Schwierigkeiten gehabt, mich allein zu beschäftigen, trotzdem fühlte ich mich manchmal einsam und sehnte mich nach meinem Partner. Aber so war es nun eben und ich hatte mich damit abgefunden. Zumindest bildete ich mir das ein. Das Einzige, was die Sache schwierig machte, war Marks strikte Abneigung gegen meine Freundinnen und gemeinsame Unternehmungen. Am liebsten war es ihm, wenn er wusste, ich würde daheim sein und geduldig auf ihn warten. In den meisten Fällen hielt ich mich auch daran, allein um unnötige Diskussionen zu vermeiden oder aus Angst, er könnte mich weniger lieben. Denn Mark verstand es mit wenigen Worten oder einem kritischen Blick, mir ein heimliches schlechtes Gewissen einzuflößen. Wie konnte ich mich denn auch amüsieren, wenn sich der Arme fast zu Tode rackerte. Obendrein betonte er immer wieder, dass er dies nur für uns mache. Auf der einen Seite bewunderte ich ihn dafür, aber auf der anderen Seite hatte ich ihn doch schließlich nicht darum gebeten, die Karriereleiter hinaufzufliegen.

Mark war nun schon sieben von zehn Tagen unterwegs und mir fiel beinahe die Decke auf den Kopf. Ich musste wieder einmal raus und etwas für mich unternehmen, mit einer Freundin ins Kino oder essen gehen oder einfach nur plaudern. Seit Monaten vergrub ich mich daheim in meinem selbst gewählten Verlies, nur um es Mark recht zu machen. Meine Familie und Freunde hatten es bereits aufgegeben, mich einzuladen, denn immer erfand ich neue Ausreden, warum ich nicht kommen konnte. Niemals jedoch erwähnte ich, dass es Mark nicht recht war, wenn ich ausging; dass er mir immer mehr Vorschriften machte und ich mich seinetwegen so absentierte. Die meisten hielten uns für ein Traumpaar und ich wollte dieses Bild nicht trüben. Schon meinetwegen hielt ich an dieser Illusion fest.

Aber jetzt – jetzt musste ich raus. Ich erstickte beinahe zwischen den kalten, einsamen Wänden.

◆

Das Verhältnis zu Rolf war in letzter Zeit auch abgekühlt, da er nicht verstehen konnte, wie ich mich verändert hatte. Ich machte mich gerade auf den Heimweg, als er mich auf dem Weg zum Lift abfing.

„Was ist los mit dir, Mädchen, so kenne ich dich gar nicht?", fragte mich Rolf und legte seine Stirn in Falten.

„Was soll los sein?", erwiderte ich kühl.

„Wo ist die lebenslustige, stets gut gelaunte und gesellige Frau geblieben, die ich vor ein paar Jahren kennenlernte und die mehr als nur eine Bürokollegin für mich ist?"

„Sie steht vor dir, ich weiß gar nicht, was du hast."

„Das finde ich nicht. Manchmal habe ich das Gefühl, mein ‚geliebter' Trauzeuge steht vor mir. Du hast sehr viel von Mark angenommen und in diesem Fall nicht zu deinem Vorteil."

„Das stimmt doch gar nicht. Du konntest Mark noch nie leiden. Du hast selbst gesagt, wie er sich zum Positiven verändert hat und dass du es ihm nie zugetraut hättest, so eine lange Beziehung zu führen. All deine Unkenrufe, dass er mich über kurz oder lang wieder fallen lassen würde und dass ich nur eine Nummer mehr auf seiner Liste wäre, haben sich nicht bestätigt. Warum gönnst du uns unser Glück nicht?"

„Natürlich gönne ich es dir, wenn du glücklich bist. Nur, ich habe nicht den Eindruck, dass du wirklich glücklich bist. Du bist so verschlossen und kühl geworden. Du lässt niemanden an dich ran. Wann haben wir uns das letzte Mal richtig unterhalten? Wann hast du das letzte Mal herzhaft gelacht? Selbst wenn wir bei euch sind oder ihr bei uns, redest du fast kein Wort. Das bist doch nicht mehr du."

„Das stimmt überhaupt nicht. Und um dieses leidige Gespräch nun abzuschließen, ein für alle Mal: Ich habe mich in keinster Weise verändert, ich bin immer noch ich und ich bin sehr glücklich mit Mark. Aber vielleicht hast ja du ein Problem!", empörte ich mich, drehte mich um und ließ Rolf einfach stehen.

„Warte doch, es tut mir leid, ich habe es doch nicht böse gemeint. Du weißt doch, wie sehr ich dich mag", rief er mir nach.

Statt stehen zu bleiben und mich umzudrehen, zuckte ich nur mit den Schultern und lief weiter. Tränen stiegen in meine Augen, denn im Grunde hatte Rolf recht, ich hatte mich verändert, wollte es mir selbst aber nicht eingestehen.

Als ich heimkam, knallte ich die Schlüssel und meine Handtasche auf die Anrichte im Vorzimmer und schleuderte frustriert meine Schuhe in eine Ecke. Barfuß ging ich geradewegs zum Kühlschrank, öffnete eine Flasche Weißwein und goss mir großzügig ein. Ich setzte mich auf die Stufen mit Blick in den Garten, zündete mir eine Zigarette an, nahm einen Schluck und starrte ins Leere.

Ich war wieder einmal alleine. Mark war auf Geschäftsreise. Wie so oft.

„Bin ich wirklich glücklich?", fragte ich mich gerade, als das Telefon läutete.

„Ja, hallo?"

„Hallo mein Liebling, wie geht es dir?"

„Hallo Mark, schön, dass du dich meldest, ich vermisse dich so."

„Ja, ja, ich dich auch."

„Wie geht es dir? Hast du viel zu tun? Wie laufen die Verhandlungen mit Fischer?"

„So weit ganz gut, ich befürchte allerdings, dass ich noch ein paar Tage länger wegbleiben muss. Er ist ein äußerst zäher Verhandlungspartner, aber ich werde ihn schon weichklopfen."

„Oh, noch ein paar Tage mehr. Wann glaubst du, wirst du heimkommen können?"

„Keine Ahnung, wir werden sehen. Die paar Tage sind doch nicht so schlimm, oder?! Hauptsache ich weiß, dass mein Mädchen zu Hause auf mich wartet."

„Ja, sicher, kein Problem. Ich freu mich schon riesig, wenn du wieder nach Hause kommst. Gib mir rechtzeitig Bescheid, damit ich dich überraschen und dich dann so richtig verwöhnen kann."

„Mach ich. Ich kann es auch kaum erwarten, dich in meine Arme zu nehmen. Ich liebe dich, mein Schatz, und schicke dir einen dicken Kuss. So, nun muss ich aber wieder weiter. Ich melde mich wieder. Tschüss."

„Ich liebe dich auch. Alles Gute für deine Verhandlungen. Bis bald. Ich küsse dich. Tschüss."

Froh und traurig zugleich legte ich den Hörer auf. Ich vermisste Mark wirklich und ich liebte ihn von ganzem Herzen. Und natürlich war ich glücklich, meine Bedenken von vorhin waren verflogen. Seine warme Stimme und seine lieben Worte waren Balsam auf meiner

Seele und allein die Vorstellung, in ein paar Tagen wieder in seinen Armen zu liegen, seine Haut zu spüren, seine Küsse zu trinken und sein Begehren zu fühlen, ließ mich lächeln.

Wieder läutete das Telefon. Ich dachte, Mark würde nochmals anrufen. Ich nahm ab und flötete in die Muschel.

„Halloo, mein Liebling, solche Sehnsucht hast du also nach mir?"

Pause.

Räusper.

„Hallo?"

„Ja, hallo du, das ist aber eine nette Begrüßung. Ich bin es. Elise."

„Oh, entschuldige, Elise, ich dachte, es sei Mark", kicherte ich ins Telefon.

„Schon gut und außerdem hab ich ja wirklich Sehnsucht nach dir", lachte sie zurück.

„Wir haben uns schon ewig nicht mehr gesehen. Ich weiß ja gar nicht mehr, wie du aussiehst."

„Na, jetzt übertreibst du aber. So schlimm ist es auch wieder nicht."

„Also, hast du wieder mal Zeit für ein Schwätzchen mit deiner ältesten Freundin?"

„Es tut mir leid, aber diese Woche geht's schlecht. Mark ist unterwegs und weiß noch nicht genau, wann er zurückkommt. Aber vielleicht können wir ja nächste Woche etwas ausmachen."

„Ja, das habe ich mir schon gedacht, dass du wieder nicht kannst. Schade, ich hätte dich wirklich gern gesehen. Na ja, kann man nichts machen."

„Sei mir nicht böse. Ich rufe dich nächste Woche an, großes Ehrenwort!"

„O.k., ich nehme dich beim Wort."

Wir plauderten noch eine Weile und ich verabschiedete mich, indem ich ihr nochmals versprach sie anzurufen.

Die Woche darauf brach ich mein Versprechen. Mark war zurück und meine ungeteilte Aufmerksamkeit gehörte ihm.

◆

Jetzt saß ich da, in dem leeren Haus mit den kalten Wänden. Eine Unruhe überfiel mich, mein Magen krampfte sich zusammen. Ich musste raus hier, unter Leute gehen. Nur untertags im Büro und am Abend zu Hause zu sein, war auf die Dauer kein Zustand mehr.

Ich griff zum Hörer und begann Elises Nummer zu wählen. Ich hielt inne und legte wieder auf. Ich wollte mich mit ihr verabreden, aber mein schlechtes Gewissen plagte mich. Schließlich hatte ich mein Versprechen nicht gehalten und sie weder in der verabredeten Woche noch in denen danach angerufen. Aber ich wollte sie sehen, wollte plaudern, wollte wieder einmal unbeschwert lachen und Blödsinn machen.

Ich nahm meinen ganzen Mut zusammen und wählte noch einmal. Nach dem zweiten Läuten nahm sie ab.

„Ja bitte?"

„Hallo Elise, ich bin's."

„Oh, welch Überraschung, Madame lebt noch."

„Ich weiß, Elise, es tut mir auch schrecklich leid, aber es war so viel los in letzter Zeit; ich bin echt nicht dazugekommen, dich anzurufen."

„Zeit nimmt man sich, aber – na ja – was soll's. Also, wie geht's dir? Was tut sich?", fragte sie in ihrer unbekümmerten Art, für die ich sie liebte.

Ohne auf ihre Fragen einzugehen, platzte ich selbst mit einer Frage heraus.

„Was hältst du davon, wenn wir uns heute Abend beim Italiener treffen?"

„Was? Wie? Heute Abend? Wieso? Kannst du weggehen?"

„Natürlich kann ich weggehen."

„Ja, klar!", kam die süffisante Antwort.

„Also, hast du Zeit?", hakte ich hoffend nach.

„Ja, warum eigentlich nicht? Ich war zwar diese Woche schon jeden Abend aus, aber auf den einen kommt's auch nicht mehr an. Wann wollen wir uns treffen?"

„Wie wär's mit acht Uhr?"

„Perfekt. Also, bis später."

Erleichtert legte ich auf und freute mich wie ein kleines Kind, Elise endlich wiederzusehen und vor allem wieder einmal richtig auszugehen. Ich öffnete eine Flasche Weißwein und goss mir ein Glas voll.

„Jetzt ein schönes heißes Bad, gute Musik, ein Schluck Wein und dann auf ins Nachtleben", prostete ich mir lachend zu.

Kapitel 23

Und so kam es, dass Christos und ich uns jede Woche trafen. Damit wir nicht ins Gerede kamen, verabredeten wir uns bei der kleinen Kapelle. Pater Braun war eingeweiht und half uns bei diesem Versteckspiel. Anfänglich – da ich ja keinerlei Erfahrung mit Männern hatte – unterhielten wir uns einfach die paar wenigen Stunden, die uns vergönnt waren. Ich war nervös und gleichzeitig überglücklich und wünschte, die Zeit würde stehen bleiben. Bei jedem Treffen überreichte Christos mir eine weiße Rose, denn für ihn war ich so rein und weiß und kostbar wie diese edle Blume. Ich trocknete die Rosenköpfe und hütete sie wie meinen Augapfel. An den Tagen, die ich zu Hause verbringen musste, streichelte und küsste ich immer wieder diese Schätze meiner heimlichen Liebe und wünschte mir, es wären Christos' Lippen. Sehnsüchtig verzehrte ich mich nach einer Berührung von ihm, denn ich wollte nicht nur geistig, sondern auch körperlich ganz mit ihm verbunden sein. Eher als ich dachte, ging mein Wunsch in Erfüllung. Ich saß auf der kleinen Bank unter dem großen Lindenbaum hinter der Kapelle, abgeschirmt von neugierigen Blicken und dem Rest der Welt und wartete auf Christos. Ich streifte meine Schuhe ab und das Gras unter meinen nackten Füßen war saftig grün und samtig weich. Eine leichte Brise wehte durch die rauschenden Blätter des Baumes und die Sonne blinzelte durch das Geäst. Mein Herz raste vor Ungeduld, Freude und stillen Sehnsüchten. Unbemerkt stand Christos plötzlich hinter mir und streichelte mit der Rose meine Wangen. Ich schloss die Augen, sog den süßlichen Duft tief ein und genoss die zarte Berührung. Christos setzte sich vor mich ins Gras, legte mir die Blume in den Schoß und ergriff meine Hände. Er führte sie zu seinen Lippen und liebkoste langsam meine Finger, meine Handflächen und die Innenseiten meiner Unterarme. Unbeweglich saß ich da und betrachtete sein schönes ebenmäßiges, männliches Gesicht, seine schwarzen Locken, die ihm bis über die Schulter fielen, die langen dunklen Wimpern, die seine olivenfarbenen Augen umrandeten, seine weichen Lippen, die mir warme Schauer über den Rücken laufen ließen. Im nächsten Augenblick zog mich Christos zu sich herab, drückte mich ganz nah an sich und blickte mir tief in die Augen. Ich konnte seinen heißen Atem auf meiner Haut spüren und mich selbst, wie ich in seiner Umarmung erzitterte. Den Blick fest in meinen Augen vergraben, beugte er sich über mich und sanft wie ein Wimpernschlag berührten sich unsere Lippen.

Er nahm mein Gesicht zärtlich in seine Hände und küsste mich so voller Liebe und Leidenschaft, dass ich zu sterben glaubte. Dieses Gefühl, das nun durch meinen Körper perlte, war jenseits von allem, was ich mir jemals vorgestellt hatte. Ich begann seine Küsse zu erwidern, gierig und verzweifelt, in der Angst, es würde enden. Christos begann mein Kleid aufzuknöpfen und schob seine Hand unter den Stoff. Seine Berührungen entflammten meine nackte Haut, seine Finger brannten auf meiner Brust. Ich stöhnte, bebte, erschauderte und saugte mich noch fester an seinen Mund. Seine Hände glitten über meinen Körper, erforschten Unberührtes, Verbotenes und brachten jede einzelne meiner Poren zum Explodieren. Das Gewicht seines muskulösen Körpers drückte mich sanft in das kühle Gras. Die Hitze seiner Haut, die sich auf meine presste, durchflutete mich. Ich spürte seine Männlichkeit gegen meine Schenkel gepresst und instinktiv öffnete ich mich ihm. Der kurze Moment des Schmerzes wich einem unbeschreiblichen Gefühl der Ekstase und Glückseligkeit. Vereint in Körper und Seele und allein im Universum. Im Taumel dieses Rausches drangen Geräusche an mein Ohr, die ich nur schwer wahrnahm, bis sie mich plötzlich in die Wirklichkeit zurückrissen. Es waren die Kirchenglocken, die mich zum Aufbruch mahnten. Ich durfte nicht zu spät kommen, sonst wäre alles verloren gewesen. Keuchend und mit erhitztem Gesicht entwand ich mich seinen starken Armen. Hastig schlüpfte ich in mein Kleid, strich mein Haar zurecht und stand auf. Christos setzte sich auf und griff nach meinem Arm. Ich beugte mich rasch zu ihm hinab und hauchte ihm einen Kuss auf seine Lippen. Wir mussten es uns nicht sagen, wir sahen es in unseren verzagten Augen, dass wir uns liebten und für immer und ewig lieben würden. Ich drehte mich um und rannte den Hügel runter ins Dorf, wo Philippe schon ungeduldig auf mich wartete. Ich sprang wortlos in den Wagen und blieb den Rest des Tages schweigsam. Mein Bruder blickte mich fragend von der Seite an und wusste nicht, was, aber er wusste, dass etwas mit mir geschehen war. Er schwieg und wartete darauf, dass ich mich ihm anvertrauen würde.

Ich begann Briefe zu schreiben, mindestens einen pro Tag. Ich wollte Christos nahe sein und vor allem, ihm zeigen, dass ich jede Sekunde meines Lebens an ihn dachte und in meinem Herzen trug. Auch er schrieb. Wir tauschten die Briefe bei unseren Treffen aus und lasen sie erst, wenn wir alleine die Tage zwischen unseren Begegnungen zu überstehen versuchten.

In den wenigen Stunden unseres Zusammenseins liebten wir uns so intensiv und verzweifelt hoffend, dass nicht einmal die Angst, entdeckt zu werden, unsere Gefühle trüben konnte. Wir klammerten uns aneinander und an unseren Traum, für immer verbunden zu sein. Der einzige Sinn, die vollkommene Erfüllung in meinem Leben war, ihn zu lieben, zu spüren und mit ihm eins zu werden, mich ihm vollkommen hinzugeben. Jeder Abschied fiel schwerer und zerriss mir fast das Herz. Nicht nur mein Herz und meine Seele, auch mein Körper schmerzte, wenn ich von ihm lassen musste. Aber zu wissen, dass es ihn gab und dass er mich liebte, ließ mich das Leben auf dem Anwesen durchstehen.

So verstrichen die Monate, in denen ich nur für einen Tag in der Woche lebte und zu vergessen suchte, was unvermeidbar war. Mein Geburtstag und somit der vereinbarte Hochzeitstermin rückte immer näher. Beinahe unerträglich fand ich die häufiger werdenden Aufwartungen meines Verlobten, die versteckten Annäherungsversuche, die von meinem Vater toleriert, vielleicht sogar erwünscht waren und mit Argusaugen beobachtet wurden. Ich hasste es, wenn er mich mit seinen fetten Händen betatschte und mir mit einem schmierigen Lachen einen Kuss auf die Wange drückte. Am liebsten hätte ich mich übergeben, wenn er dicht neben mir saß, mir ab und zu das Knie tätschelte und ich seinen nach kaltem Zigarrenrauch stinkenden Atem und seinen süßlichen Schweißgeruch atmen musste. Ich konnte mir nicht vorstellen, nur eine Sekunde lang die Frau dieses Mannes zu sein, geschweige denn, den Akt der Ehe mit ihm zu vollziehen. Eher würde ich sterben. Meinen Plan, diesen Mann als Sprungbrett in die Freiheit zu benutzen, hatte ich längst verworfen. Ich musste einen neuen Weg finden, einen Weg, dieser Ehe zu entkommen, und einen Weg aus den Klauen meines verhassten Vaters. Verzweifelt zermarterte ich mir den Kopf, aber keine der durchdachten Möglichkeiten schien sich in die Realität umsetzen zu lassen. Mein Vater und mein Verlobter besprachen, ohne mich zu involvieren, bereits die Hochzeitsvorbereitungen, trafen Geldabsprachen, diskutierten zukünftige Geschäftsmöglichkeiten, die sich aus dieser Ehe ergeben würden, und legten selbst die Anzahl der Kinder fest, die ich gebären sollte. Ich konnte und wollte mich nicht diesem Handel beugen, aber wie konnte ich es verhindern? Selbst mein Bruder, dem ich mich anvertraut hatte und der mich nicht nur für meine Liebe zu Christos beneidete, sondern so gut es ging auch dabei unterstützte, fand keinen Ausweg aus dieser Einbahnstraße.

Im Gegenteil, mein kleines Geheimnis und diese aussichtslose Situation schürten noch mehr seinen Hass und seine Verachtung gegenüber dem Vater. Ihm wurde auch immer mehr sein eigenes unglückliches Leben als ungeliebter und unbeachteter Sohn bewusst. Wie konnte er mir auch helfen, wenn er selbst an nichts anderes dachte, als auszubrechen und alles, was sein Leben bis anhin bestimmt hatte, hinter sich zu lassen.

Ich stand gerade auf einem kleinen Hocker vor dem großen Spiegel und ließ eine der unzähligen Anproben für mein Hochzeitskleid regungslos über mich ergehen. Als ich mich so im Spiegel betrachtete, in diesem voluminösen Kleid, das ich in weniger als zwei Monaten tragen würde, fasste ich einen verzweifelten Entschluss. Ich hoffte Unterstützung bei meiner Mutter zu finden. Behutsam erklärte ich ihr, dass ich diesen Mann weder heiraten wolle noch könne und bat sie mir beizustehen und zu versuchen meinen Vater umzustimmen. Schließlich war sie meine Mutter und sie wusste doch am besten, wie es war, mit einem ungeliebten Mann zusammen zu sein. Ich hoffte auf ihre Liebe zu mir und ihren Beschützerinstinkt, mich nicht durch diese Hölle gehen zu lassen. Ich war überzeugt, dass sie es nicht zulassen würde, dass ihrer mittlerweile einzigen Tochter das gleiche traurige Schicksal eines unglücklichen Lebens widerfahren sollte. Doch die Reaktion meiner Mutter war bei Weitem anders, als ich es erwartet hatte. Sie schlug mir hart ins Gesicht und schrie mich an, wie ich ihr dies nur antun könne. Ich hätte kein Recht, aufzubegehren, mich dem Vater zu widersetzen, geschweige denn ein eigenes Leben zu fordern. Ich hätte mich zu beugen, so wie sie das tat und wie es auch richtig wäre. Tränen liefen über ihr wutverzerrtes Gesicht, als sie mich an den Armen packte und schüttelte. Wie konnte ich es wagen, so undankbar zu sein und solche Schande über die Familie bringen zu wollen. Sie stieß mich von sich und sank wimmernd zusammen. Erschrocken über diesen heftigen Ausbruch kniete ich mich zu ihr, bat sie um Verzeihung und flehte sie an, nichts dem Vater zu erzählen. Ich versprach ihr, mich den Wünschen der Familie entsprechend zu verhalten. Sie wandte sich nur von mir ab und vergrub ihr Gesicht in ihren Händen. Verunsichert erhob ich mich und verließ das Zimmer.

Panik erfasste mich, aber als sich das Verhalten meines Vaters in den folgenden Tagen nicht veränderte und meine Mutter meist schweigend in der Bibel las, entspannte ich mich. Trotzdem musste ich einen Ausweg finden. Doch das Schicksal kam mir zuvor.

Kapitel 24

Als ich die Haustüre aufschloss und ins Vorzimmer trat, stolperte ich beinahe über Marks Koffer. Früher als erwartet war er heimgekommen. Verwundert, aber auch freudig überrascht rief ich nach ihm, erhielt aber keine Antwort.

Als ich ins Wohnzimmer kam, saß Mark mit versteinerter Miene auf der Couch und trank einen Whisky.

„Wo warst du?", herrschte er mich grußlos an.

„Ich komme gerade aus dem Büro. Aber was ist denn …" Weiter kam ich nicht.

„Ich meine nicht jetzt. Also, ich frage dich noch einmal: Wo warst du?" Sein Ton war eisig.

„Ich weiß gar nicht, was du meinst. Was ist denn los? Wo soll ich denn gewesen sein?"

„Lüg mich doch nicht an, ich hab dich gestern Abend versucht zu erreichen, aber Madame war nicht daheim."

„Ach so, das meinst du. Ja, ich war gestern mit Elise essen. Ich musste wieder mal raus. Du hast mir so gefehlt und mir ist einfach die Decke auf den Kopf gefallen", versuchte ich zu erklären.

„Und du hast es nicht der Mühe wert gefunden, mich darüber zu informieren", kam die vorwurfsvolle Antwort.

Schön langsam stieg unbändiger Ärger in mir auf, denn ich war mir keiner Schuld bewusst und verstand nicht, warum Mark so heftig reagierte.

„Doch, das habe ich, aber dein Handy war ausgeschalten. Warum regst du dich denn so auf. Es ist doch kein Verbrechen, wenn ich auch mal ausgehe. Schließlich weiß ich ja auch nie, was du am Abend so machst."

„Das wirst du ja wohl nicht vergleichen wollen. Das ist etwas ganz anderes. Ich habe Geschäftsessen. Glaubst du, es ist lustig, tagelang von daheim weg zu sein, in irgendeinem Hotel zu schlafen und nichts anderes als ein Meeting nach dem nächsten zu haben. Während du dich amüsieren gehst, arbeite ich. Da kann ich doch ein bisschen Rücksichtnahme und Verlässlichkeit von dir erwarten."

„So, meinst du. Ich denke, ich bin mehr als verständnisvoll. Seit Monaten sitze ich daheim und warte geduldig, bis du zurückkommst. Und selbst dann bist du oft müde und hast zu nichts mehr Lust. Wann haben wir das letzte Mal etwas unternommen? Waren essen oder in einem Konzert, im Kino oder tanzen so wie früher? Ich verstehe ja, dass du nach deinen Geschäftsreisen erschöpft bist und deine Ruhe brauchst, aber wozu habe ich eine Partnerschaft, wenn ich die eine Hälfte der Zeit alleine bin und die andere Hälfte darauf warte, dass du dich mir ein bisschen widmest. Da könnte ich doch gleich wieder Single sein. Und schließlich bin ich nicht deine Gefangene. Es ist doch mein gutes Recht, meine Freunde zu treffen, und du kannst mir wirklich nicht vorwerfen, dass ich das oft tue", versuchte ich mich zu rechtfertigen.

Mark starrte ins Leere und schwieg.

„Du fehlst mir und ich bin einsam", ergänzte ich kleinlaut.

„Dann hast du aber eine äußerst eigenartige Art, dies zu zeigen. Ich bin sehr enttäuscht von dir", war Marks einzige Antwort. Kopfschüttelnd stand er auf und ging ins Bad.

Ich kämpfte mit den Tränen und konnte nicht begreifen, warum er so reagierte. Wieso musste ich mich überhaupt rechtfertigen? Trotzdem schlich sich wieder dieses leise Gefühl des schlechten Gewissens in meinen Magen. Ich ging in die Küche und begann das Abendessen vorzubereiten. Während ich die Zwiebel schnitt, ließ ich meinen Tränen freien Lauf. Ich hatte mir unser Wiedersehen anders vorgestellt. Egal wie ich mich verhielt, Mark hatte in letzter Zeit immer etwas an mir auszusetzen. Mir war von Anfang an klar, dass Mark ein sehr spezieller Mann war, stolz und vielleicht sogar ein bisschen selbstherrlich. Aber gerade das machte ihn so attraktiv und anziehend. Er wusste, was er wollte, und pflegte dies auch zu erreichen. Mark konnte wunderbar charmant, liebevoll und verführerisch sein. Anfangs gab er mir stets das Gefühl, etwas Besonderes, Wertvolles, Schönes, Einzigartiges und die große Liebe für ihn zu sein. Ich empfand mich als seine absolute Traumfrau. Nun, dieses Gefühl hatte ich mittlerweile nicht mehr. Im Gegenteil, Marks Verhalten mir gegenüber ließ mich immer mehr an mir selber zweifeln. Mein Selbstbewusstsein bröckelte langsam, aber sicher ab.

Je mehr ich mir dessen bewusst wurde, desto mehr verdrängte ich es und umso mehr versuchte ich, Mark gerecht zu werden. Aber je mehr ich mich anstrengte und im Grunde mein Selbst verlor, desto schlimmer wurde es.

So in Gedanken versunken und immer noch unter Tränen deckte ich den Tisch und trug das Essen auf. Ich atmete tief durch, wischte mein Gesicht ab und erneuerte schnell mein Make-up, bevor ich Mark zum Essen rief. Schweigend setzte er sich an den Tisch und würdigte mich keines Blickes. Ich versuchte so zu tun, als ob nichts geschehen wäre, und begann ihn über seine Reise und seine Arbeit auszufragen. Seine spärlichen, kurzen Antworten und sein demonstriertes Desinteresse an einer Konversation taten mir körperlich und seelisch weh. Ich stocherte lustlos in meinem Teller und bekam kaum einen Bissen runter.

Als Mark sein Mahl beendet hatte, stand er wortlos auf und setzte sich zum Fernseher. Ich räumte den Tisch ab, versorgte das Geschirr in der Maschine und putzte den Herd. Diese eisige Stimmung war unerträglich für mich. Ich kämpfte mit Tränen, Verzweiflung und Wut. Ich fasste mir ein Herz und setzte mich zu Mark auf die Couch. Auch wenn ich wieder über meinen eigenen Schatten springen und meinen Stolz begraben musste, fühlte ich mich gezwungen, die Situation zu entspannen und Mark wieder umzustimmen. Selbst auf die Gefahr hin, mich so weit zu erniedrigen und mich für etwas zu entschuldigen, wofür ich nicht die geringste Schuld empfand.

„Jetzt sag mir bitte endlich, was los ist. Warum bist du so böse auf mich?", begann ich ruhig, doch innerlich zitterte ich.

„Muss ich dir das auch noch erklären?!", erwiderte Mark kühl, ohne den Blick vom Bildschirm zu wenden.

„Mark, ich bitte dich, rede mit mir. Ich weiß wirklich nicht, was ich falsch gemacht habe", flehte ich ihn beinahe an.

„Wenn du das nicht weißt, dann gibt's auch nichts zu bereden."

„Warum erklärst du es mir nicht? Wenn ich dich mit irgendetwas verletzt haben sollte, dann tut es mir leid, aber bitte rede mit mir", bohrte ich verzweifelt weiter.

„Siehst du nicht, dass ich fernsehe? Also, lass mich jetzt einfach in Ruhe."

Ich starrte ihn ungläubig noch eine Minute lang an. Schließlich resignierte ich. Am liebsten hätte ich in meiner Verzweiflung Elise angerufen, aber ich traute mich nicht. Ich stand auf und ging ins Bad.

Lange stand ich unter der Dusche und ließ das heiße Wasser auf mich herabprasseln, so als ob es die tiefe Traurigkeit, die nun meinen ganzen Körper erfasste, wegwaschen könnte. Schließlich legte ich mich ins Bett und wartete. An Schlaf war nicht zu denken, dafür war ich viel zu aufgewühlt. Erst Stunden später kam Mark und legte sich neben mich, den Rücken mir zugewandt.

„Es tut mir leid", flüsterte ich und kuschelte mich vorsichtig an ihn.

„Kannst du das bitte unterlassen, ich möchte jetzt schlafen", erwiderte er und rückte noch ein Stück von mir weg.

Kapitel 25

Rosalind räusperte sich. Ich war so in ihrer Geschichte versunken, beinahe schon ein Teil davon, dass ich nicht bemerkt hatte, dass es draußen bereits dunkel wurde. Es war mir egal, ich musste diese Geschichte zu Ende hören. Ich hatte auch nicht mehr viel Gelegenheit, in zwei Tagen würde ich abreisen. Doch Rosalind war müde und wollte sich noch einen Tee machen, bevor sie weitererzählte. Es dauerte ewig, bis sie aus der Küche zurückkam. Ich schielte immer wieder auf die Uhr und hoffte, dass sie sich beeilen würde. Ein leises Hungergefühl beschlich mich, aber das Essen musste warten. Schließlich ließ sich Rosalind wieder in den Sessel fallen, schlürfte ihren Tee und sah an mir vorbei. Gespannt wartete ich, bis sie endlich zu reden begann.

◆

„Ich bin frei, frei, frei", dachte ich im ersten Moment, doch dies sollte sich schnell in das bittere Gegenteil kehren. Einen Monat vor der Hochzeit rief mich mein Vater in die Bibliothek. Sein Gesichtsausdruck war versteinert, doch seine Augen funkelten diabolisch. Er lief im Zimmer auf und ab und schlug immer wieder mit seiner Reitgerte gegen seinen Stiefelschaft. Ich drückte mich in den großen Ohrensessel und zuckte bei jedem Schlag zusammen. Ich erwartete, dass das Leder bald mich treffen würde, denn es wäre nicht das erste Mal gewesen, dass mein Vater seine Wut an uns ausließ. Hingegen ging er mit großen Schritten zu seinem Schreibtisch und setzte sich dahinter. Mit großen, angsterfüllten Augen sah ich ihn an und wartete. Er sagte noch immer kein Wort, er starrte nur vor sich hin. Erst jetzt bemerkte ich, dass er getrunken hatte. Vor ihm auf dem Tisch stand eine halb leere Cognacflasche und ein volles Glas. Er nahm es und leerte es in einem Zug. Jetzt blickte er mich direkt an und offenbarte mir, dass die Hochzeit nicht stattfinden würde. Innerlich jubilierte ich, äußerlich ließ ich mir nichts anmerken. Mit gespielter Bestürzung wagte ich nach dem Grund zu fragen. Mein Vater verzog verächtlich seine Mundwinkel, seine dichten Brauen zogen sich zusammen und sein Gesicht verdunkelte sich erneut. Als er mir erzählte, was passiert war, vibrierte seine Stimme vor Zorn und er spuckte die Worte beinahe heraus.

Mein Bräutigam hatte an der Börse spekuliert und alles verloren. Er hatte Schulden gemacht, wieder spekuliert und wieder verloren. Das war jedoch nicht genug. Das Schlimmste für meinen Vater war, als er erfahren hatte, dass mein Verlobter ein notorischer Spieler war und den Rest seines Vermögens, wie sein Haus und seine Ländereien, verspielt hatte. Weiters hatte er einen beträchtlichen Betrag an Schuldscheinen unterzeichnet und als er nirgends mehr Geld auftreiben konnte und die letzte Münze verloren hatte, war er untergetaucht. Nun wurde er polizeilich gesucht, und das bedeutete, er war eine *persona non grata*. Mein Vater fühlte sich verraten, auf das Gröbste betrogen und war zutiefst in seinem Stolz und seiner Ehre getroffen. Wie konnte ihm dieser Mann das antun! Ihm – dem großen Enno von Barrister. Wie konnte er es wagen, unseren guten Namen mit solch betrügerischen Eskapaden in den Dreck zu ziehen. Eine regelrechte Schimpftirade folgte und mein Vater steigerte sich immer mehr und mehr hinein. Ich kauerte mich noch tiefer in den Sessel, wagte kaum zu atmen, geschweige denn zu fragen, was die Auflösung der Verlobung nun für mich bedeuten würde. Ich wartete gespannt, erleichtert, ängstlich, freudig erregt, unsicher, glücklich und in meinem Kopf hörte ich nur „Ich bin frei – frei für Christos". Er goss sich nach und stürzte auch diesen Drink in einem Zug runter. Er lehnte tief in seinem Sessel, streckte die Beine von sich und füllte sein Glas erneut. Mit einer Handbewegung deutete er mir an, dass ich mich zurückziehen sollte. Nichts war mir lieber, denn wenn mein Vater getrunken hatte, war er noch unberechenbarer und man tat gut daran, ihm aus dem Weg zu gehen. Als ich leise die große Tür zur Bibliothek hinter mir schloss, stand meine Mutter vor mir und weinte. Sie hatte unser Gespräch belauscht und murmelte nun immer wieder dieselben Worte. „Das ist die Strafe Gottes. Er bestraft uns für deinen Ungehorsam." Ich wollte sie in den Arm nehmen und beruhigen, doch sie stieß mich mit einem strafenden Blick von sich. Ich lief die Treppe hinauf und suchte Philippe. Ich wollte ihm unbedingt die freudige Botschaft mitteilen. Da ich ihn nirgends finden konnte, ging ich in mein Zimmer, setzte mich an den Schreibtisch und schrieb einen langen Brief an Christos. In den letzten Monaten war ich besessen von dem Gedanken, wie ich dieser Ehe entfliehen könne, und plötzlich meinte es das Schicksal so gut mit mir. Ich konnte es immer noch nicht glauben, dass ich tatsächlich frei war, frei für ihn und unser gemeinsames Leben. In zwei Tagen würde ich wieder in den Armen von Christos liegen und wir könnten unsere gemeinsame Zukunft planen.

Ich verlor mich in Tagträumen, sah mich schon glücklich mit Christos vereint und dachte, dass ab nun mein neues Leben beginnen würde. Dachte ich. In meiner Euphorie vergaß ich jedoch, was mir eigentlich hätte klar sein sollen. Ab diesem Zeitpunkt verbot mein Vater die wöchentlichen Ausflüge. Es gab keinen Grund und keine Rechtfertigung mehr dafür. Schließlich war ich eine verlassene Braut und die Etikette verlangte es, dass ich mich nicht in der Öffentlichkeit zeigte. Die Schmach war schließlich zu groß und vor allem musste meine Ehre verteidigt werden. Wie konnte ich also so dumm sein und glauben, ich wäre frei. Das Gegenteil war der Fall, ich war wieder die Gefangene meines Vaters und durfte das Haus nicht verlassen. Ich konnte Christos nicht informieren, geschweige denn sehen. Ich wurde beinahe verrückt vor Sehnsucht und Hass. Ich schloss mich die meiste Zeit in meinem Zimmer ein und lag stundenlang auf dem Bett, vergrub mein Gesicht in seine Rosen, drückte seine Briefe an mein Herz und las immer und immer wieder seine liebevollen Zeilen. Vor Kummer und Verlangen nach Christos konnte ich kaum essen oder schlafen. Ich dachte nur an meinen Liebsten, an seine zärtlichen Lippen, seine starken Arme und seine weiche Haut. Ich musste irgendwie mit Christos in Kontakt treten, fand aber keine Möglichkeit. Ich flehte meinen Bruder an mir zu helfen, Botschaften für mich zu überbringen oder zumindest Pater Braun zu kontaktieren, damit dieser Christos informieren könne. Aber selbst Philippe waren die Hände gebunden. Mehr noch als zuvor musste er für meinen Vater schuften und stand unter ständiger Beobachtung.

Da mein Vater der Meinung war, dass Philippe verweichlicht und unfähig war, wurde er regelrecht geschunden. Schon seit einiger Zeit musste er unter der Aufsicht des Verwalters das Gestüt betreuen und bei der Bewirtschaftung der angrenzenden Felder mitarbeiten. Schwere körperliche Arbeit würde einen Mann aus ihm machen und gleichzeitig sein renitentes Verhalten gegenüber dem Vater brechen. Täglich musste er nach getaner Arbeit meinem Vater genauestens Bericht erstatten. Anstatt Lob oder Anerkennung erhielt er nur Belehrungen und Demütigungen. Ich war mit mir selbst so beschäftigt, dass ich nicht merkte, wie sehr Philippe litt und sich immer mehr in sich selbst zurückzog. Er lächelte kaum noch, nicht einmal, wenn er mit mir sprach.

Philippe war ein eher schmächtiger Bursche mit femininen Gesichtszügen und feingliedrigen Händen. Er las lieber in Büchern, als mit Vater auf die Jagd zu gehen, oder hörte lieber Musik, als Fechtunterricht zu nehmen. Er war äußerst galant und charmant zu jungen Damen, aber niemals interessiert an ihnen.

Er unterhielt sich lieber über Kunst und Kultur, anstatt wilde Diskussionen über Politik und Wirtschaft zu führen. Aus all diesen Gründen war er in den Augen meines Vaters ein jämmerlicher Versager und nur noch mehr Härte und Strenge und gegebenenfalls körperliche Züchtigung konnten ihm diese Flausen austreiben. Aber anstatt wie Therese daran zu zerbrechen und verrückt zu werden, entwickelte Philippe einen unbändigen Willen, meinem Vater zu trotzen. Ich wünschte, er wäre weniger aufsässig gewesen, dann hätte ich meinen geliebten Bruder nicht verloren.

◆

Tränen rannen über Rosalinds Wangen. Sie wischte sie nicht weg. Sie erschien mir noch älter und zerbrechlicher, vor Kummer und Gram tief gezeichnet.

„So viel Schmerz ist in meiner Brust, so viel Leid, so viele Tränen prägen mein Leben."

Ich ergriff ihre Hand und drückte sie leicht. Am liebsten hätte ich diese alte, einsame Dame umarmt und fest an mich gedrückt, aber ich getraute mich nicht.

Rosalinds Hand zitterte in der meinen, als sie zu mir aufsah. In ihren Augen konnte ich sehen, wie viel Kraft es sie kostete, diese Geschichte zu erzählen.

„Lassen wir es gut sein für heute. Ich bin sehr müde und die Erinnerungen bringen auch so viel Traurigkeit. Ich erzähle morgen weiter, wenn Sie möchten", sagte sie leise.

„Natürlich. Sehr gerne und vielen Dank."

Ich erhob mich, drückte noch einmal ihre Hand und ging zur Tür.

„Schlafen Sie gut, Rosalind!"

Ich fand meinen Weg zurück zur Pension, ohne danach zu suchen. Meine Füße trugen mich automatisch durch die Dunkelheit, meine Gedanken waren weit weg.

Als ich mein Ziel erreichte, war es im Inneren des Hauses bereits dunkel. An der Eingangstür entledigte ich mich meiner Schuhe und schlich auf Zehenspitzen die Treppe hinauf. Die alten Holzstufen knarrten unter meinem Gewicht und ich hielt bei jedem Schritt den Atem an, denn ich wollte keinesfalls Millie wecken und unter Umständen erklären müssen, wo ich so lange geblieben war. Ich schlüpfte lautlos in mein Zimmer und zog erleichtert die Türe hinter mir zu.

Kapitel 26

Ich stand vor dem Spiegel und steckte mein Haar nach oben. Ich war bereits geschminkt und trug die neuen Ohrringe, die Mark mir zum Geburtstag geschenkt hatte. Glitzernde Brillanten, an denen eine tränenförmige Perle hing. Das passende Collier lag noch im offenen Etui vor mir. Ich nahm es heraus, legte es an und betrachtete mehr als zufrieden mein Spiegelbild.

◆

Mein Geburtstag fiel auf einen normalen Wochentag und Mark war wieder einmal auf Geschäftsreise. Er bereitete mich in seiner sachlichen Art darauf vor, diesen Tag alleine verbringen zu müssen, da sich seine Termine nicht verschieben ließen. Mittlerweile hatte ich auch gar nichts anderes mehr erwartet, schließlich kam immer irgendein Meeting oder ein Geschäftspartner dazwischen, wenn ich mich auf etwas gefreut hatte. Und schließlich erklärte mir Mark, dass wir ja keine kleinen Kinder mehr seien und es daher keine Rolle spiele, den Geburtstag ein paar Tage später nachzufeiern.

Noch bevor der Wecker läutete, rief er an, gratulierte und versicherte mir, wie leid es ihm täte, nicht bei mir sein zu können. Wir unterhielten uns noch eine Weile, bis er sich mit einem Bedauern in der Stimme verabschiedete.

„Ich wünsche dir einen wunderschönen Tag, mein Liebes, genieße es, aber feiere nicht zu viel", schloss er das Telefonat und schickte mir noch einen Kuss durch die Leitung.

Ich war freudig überrascht und eine warme Welle durchströmte mein Herz. Ich hatte nicht damit gerechnet, dass Mark mich so zeitig in der Früh anrufen würde. Bei seinen Geschäftsreisen hatte er kaum Zeit, zu telefonieren. Meistens hörte ich ihn nur schnell zwischen zwei Meetings, gehetzt und kurz angebunden. Doch heute war seine Stimme entspannt und sanft und ich vergaß beinahe, dass dies in letzter Zeit leider die Ausnahme war.

Gut gelaunt tapste ich in die Küche, stellte Kaffee auf und holte die Morgenzeitung aus dem Briefkasten. Ich gönnte mir einen langsamen Start in den Tag und genoss, nachdem ich mich geduscht und angezogen hatte, mein kleines Frühstück. Als ich ins Büro kam, überfielen die Kollegen mich mit Glückwünschen, Küssen und Blumensträußen. Den ganzen Tag riefen Freunde, Bekannte und natürlich auch meine Familie an, um mir zu gratulieren. Der Tag verging im Fluge und ein kleiner Umtrunk am späten Nachmittag beendete meinen Geburtstag im Büro. Ich war gerade dabei, Rolf und Danielle zu einem Feierabendbier in unserer Stammkneipe einzuladen, als mein Handy läutete und Mark am anderen Ende der Leitung war. Seine schöne dunkle Stimme war so sexy und liebevoll, wie ich sie schon lange nicht mehr gehört hatte. In meinen Magen schlich sich eine wohlige Wärme und in meinem Unterleib kribbelte es. Plötzlich wurde mir bewusst, wie sehr ich ihn vermisste und begehrte. Die Worte, die er mit leiser rauer Stimme in den Hörer raunte, ließen mir heiße Schauer über den Körper jagen. Ich presste mein Ohr an die Muschel und kehrte mich – aus Angst, rot zu werden – abrupt von Rolf und Danielle, mit denen ich immer noch beisammenstand, ab und ging einige Schritte weg.

„Das kann nur Mark sein, dann wird's wohl nichts mit unserem Feierabendbier", hörte ich beiläufig Rolf im Hintergrund sagen. Aber ich konzentrierte mich voll und ganz auf Mark.

„Ich kann mich kaum noch zurückhalten, ich will dich jetzt – sofort. Stell dir vor, wie ich dir die Kleider vom Leib reiße, deinen Körper mit Küssen bedecke, meine Hände umspielen deine Brüste und ich verwöhne dich mit meiner Zunge so lange, bis du vor Lust schreist. Ich möchte tief in dich eindringen, dich spüren und ausfüllen, während unsere Lippen gierig aneinander saugen …"

„Mark, ich bitte dich, hör auf, das ist unfair, ich bin doch nicht alleine hier", flüsterte ich verlegen in den Hörer. Doch Mark fand Gefallen an diesem Spiel und war kaum zu stoppen.

„Wenn du mehr hören willst, dann geh schnell nach Hause und warte auf meinen Anruf", sagte er verführerisch.

„O. k., das mach ich, aber lass mich nicht zu lange warten."

„Keine Sorge. Bis später, meine Sexgöttin."

Verwirrt und erregt drückte ich die NO-Taste auf meinem Handy. Ich konnte nicht begreifen, was eben geschehen war. Mark hatte tatsächlich Telefonsex mit mir gemacht. Seit ich Mark kannte, hatte er noch nie so mit mir gesprochen. Mark war zwar ein wunderbarer Liebhaber – vor allem am Anfang unserer Beziehung – und wir hatten immer viel Spaß im Bett, aber niemals hatte er sich verbal diesem Thema gewidmet. Seit einiger Zeit war unser Sexualleben abgeflaut. Mark war meist müde und abgekämpft, vertrug keine körperliche Nähe oder zeigte auch sonst keinerlei Interesse. Die paar Mal, die wir in den letzten Monaten miteinander geschlafen hatten, waren eher eins-zwei-drei-vorbei und somit in keinem Fall befriedigend. Darauf angesprochen, vertröstete er mich meist auf die spärlichen Wochenenden, die wir ohne gesellschaftliche Verpflichtungen verbringen konnten, und versprach mir, sich dann ganz mir und unserer Libido zu widmen. Doch selbst an diesen Wochenenden kam es kaum noch dazu und ich begann bereits an mir oder besser gesagt an meiner sexuellen Anziehungskraft zu zweifeln. Obwohl Mark es nicht direkt aussprach, waren seine Zurückweisungen meiner körperlichen Annäherungsversuche jedes Mal ein Stich ins Herz. Ich fühlte mich unattraktiv und gedemütigt. Nicht nur einmal ertappte ich mich dabei, nackt vor dem Spiegel zu stehen, um mich kritisch anzusehen, ob sich etwa meine Figur verändert hätte oder ob meine Brüste nicht mehr straff genug wären. Mein Selbstvertrauen schwand von Mal zu Mal und mit der Zeit vermied ich es, aus Angst wieder abgewiesen zu werden, zu versuchen Mark zu verführen. Immer wieder schnitt ich in meiner heimlichen Verzweiflung und Unsicherheit das Thema an, wollte mit Mark darüber sprechen, aber er wimmelte mich meist ab und führte sein Desinteresse auf den Stress zurück. Er beteuerte zwar, dass dies nichts mit mir zu tun hätte, aber seine Worte und der flüchtige Kuss, den er mir auf die Lippen drückte, konnten mich nicht überzeugen. Mit der Zeit spielte ich auch schon mit dem Gedanken, dass Mark vielleicht eine andere Frau hätte und sich dort seine Befriedigung holte. Ich steigerte mich beinahe in diese Fantasie hinein und litt still vor mich hin. An einem unserer ruhigen Wochenenden – Mark stand in der Küche – umarmte ich ihn von hinten und schmiegte mich fest an ihn. Mark wand sich aus meiner Umarmung, drehte sich zu mir um, nahm mich an den Armen und stellte mich wie ein Möbelstück einen halben Meter von sich weg. Tränen stiegen in meine Augen. Je mehr er mich abwies, desto mehr suchte ich seine

Nähe, aber es gelang mir immer weniger, an ihn heranzukommen. Ich konnte nicht begreifen, warum er mich so von sich schob. Verzweifelt und mit tränenerstickter Stimme fragte ich ihn schließlich, was los sei und ob es eine andere Frau in seinem Leben gäbe.

„Du tickst wohl nicht richtig", erwiderte Mark kaltschnäuzig, „ich hab einfach momentan kein Bedürfnis, zu kuscheln. Ich habe bei Gott andere Probleme zu bewältigen und dir fällt nichts Besseres ein, als mir unbegründete Vorwürfe zu machen. Für so unnötige Diskussionen habe ich beim besten Willen keine Lust und keine Zeit. Also bitte, lass mich in Ruhe mit deinen Spinnereien."

Seine Stimme und seine Augen waren so eisig, dass mir Gänsehaut über den Rücken lief. In meinem Herzen klirrte es und ein Sprung mehr kerbte sich darin ein. Ein tonnenschwerer Stein schlug in meine Magengrube ein und ein dicker Kloß steckte in meiner Kehle. Wie ein geschlagener Hund ging ich aus der Küche ins Bad und schloss mich dort ein. Ich setzte mich auf den Badewannenrand und ließ zutiefst verletzt und unverstanden meinen Tränen freien Lauf. Schließlich beruhigte ich mich, wusch mein Gesicht, schminkte mich und verhielt mich den Rest des Wochenendes so, wie Mark es von mir erwartete. Freundlich, unkompliziert, zurückhaltend, funktionierend. Nur keine lästigen Fragen stellen, Probleme wälzen oder unangenehme Diskussionen führen.

Doch der Kloß in meiner Kehle blieb. Ich erstickte beinahe daran und ich wünschte mir mit jemandem darüber reden zu können, doch ich konnte nicht zugeben – vor allem mir selbst nicht eingestehen – dass etwas in unserer Beziehung nicht stimmte. Ich wollte mir und den anderen das Bild des Traumpaares und der großen Liebe erhalten. Auch wenn dies schon an allen Ecken und Kanten Risse hatte. Aber ich klammerte mich an die Hoffnung, dass dies nur eine Phase wäre und bald wieder alles so sein würde, wie zu Beginn unserer Beziehung. Es musste einfach wieder gut werden und ich würde dafür kämpfen. Ich würde akzeptieren, dass Mark momentan kein Interesse an Sex oder körperlicher Nähe hatte, auch wenn es mir schwerfiel. Ich würde die wenigen Annäherungen seinerseits als Geschenk sehen, genießen und nichts mehr hinterfragen. Das war die einzige Möglichkeit, Mark nicht zu verlieren.

Und nun das. Ich stand immer noch wie paralysiert da und starrte auf mein Handy.

„Nun, wie sieht es aus? Gehen wir jetzt auf ein Bier?", hörte ich Rolf sagen.

„Ähm, na ja, es tut mir leid, aber ich kann nicht. Ich muss dringend nach Hause. Aber ich verspreche euch, wir holen das nach."

„Ich dachte, Mark ist auf Dienstreise, da könntest du doch noch schnell mitkommen und wir stoßen noch einmal auf deinen Geburtstag an."

„Ja, das stimmt schon, aber ich kann wirklich nicht. Seid mir nicht böse", entschuldigte ich mich voll schlechten Gewissens, schließlich hatte ich sie ja eingeladen. Auf der anderen Seite konnte ich es kaum erwarten, heimzufahren und mit Mark zu telefonieren.

„Schon gut, das sind wir ja gewöhnt. Wenn der Herr ruft, springt Madame."

„Also bitte, Rolf, das kannst du wirklich nicht so sagen. Das stimmt überhaupt nicht", verteidigte ich mich, wohl wissend, dass er recht hatte.

„Wenn du meinst", antwortete Rolf achselzuckend, küsste mich auf die Wange und verließ mein Büro.

„Also, Süße, dann komm gut nach Hause. Wir sehen uns morgen und vergiss nicht, du schuldest uns ein Bier!", sagte Danielle und folgte Rolf aus dem Zimmer.

In Windeseile packte ich meine Sachen zusammen, lief zum Auto und fuhr nach Hause. In meinem Kopf drehte sich alles. Marks Worte hallten durch meine Ohren und meinen Körper und ich bemerkte, wie erregt und auf angenehme Art nervös ich war. Dieses Spiel war neu für mich, aber vor allem hatte ich seit Langem wieder das Gefühl, begehrt zu werden. Als ich daheim ankam und die Haustür aufschloss, traute ich meinen Augen nicht. Rosenblätter waren vom Eingang, über die Treppe hinauf in den ersten Stock am Boden verstreut. Leise Musik drang aus den Boxen, Kerzen brannten. Am Treppenabsatz stand eine Bodenvase mit langstieligen roten Rosen, in denen eine Karte steckte, auf der „Happy Birthday – Kuss Mark" zu lesen war.

„Hallo? Mark?", rief ich und meine Stimme überschlug sich beinahe vor Freude.

„Ich bin hier oben und erwarte dich", hörte ich Marks Stimme aus dem Bad. Ich sprang die Treppe hinauf und fand Mark im Whirlpool, neben sich ein Eiskübel mit einer Flasche Champagner und zwei Gläsern.

„Zieh dich aus und komm rein!", sagte er bestimmend und sah mich triumphierend an. Mark beobachtete mich, als ich schweigend meine Kleider abstreifte und zu ihm in die Wanne schlüpfte. Er zog mich eng an sich und küsste mich stürmisch, beinahe hart. Ich spürte seine Erektion, als er mich noch stärker heranzog und meine Beine auseinanderschob. Mark drang grob in mich ein und bewegte sein Becken in kurzen, heftigen Stößen, murmelte Unverständliches in mein Ohr und biss mir wiederholt beim Küssen in die Unterlippe. Das halbe Bad stand unter Wasser, aber das kümmerte mich nicht. Ich befand mich in einem Strudel von Emotionen, mein Hirn war ausgeschalten, mein Körper glich sich seinen Bewegungen an, wollte mehr, nicht beenden diesen Rausch. Mit einem lauten Stöhnen hörte Mark abrupt auf und schob mich von sich. Mit geschlossenen Augen und schwer atmend lag er noch eine halbe Minute unbeweglich neben mir. Auch ich war außer Atem, mein Herz pochte wie wild und ich merkte nicht einmal, dass das Badewasser mittlerweile erkaltet war. Ich drehte mich zu Mark, umschlang seine Taille und küsste ihn auf die Schulter. Mark öffnete die Augen, befreite sich aus meiner Umarmung, stand auf und stieg aus der Wanne. Ich setzte mich auf und sah ihn an. Ich hätte ihn so gern noch gehalten und zärtlich gestreichelt oder geküsst, vielleicht nicht gerade in dem kalten Wasser, aber nach diesem wilden, fast schon animalischen Sex hatte ich das Bedürfnis nach Nähe. Aber für Mark schien die Angelegenheit abgeschlossen zu sein. Er trocknete sich kurz ab, warf sich seinen Bademantel über und schenkte uns Champagner ein.

Er reichte mir ein Glas und stieß an.

„Alles Gute zum Geburtstag. An deinem Gesicht sehe ich, dass mir die Überraschung gelungen ist."

„Das kann man wohl sagen. Du hast mich total überrumpelt. Zuerst das Telefonat im Büro, dann dass du bereits von deiner Geschäftsreise zurück bist, und schließlich diese Nummer im Bad. Ich bin sprachlos."

„Das will ich hoffen, hat mich auch einiges gekostet, mich von meinen Terminen freizumachen. Willst du nicht aus der Wanne kommen, du bist ja schon ganz schrumplig."

Erst jetzt bemerkte ich, wie kühl das Wasser war und dass ich bereits Gänsehaut hatte. Ich öffnete das Abflussventil, stieg heraus und hüllte mich in mein großes Badetuch. Mark ließ mich nicht aus den Augen. Als ich trocken war und mich anziehen wollte, schritt Mark ein.

„Ich will, dass du nackt bleibst!", ordnete er an.

Verdutzt sah ich ihn an.

„Mir ist aber kalt."

„Keine Widerrede", herrschte er mich an, „dreh dich um und schließe deine Augen!" Er führte mich ins Schlafzimmer und stellte mich vor den großen Spiegel. Unbeweglich stand ich da und wartete. Mark stand dicht hinter mir und kramte in seinen Bademanteltaschen. Plötzlich fühlte ich etwas Kaltes um meinen Hals.

„Augen auf!", rief er zufrieden und trat einen Schritt zurück, um mich zu betrachten.

Ich öffnete die Augen und sah in mein nacktes Spiegelbild, einzig bekleidet mit einer Kette, an der glitzernde Brillanten und eine tränenförmige Perle hingen. Das Collier war wunderschön und funkelte in dem einfallenden Licht. Mark streckte mir ein kleines Etui entgegen, in dem die passenden Ohrringe lagen.

„Hier, das gehört dazu. Zieh sie an, ich möchte dich in voller Pracht sehen."

Ich nestelte die zarten Ohrstecker heraus und brachte sie an.

„Mark, das ist ja wunderschön, vielen, vielen Dank!", gluckste ich vor Freude und fiel ihm um den Hals.

„Für dich ist mir nichts zu teuer, Kleines, und jetzt komm, ich möchte, dass du mir deine Dankbarkeit in anderer Form zeigst", erwiderte Mark ruhig und drückte mich auf das Bett.

An diesem Abend liebten wir uns wieder und wieder, bis Mark schließlich in ein lautes Schnarchen verfiel. Ich brachte kein Auge zu. Zu viel war an diesem Tag passiert, ich war vollkommen aufgedreht und unheimlich glücklich, vor allem sehr befriedigt. Trotzdem schlich sich ein Hauch von Wehmut in meinen Gefühlscocktail. Mark hatte mich kein einziges Mal an diesem Abend in den Arm genommen.

◆

Die Steine funkelten, meine Augen strahlten, mein Haar glänzte, mein Kleid passte wie angegossen. Ich war richtig stolz auf mich, so gut hatte ich schon lange nicht mehr ausgesehen.

„DAS willst du auf die Party anziehen?"

Mark stand im Türrahmen zum Badezimmer und musterte mich kritisch von oben bis unten.

„Sonst hätte ich es ja wohl nicht an", erwiderte ich genervt und etwas enttäuscht.

„Ich finde, dass das Kleid etwas zu freizügig ist. Es wäre mir lieb, wenn du etwas anderes anziehen würdest."

„Mark, ich habe mir das Kleid extra für dieses Fest gekauft und es ist überhaupt nicht freizügig. Früher haben dir doch meine Kleider immer gefallen, es konnte dir sonst nie sexy genug sein."

„Ja, früher einmal, jetzt sehe ich das eben anders. Es sind Geschäftskunden von mir dort. Dieser Anlass ist sehr wichtig für mich und ich will mich nicht blamieren. Also, ziehst du dich jetzt um, oder nicht?"

Ich zögerte einen Moment und ertappte mich dabei, wie ich im Geiste bereits meine Garderobe nach einem anderen Kleid durchstöberte.

„Mark, das Kleid ist wunderschön, es passt wie angegossen und es ist dem Anlass genau entsprechend. Ich denke nicht, dass ich dich damit blamieren werde", erwiderte ich trotzig und verletzt.

„Wenn du meinst", entgegnete Mark sarkastisch und wandte sich ab.

„In fünf Minuten fahren wir", rief er mir noch über die Schulter zu.

Ich starrte in den Spiegel und meine gute Laune sowie mein Selbstvertrauen waren blitzartig auf ein Minimum geschrumpft.

„Ich komme", sagte ich leise, nahm meine Tasche, stieg in meine Stilettos und trippelte die Treppe runter.

Mark sprach den ganzen Weg zum Fest kein Wort mit mir. Meine Versuche, Konversation zu machen, scheiterten kläglich. Aus Mark war keine Silbe herauszubringen. Verzweiflung und schlechtes Gewissen stiegen langsam, aber sicher in mir hoch.

„Mark, bitte sprich doch mit mir!", bettelte ich, kurz bevor wir die Einfahrt zu der Villa, in der das Fest stattfand, hinauffuhren.

„Es gibt nichts zu sagen. Du hast dich meiner Bitte, dich anständig anzuziehen, widersetzt. Also, was willst du jetzt von mir? Wenn diese Party ein Reinfall wird, ist es deine Schuld", kam die eisige Antwort.

Ich kämpfte mit den Tränen und wäre am liebsten auf der Stelle nach Hause gefahren, um mich zu verkriechen. Aber zu spät, mein Wagenschlag wurde von einem livrierten Bediensteten geöffnet und eine Hand streckte sich mir zur Hilfe entgegen. Ich atmete tief durch, setzte mein schönstes Lächeln auf und entstieg mit einem dankenden Nicken dem Auto. Mark umrundete das Auto, offerierte mir mit einem breiten Lächeln seinen Arm und führte mich behutsam den Weg entlang zum Festzelt im Garten, wo wir von den Gastgebern herzlich begrüßt wurden. Mark hatte innert Sekunden eine unglaubliche Metamorphose durchgemacht – vom eisigen Ekel zum charmanten, liebevollen Partner.

Wir grüßten dort und da, schüttelten unzählige Hände, führten Small Talk, tauschten Komplimente aus, lachten über gar nicht lustige Witze und gaben das perfekte Paar. Mark hielt mich stets stolz im Arm, drückte mir verstohlene Küsse in den Nacken und lächelte zufrieden, wenn jemand mein Kleid bewunderte. Ich verstand sein Verhalten zwar nicht, war jedoch froh, dass seine schlechte Laune und sein Ärger mir gegenüber scheinbar verflogen waren. Schön langsam fühlte ich mich wohl auf dieser Party und ich kann sogar sagen, ich amüsierte mich. Für Mark durfte es ein äußerst erfolgreicher Abend gewesen sein. Er schloss neue Kontakte zu potenziellen Kunden, umschmeichelte bestehende Geschäftspartner und hofierte Leute, die ihm nützlich sein konnten. Die meiste Zeit war ich an seiner Seite und er bediente sich meiner, wenn er merkte, dass das männliche Gegenüber Gefallen an mir fand und ich ein praktischer Türöffner zu einem Gespräch war.

Schließlich ging dieses Fest seinem Ende zu und wir verabschiedeten uns. Ein wichtiger Kunde von Mark, den ich an diesem Abend kennengelernt hatte, gratulierte Mark zu seiner wunderbaren, charmanten Frau – also mir, und dies tat unheimlich gut – und lud uns für das nächste Wochenende auf seinen Landsitz ein. Mark sagte sofort zu, schüttelte noch einmal die Hand des Kunden und drängte mich mit einem Lächeln Richtung Auffahrt, wo unser Wagen geparkt stand. Er öffnete den Verschlag und ließ mich einsteigen. Ich war nach den vielen Komplimenten und den netten Unterhaltungen bestens gelaunt und guter Dinge und hatte unsere Auseinandersetzung vom frühen Abend bereits vergessen. Ich gurtete mich an, streifte meine Schuhe ab und knetete meine schmerzenden Füße.

„Das war ein richtig schönes Fest. Ich habe mich wirklich amüsiert. Das waren alles sehr nette und interessante Leute. Bin schon gespannt, wenn wir …", plauderte ich drauflos.

„Das war kein Vergnügen, das war harte Arbeit", unterbrach mich Mark barsch. „Ich hasse diesen Small Talk, dieses Gesülze, aber es muss eben mal sein. Das gehört zu meinem Job. Ich weiß nicht, was du daran so amüsant gefunden hast."

Wie vor den Kopf geschlagen, schwieg ich einen Moment.

„Und die Einladung nächstes Wochenende?", fragte ich leise.

„Ein notwendiges Übel. Sonst nichts", erwiderte Mark und hüllte sich den Rest der Fahrt in Schweigen.

So schnell seine Laune ins Gute an der Party gewechselt hatte, so schnell war sie nun wieder ins Schlechte umgeschlagen. Ich machte nicht einmal mehr den Versuch, herauszufinden, warum er jetzt wieder böse war. Ich war einfach müde, leer und ich war es leid, mir ständig den Kopf darüber zu zerbrechen. Wortlos gingen wir ins Haus. Mark schenkte sich ein Glas Cognac ein, ließ sich auf die Couch fallen und schaltete den Fernseher ein.

„Kommst du nicht schlafen? Es ist doch schon zwei Uhr früh", fragte ich zaghaft.

Mark schüttelte, ohne mich anzusehen, den Kopf und nahm einen tiefen Schluck. Ich ging die Treppe hinauf, drehte mich noch einmal um und wünschte ihm eine gute Nacht.

Mark antwortete nicht.

◆

Die nächsten Tage verliefen in ruhigem Nebeneinanderherleben und höflicher Konversation. Keiner von uns erwähnte mehr die Party beziehungsweise unsere Auseinandersetzung. Um jedoch einem erneuten Eklat vorzubeugen, fragte ich Mark um Rat bei der Kleiderwahl für die Einladung am Wochenende bei seinem Kunden. Mark schien dies zu gefallen und er betrachtete mich zufrieden, als ich in dem von ihm gewählten Kostüm auf und ab lief.

„Wenn du dir jetzt noch die Haare hochsteckst, bist du perfekt. Ich kann richtig stolz auf dich sein", sagte Mark mit einem anerkennenden Blick.

Ich nickte nur und verschwand im Badezimmer. Mark folgte mir leise und grinste schelmisch.

„Und wenn du noch dieses Kleinod dazu trägst, könnte es passieren, dass wir uns verspäten."

Er trat hinter mich und legte mir eine schlichte goldene Kette mit einem kleinen Saphirherz um. Während er mich triumphierend und lustvoll durch den Spiegel anblickte, umfasste er mich von hinten und begann meine Bluse aufzuknöpfen.

„Mark, die ist ja wunderschön, aber wieso …"

Weiter kam ich nicht. Mark begann meinen Nacken zu küssen und meine Brüste zu streicheln.

„Das ist eine kleine Wiedergutmachung. Ich war letztes Wochenende nicht sehr nett zu dir", murmelte er zwischen seinen Liebkosungen.

„Wir werden zu spät kommen", flüsterte ich mit geschlossenen Augen, den Kopf nach hinten an seine Schulter gelehnt. Ich genoss seinen heißen Atem in meinem Nacken und seine zarten Küsse auf meinem Ohr. Wohlige Gänsehaut lief über meinen erregten Körper. Seine Hände glitten über meinen nackten Bauch, runter zu meinen Schenkeln und schoben schließlich meinen Rock hinauf.

„Das spielt jetzt keine Rolle", krächzte er wollüstig und zog meinen Slip runter. „Ich will dich jetzt und hier, ich begehre dich."

Ich nestelte hinter meinem Rücken an seiner Hose und spürte seine starke Erektion.

Ich begehrte ihn auch, mehr noch, ich brannte darauf, ihn endlich wieder einmal zu spüren. Und das tat ich. Nachdem wir beide zum Höhepunkt gekommen waren, brachen wir keuchend in schallendes Gelächter aus. So eine Situation gab es selten zwischen uns. Mark küsste mich auf die Schulter und schubste mich zärtlich von sich.

„So, jetzt sollten wir uns aber beeilen", kicherte er und gab mir einen Klaps auf den Po.

In Windeseile machte ich mich wieder zurecht und zehn Minuten später saß ich im Auto, immer noch mit einem glücklichen Lächeln auf den Lippen.

Kapitel 27

Die Sonne, die durch die Scheiben blinzelte, weckte mich. Es war noch zeitig in der Früh und im Haus war alles ruhig. Ich sprang aus dem Bett, ging zum Fenster und öffnete es weit. Ich streckte meinen Kopf hinaus und sog die kühle, würzige Luft tief ein. Seemöwen zogen kreischend ihre Bahnen über den kleinen Hafen, der in dem weichen Licht der Morgensonne so friedlich dalag. Die Fischerboote wiegten sich sanft in der leichten Dünung und nur das Klatschen des Wassers an die Stegpfosten war zu hören. Als ich so dastand und diese Morgenstimmung mit jeder Faser meines Körpers aufnahm, durchströmten mich plötzlich eine unheimliche Zufriedenheit und ein unbändiges Glücksgefühl. Ein neuer Tag war angebrochen und ich war frei, tun und lassen zu können, was ich wollte. Niemand würde mir Vorschriften machen, niemand würde über mich bestimmen können oder mir ein schlechtes Gewissen einreden wollen. Ich dachte an die arme Rosalind und ihre schreckliche Lebensgeschichte, deren Ausgang ich mit brennender Spannung kaum noch erwarten konnte. Und ich dachte an mein Leben mit Mark. Wie jämmerlich kam ich mir plötzlich vor. Ich schämte mich, dass ich es in letzter Zeit vorzog, mich in Selbstmitleid zu baden, anstatt mein Leben in den Griff zu kriegen. Aber am meisten beschämte es mich nun, dass ich so viel zugelassen hatte, dass ich mich selbst so aufgegeben hatte.

Ein zaghaftes Klopfen an der Tür unterbrach meine Gedanken. Ich wandte mich vom Fenster ab, tapste auf Zehenspitzen über den kalten Holzfußboden und öffnete. Millie stand mit einem alten, rosafarbigen Frottierbademantel bekleidet und mit Lockenwicklern im Haar vor meinem Zimmer und sah mich erleichtert an.

„Großer Gott, Kindchen, bin ich froh, Sie gesund und munter zu sehen. Ich habe mir solche Sorgen gemacht, als Sie gestern nach Einbruch der Dunkelheit nicht zurückkamen. Ich habe kein Auge zugetan und trotzdem habe ich sie nicht heimkehren gehört. Wo waren Sie denn um Himmels willen?", sprudelte es aus ihr heraus.

„Ach, Millie, um mich brauchen Sie sich doch keine Sorgen machen. Ich bin doch schon ein großes Mädchen und komme schließlich aus dem Großstadtdschungel. Was soll mir denn in so einem idyllischen, ruhigen Dörfchen schon passieren?", wich ich augenzwinkernd ihrer Frage aus.

„Ja natürlich, aber trotzdem …", begann sie.

„Rieche ich da etwa Kaffee?", unterbrach ich sie schnell und streckte den Kopf in den Gang hinaus.

„Ich habe einen Riesenhunger und freue mich schon so richtig auf Ihr wunderbares Frühstück."

„Ist in fünf Minuten fertig", antwortete sie sichtlich erfreut über mein Lob.

„Gut, ich beeile mich. Bis gleich", erwiderte ich und zog die Tür hinter mir zu.

Zehn Minuten später saß ich geputzt und gestriegelt bei Tisch und ließ es mir richtig schmecken. Der köstliche Kaffee trug noch mehr zu meiner guten Stimmung bei und der Duft der frischgebackenen Croissants verursachte ein Knurren meines Magens. Millie, nun bereits in ihrer üblichen Kleiderschürze gewandet und mit hochgesteckten Haaren, gesellte sich zu mir und schenkte sich eine große Tasse ein.

„Ach Millie, Sie sind eine Künstlerin, ich glaube, ich habe noch nie so guten Kaffee wie bei Ihnen getrunken und die Croissants sind so wunderbar flaumig, warm und süßlich. Ich werde Ihre Kochkünste vermissen, wenn ich wieder zu Hause bin."

Millie strahlte über das ganze Gesicht und ihre von Natur aus roten Wangen wurden noch rötlicher.

„Na, dann werde ich gleich noch einmal eine Kanne aufstellen. Ihre Drei-Minuten-Eier mit gebratenem Speck sind auch gleich fertig", flötete sie und verschwand in der Küche.

Meinen Kaffee schlürfend sah ich aus dem Fenster, ließ meinen Blick über die kleinen Häuschen und den Steg schweifen und wieder überkam mich ein leichtes Glücksgefühl. Am Himmel war keine einzige Wolke zu entdecken, kein Blatt rührte sich in den Bäumen. Es schien, als ob die Zeit stillstehen würde.

Millie kam mit einem großen Tablett zurück und platzierte alles vor mir auf dem Tisch. Mein Lob dürfte sie zu Übertreibungen angeregt haben, denn der Teller bog sich beinahe unter den vielen Leckereien, die sie darauf angehäuft hatte.

„Aber Millie, wer soll denn das alles essen? Sie haben ja Frühstück für eine ganze Kompanie gemacht."

„Nein, nein, das ist alles für Sie und Sie werden schön aufessen. Sie müssen zu Kräften kommen. Ich habe das Gefühl, Sie sind noch schlanker und blasser als vor einer Woche, als Sie bei mir ankamen", erwiderte sie in einem bestimmenden, mütterlichen Ton und legte ihren Kopf zur Seite, um mich eingehend zu betrachten.

„Und … was werden Sie heute unternehmen?", fragte sie beiläufig, jedoch mit einem neugierigen Unterton in der Stimme.

„Es ist so ein wunderschöner Tag. Ich werde eine ausgiebige Wanderung machen. Ich werde den ganzen Tag weg sein und erst spät zurückkommen. Wäre es möglich, dass Sie mir ein Lunchpaket zurechtmachen?", bat ich sie, wohl wissend, dass ich bei Rosalind sein würde und keine Gelegenheit hätte, in ein Gasthaus einzukehren.

„Natürlich, das ist überhaupt kein Problem. Ich werde es gleich vorbereiten. Werden Sie zum Abendessen zurück sein?"

„Ich hoffe es. Aber warten Sie nicht extra auf mich."

„Schade, ich wollte Ihnen zum Abschied etwas ganz Besonderes kochen. Damit Sie mich und unser Dorf in guter Erinnerung behalten."

„Das werde ich auf jeden Fall. Also gut, ich bin spätestens um zwanzig Uhr zurück."

„Gut. Ich freue mich. So, jetzt muss ich aber in die Küche", beendete Millie unsere Unterhaltung, erhob sich und ging aus dem Raum.

Es war nun halb neun. Ich sprintete die Treppe zu meinem Zimmer hinauf, packte meine Tasche und meine Jacke und holte anschließend das Lunchpaket aus der Küche. Ich wollte so früh wie möglich bei Rosalind sein.

Als ich bei ihrem Haus ankam, erwartete sie mich bereits. Sie stand im Türrahmen und blickte mich mit dem Anflug eines Lächelns auf ihrem Gesicht an. Ihre ursprüngliche Scheu mir gegenüber war einer gewissen Freude und Offenheit gewichen. Sie bat mich in die Stube und wies mir meinen gewohnten Platz zu. Im hereinfallenden Sonnenlicht tanzten kleine Staubkörner, die durch die Luftbewegung, als wir den Raum betraten, aufgewirbelt wurden. Teegeschirr stand bereits auf dem kleinen Tisch sowie ein Porzellanschälchen mit Zucker, daneben ein Teller mit Keksen. Rosalind nickte nur und ging in die Küche. Keine Minute später kam sie mit einer Kanne zurück und schenkte unsere Tassen voll. Der Tee war frisch aufgebrüht und roch entgegen meinen schlimmsten Befürchtungen verführerisch nach Früchten. Rosalind dürfte meine Erleichterung bemerkt haben und erklärte mit einem verschmitzten Schmunzeln, dass sie eine neue Teesorte genommen hätte. Ich betrachtete Rosalinds Gesicht, das so viele Spuren des Leids, des Alters und der Trauer trug und nun durch dieses zarte Lächeln beinahe jung und strahlend war. Ich erinnerte mich an die Fotografie, auf der sie als ernst dreinblickendes, hübsches Mädchen abgebildet war. Wie wunderschön musste sie erst gewesen sein, wenn sie lachte und glücklich war. Rosalind ließ sich in den Sessel fallen, strich sich eine Strähne ihres schlohweißen Haares zurück und fasste nach ihrer Teetasse.

„Ich freue mich, dass Sie schon so früh gekommen sind. Ich habe lange über Sie nachgedacht, warum Sie mich besuchen, warum Sie meine Geschichte hören wollen und vor allem, warum ich sie nach Jahrzehnten des Schweigens plötzlich erzählen möchte. Ich bin zu dem Schluss gekommen, dass all diese ‚Warums' keine Rolle spielen, sondern nur, dass es mir guttut, endlich darüber zu reden. Ich bin alt und werde nicht mehr lange leben. Was habe ich zu verlieren? Nichts, denn ich habe schon vor langer Zeit alles verloren. Und auch, wenn Sie bald die ganze Geschichte und die ganze Wahrheit kennen … es ist mir egal, welche Konsequenzen das für mich oder das Dorf haben könnte. Sie können die Geschichte vergessen, weitererzählen oder was auch immer Sie daraus machen wollen. Ich muss Ihnen fast danken, dass Sie mich aus meiner Isolation herausgeholt und in gewisser Weise befreit haben."

„Ich danke Ihnen, Rosalind, dass Sie mir so viel Vertrauen schenken, aber ich verstehe Sie nicht ganz. Welche Konsequenzen soll denn Ihre Geschichte auslösen? Und was hat das mit dem Dorf zu tun?"

Rosalind lachte kurz und hämisch auf.

„Sie werden alles begreifen, wenn ich fertig erzählt habe."

Sie hielt inne und nahm bedächtig einen kleinen Schluck ihres Tees. Auch ich nippte an meiner Tasse und zu meinem Erstaunen schmeckte es vorzüglich. Erwartungsvoll blickte ich sie an.

„Wollen Sie nun fortfahren? Wir sind gestern bei Ihrem Bruder stehen geblieben."

„Richtig, richtig. Mein Bruder. Mein geliebter Philippe", nickte sie und ihr Gesichtsausdruck verdunkelte sich.

◆

Ich drohte in meinem häuslichen Gefängnis beinahe den Verstand zu verlieren. Ich hatte immer noch keinen Weg gefunden, Christos zu kontaktieren oder zu sehen. Meine Sehnsucht nach ihm fraß sich wie ein Wurm durch meinen Körper und meine Seele. Mein Vater war damit beschäftigt, das Gut zu leiten, meinem Bruder das Leben zur Hölle zu machen und nach einem neuen, geeigneten Bräutigam für mich zu suchen. Dennoch bemerkte er, dass ich kaum noch aß und sich dunkle Ringe unter meinen Augen gebildet hatten. Ich erklärte ihm, dass ich die Schmach, die mein ehemaliger Verlobter der Familie und mir angetan hatte, kaum verkraften könne. Wie ein Geschenk Gottes war seine Antwort. Ich sollte Heil und Trost im Glauben und im Gebet finden. Das war die Lösung all meiner Probleme. Ich wagte es, ihm von der kleinen Kapelle im Dorf zu erzählen, von den Gebeten mit Pater Braun. Ich schmückte ein wenig aus und beschrieb Pater Braun als ehrfürchtigen Gottesmann und hochachtungsvoll ergebenen Diener meines Vaters.

Enno von Barrister war es gewohnt und setzte voraus, dass jedermann auf seinem Land ihm treu ergeben sei, dennoch schmeichelten ihm meine Worte. In den Augen meines Vaters konnte es nur von Vorteil sein, wenn seine Tochter den Ruf einer gläubigen, unangetasteten, gottergebenen jungen Frau hätte, bis ein potenzieller, standesgemäßer Bräutigam gefunden war. So bestimmte er einen seiner Sekretäre mich dreimal in der Woche zu Pater Braun zu bringen. Da mein Vater ein äußerst disziplinierter Mann war, wurden genaue Tage, Uhrzeiten und Stunden für Gebete festgelegt. Mein Herz raste, meine Gedanken überschlugen sich. Endlich würde ich – mit Pater Brauns Hilfe – wieder in Christos Arme sinken können. Ich lief in mein Zimmer und verfasste unzählige Seiten an meinen Liebsten, mit genauen Angaben, wann und wie wir uns treffen könnten. Die Nacht bis zu meinem ersten Besuch in der Kapelle erschien mir endlos und ich brachte kein Auge zu. Ich konnte es kaum erwarten und war bereits Stunden vor der Abfahrt bereit, die vielen Briefe, die ich in den letzten Wochen geschrieben hatte, fein säuberlich gebunden und in meinem Beutel unter der Bibel versteckt.

Als ich bei der Kapelle ankam, schweiften meine Augen sehnsuchtsvoll auf das Meer und runter zum Hafen, in der Hoffnung einen Blick auf Christos zu erhaschen. Ihn nur für einen kurzen Moment und aus der Ferne zu sehen, hätte mich glücklich gemacht. Doch er war nirgends auszumachen. Mein Herz sank ein Stück, doch als ich die Sakristei betrat und in das gütige Gesicht von Pater Braun blickte, wusste ich, alles würde gut werden. Vaters Sekretär blieb diskret außerhalb der Kapelle, was mir ein ungezwungenes Sprechen ermöglichte. Ich berichtete, so schnell ich konnte, alle Vorfälle der letzten Wochen und drückte Pater Braun das Bündel Briefe in die Hand, mit der Bitte, diese an Christos weiterzuleiten. Auch er schilderte mir, wie Christos litt und mich vermisste, wie verzweifelt und schmerzerfüllt er war, als ich plötzlich nicht mehr kam und er nicht wusste, was mit mir geschehen war. Mehrmals täglich ging er zu Pater Braun, um sich nach mir zu erkundigen. Doch er konnte ihm nicht helfen und Christos wurde von Tag zu Tag hoffnungsloser. Tränen liefen über meine Wangen, denn der Schmerz und die tiefe Liebe und Sehnsucht übermannten mich. Zu wissen mit Christos so innig und leidenschaftlich liebend verbunden zu sein, ließ mein Herz beinahe zerspringen.

Ich weiß nicht, warum er das tat, aber Pater Braun versprach, entgegen allen kirchlichen Geboten und Grundlagen und auch wenn er in der Hölle dafür schmoren sollte, unsere Liebe zu unterstützen und uns zu helfen. Ich war so dankbar und von Emotionen überwältigt, dass ich auf die Knie sank und seine Hände küsste. Er streichelte meinen Kopf so liebevoll, tröstend und verständnisvoll, dass ich meinen Gefühlen freien Lauf ließ und mir insgeheim wünschte für immer in seiner Obhut bleiben zu können.

Das barsche Klopfen ans Kirchenportal ließ mich erschreckt zusammenzucken. Der Sekretär streckte seinen Kopf durch die Tür und mahnte zur Abfahrt. Ich erhob mich, drückte fest die Hände des Paters und warf ihm einen dankbaren und zugleich verschwörerischen Blick zu. Pater Braun nickte nur und geleitete mich hinaus. Auf dem Heimweg kam mir alles wie ein Traum vor. Ich würde schon beim nächsten Besuch in der Kapelle Christos wiedersehen, ihn umarmen und küssen können.

Es war schwer, zu Hause meine unbändige Euphorie zu verdecken und so unauffällig wie möglich den Alltag zu überstehen. Vater schien zufrieden zu sein und ließ mich weitestgehend in Ruhe, da ich wieder etwas mehr aß und nicht mehr so einen todessehnsüchtigen Ausdruck im Gesicht hatte. Schließlich sollten die Freier eine strahlende, begehrenswerte Frau hofieren können.

Endlich kam der Tag, an dem ich Christos sehen würde. Ich war nervös und meine Bluse klebte an meinem verschwitzten Rücken. Als ich die Kapelle betrat, klopfte mein Herz so laut, dass ich es von den Mauern widerhallen zu hören glaubte. Ich stand wie angewurzelt im Eingang. Pater Braun trat aus einer kleinen Tür im hinteren Teil der Kirche und winkte mich heran. Ich lief ihm, so schnell mich meine Füße tragen konnten, entgegen. Er trat zur Seite und gewährte mir Einlass in eine karge Kammer. Ich kann nicht beschreiben, welche Empfindungen mich durchfluteten, als ich Christos in der Mitte des Raumes stehen sah. Ich war wie in Trance. Wir stürzen aufeinander zu, umarmten und küssten uns so heftig, dass mir beinahe der Atem wegblieb. Pater Braun schloss mit einem Lächeln leise die Tür hinter sich. Wir waren allein. Gierig den anderen zu spüren, entledigten wir uns unserer Kleider und sanken auf den harten Steinboden.

Unsere Hände flogen über unsere nackten Körper und wir ertranken in unseren Küssen. Wir liebten uns so leidenschaftlich, verschmolzen wonnetrunken ineinander. Schließlich lagen wir einfach schweigend und eng umschlungen auf dem kalten Boden, der uns wie ein weiches Himmelbett vorkam, und versuchten diesen Moment festzuhalten. Ein wiederholtes Räuspern vor der Tür holte uns in die Wirklichkeit zurück. Es war Zeit, zu gehen. Wehmütig und wortlos kleideten wir uns an. Christos drückte mir ein Paket Briefe in die Hand, die ich fürsorglich in meiner Tasche verstaute. Ich küsste ihn noch einmal, bevor ich ihn in der Kammer zurückließ.

Gerade als ich mich in einer Kirchenbank niedergekniet und meinen Kopf auf meine gefalteten Hände gelegt hatte, betrat der Sekretär die Kapelle. Wie im Gebet versunken, reagierte ich nicht, bis er mir seine Hand auf die Schulter legte und mich zum Mitkommen aufforderte.

Ab diesem Tag trafen Christos und ich uns regelmäßig in dieser Kammer. Es war unsere kleine Welt, unser Paradies und doch wurde unsere Sehnsucht nach einem richtigen gemeinsamen Leben immer größer.

◆

„Ein richtiges gemeinsames Leben", wiederholte ich in Gedanken und verließ für einen Augenblick Rosalind und ihre Geschichte.

Kapitel 28

Ich brütete über einer Akte, als Rolf pfeifend mein Büro betrat.

„Guten Morgen, schöne Frau. Wie geht's uns heute?", grüßte er mich fröhlich. Als ich aufblickte, prallte er entsetzt zurück.

„Mein Gott, wie siehst du denn aus? Was ist denn passiert um Himmels willen?", fragte er besorgt und ließ sich in den Sessel vor meinem Schreibtisch fallen.

Es wunderte mich nicht, dass er so reagierte, denn mein Äußeres glich einem Trauerspiel. Meine Augen waren verschwollen und rot, dicke, dunkle Ränder rahmten sie ein. Meine Nase war gerötet und wund. Meine Gesichtsfarbe bleich und fahl. In meinem Kopf hämmerte der fehlende Schlaf und der grässliche Streit des Vorabends waberte durch meine Gedanken.

„Es ist nichts, es geht mir heute nur nicht so besonders", versuchte ich mit einem gequälten Lächeln meine erbarmungswürdige Erscheinung abzuschwächen.

„Du hast geweint, richtig? Und ich nehme an, der Grund, dass du heute wie ein Häufchen Elend aussiehst, heißt Mark, dieses verdammte …", erboste sich Rolf.

„Bitte Rolf, ich …", doch weiter kam ich nicht, Tränen liefen ungebremst über meine Wangen. Ich zitterte am ganzen Körper. Rolf stand auf, schloss die Tür zu meinem Büro, zog mich aus meinem Sessel und umarmte mich tröstend.

„Schhh, ist ja gut. Ich bin für dich da. Willst du darüber reden?", fragte er behutsam und streichelte mir kameradschaftlich den Rücken. Ich nickte nur und sah ihn dankbar durch meine tränenverschleierten Augen an.

Eigentlich sollte ich nicht, denn schließlich war es ein unausgesprochenes Gesetz zwischen Mark und mir, unser Privatleben nicht an die große Glocke zu hängen, aber heute wollte ich. Ich musste es erzählen, ich konnte mit der Verletzung in meinem Herzen nicht mehr allein klarkommen.

„Willst du jetzt darüber reden oder später?"

„Später wäre mir lieber, ich muss unbedingt den Abgabetermin für dieses Projekt einhalten und hab noch einige Arbeit vor mir. Aber ich bin am Abend alleine, Mark ist heute früh weggeflogen. Wäre es möglich, dass du zu mir kommst?"

„Kein Problem, ich sage Cylia nur kurz Bescheid. Ich habe am Nachmittag noch einen Termin außer Haus und könnte dann anschließend, so circa um 18 Uhr, bei dir sein. Ist dir das recht?"

„Das wäre wunderbar, aber Rolf ... bitte sag Cylia nicht, dass es mir schlecht geht und wir reden wollen, okay?"

„Keine Sorge, das bleibt unter uns. Also, bis heute Abend." Rolf drückte mich noch einmal und verließ mein Büro.

Ich tupfte meine Augen trocken und bereute es schon wieder, dass ich Rolf eingeladen hatte. War es wirklich richtig, Rolf von unseren Problemen zu erzählen? Hatte ich nicht die Kraft, unsere Schwierigkeiten selbst zu bewältigen? Musste ich unsere Unzulänglichkeiten bei Außenstehenden breittreten? Ein ungutes Gefühl beschlich mich, fast so als ob ich Mark verraten und hintergehen würde. Aber schließlich war er es doch, der mich hintergangen hatte, und das zerriss mir fast das Herz. Ich schüttelte diese wirren Gedanken ab und versuchte mich, so gut es ging, auf die Arbeit zu konzentrieren.

Zehn Minuten nach 18 Uhr stand Rolf mit einer Flasche Weißwein bewaffnet vor der Tür. Ich bat ihn herein, holte zwei Gläser und einen Öffner. Wir machten es uns auf der Couch gemütlich und schenkten uns Wein ein. Rolf sah mich offen an und beendete unseren anfänglichen Small Talk mit einer direkten Frage.

„Also, was hat mein verehrter Trauzeuge angestellt?"

„Wir haben einfach gewisse Meinungsverschiedenheiten wie alle anderen auch. Mark ist halt ein spezieller Mann."

„Hör auf, ihn auch noch zu verteidigen, sondern erzähl mir endlich die Wahrheit. Schließlich habe ich dich heute Früh gesehen mit deinen verweinten, verschwollenen Augen. Und wenn ich ehrlich sein darf, viel besser siehst du immer noch nicht aus.

Komm, lass dich einfach mal fallen. Du musst nicht immer die Starke sein und so tun, als ob alles eitel Wonne wäre. Dafür kenne ich dich und vor allem Mark nur zu gut."

Ich starrte Rolf einen Moment lang an und wusste nicht, was ich antworten sollte. Er hatte so recht mit allem, was er sagte. Aber wollte ich das wirklich zugeben? Ich nippte an meinem Glas, zündete mir eine Zigarette an und atmete tief durch.

„Ich weiß gar nicht, was ich eigentlich erzählen oder wo ich anfangen soll", stammelte ich, „ich weiß nur, dass ich mir das Zusammenleben mit Mark anders vorgestellt hatte."

„Erzähl einfach, wie du dich fühlst. Alles andere kommt dann schon von alleine", half er mir.

„Ich bin unglücklich, verletzt und verunsichert. Ich fühle mich manchmal einsam und kraftlos. Eine gewisse Melancholie umspinnt mein Leben und meine Beziehung und ich weiß nicht, wie ich das ändern kann. Manchmal glaube ich, ich schaffe das alles nicht mehr", bröckelte es langsam aus mir heraus. Nach diesen ersten Worten war der Bann gebrochen und alle aufgestauten Frustrationen und Emotionen sprudelten ungebremst aus meinem Mund. Ich erzählte Rolf alles bis ins kleinste Detail, alle misslichen Vorfälle, die sich in den letzten eineinhalb Jahren zugetragen hatten, die Splitter, die tief in meinem Herzen saßen und die ich nicht wahrhaben wollte. Die nackte Wahrheit erschreckte mich selbst. Rolf hörte geduldig und konzentriert zu, als ich ihm erzählte, wie Mark stets versuchte, mich psychologisch zu erniedrigen, mir permanent wegen jeder Kleinigkeit ein schlechtes Gewissen einredete, mich auf Distanz hielt und dann wieder fest an sich band. Und schließlich berichtete ich Rolf von dem Streit des Vorabends.

◆

Mark war zwei Tage zuvor von einer Geschäftsreise heimgekommen und traf fünf Minuten nach mir zu Hause ein.

Ich verstaute gerade die Einkäufe, die ich in der Mittagspause erledigt hatte, im Kühlschrank, als ich die Eingangstüre zuknallen hörte. Mark stand griesgrämig in der Halle und schleuderte seine Reisetasche in Richtung Waschküchentür.

„Hallo mein Schatz, schön, dass du schon da bist. Wie war deine Reise?", fragte ich ihn aufmunternd.

„Frag mich nicht. Anhand meiner Laune, wirst du dir ja wohl denken können, dass das Meeting ein Desaster war", kam die bissige Antwort.

Ich schluckte leer und unternahm noch einen Anlauf.

„Das tut mir leid. Was ist denn passiert?", erkundigte ich mich sanft.

„Ach, vergiss es, ich habe absolut keine Lust, mit dir darüber zu reden. Ich gehe jetzt unter die Dusche. Wann gibt's etwas zu essen, ich habe einen Riesenhunger", sagte er kurz angebunden und ging die Treppe zum Bad hoch.

„Mach dir dein Essen doch selbst", flüsterte ich verärgert vor mich hin, rief ihm jedoch laut, „in einer halben Stunde ist alles fertig!", nach.

Demotiviert nahm ich die Rinderfilets und den Salat aus dem Kühlschrank und stellte den Reis auf. Nachdem ich den Tisch gedeckt hatte, nahm ich Marks Reisetasche und ging in die Waschküche. Ich leerte den Inhalt in den Korb vor der Waschmaschine und stellte die Tasche auf den Treppenabsatz. Ich bereitete das Essen fertig zu und rief Mark. Mit versteinerter Miene kam er herunter und setzte sich an den Tisch. Ich servierte die Teller und schenkte uns Wein ein. Wortlos begann er zu essen. Als ich ihn prüfend anblickte, kam er mir plötzlich unglaublich fremd vor. Ich war verärgert, dass er seine schlechte Laune an mir ausließ und nicht einmal darüber reden wollte. Ich war enttäuscht, dass er mich als so selbstverständlich gegeben ansah und mir keine große Beachtung schenkte. Trotzdem überspielte ich all diese Gefühle und begann in leichtem Plauderton über meine Arbeit zu sprechen.

„Morgen Abend komme ich erst spät heim. Ich bin schon ganz aufgeregt, denn ich halte eine Präsentation vor unserem größten Kunden. Anschließend gibt es noch einen kleinen Empfang. Wenn alles gut läuft und der Kunde mit meinem Konzept zufrieden ist, wird das ein Riesenauftrag. Du musst mir unbedingt die Daumen drücken. Das ist so wichtig für mich."

„Aber vergiss nicht meine Anzüge aus der Reinigung zu holen", war Marks einzige desinteressierte Antwort, die mich wie ein Schlag ins Gesicht traf.

„Ich weiß ehrlich nicht, ob ich das morgen schaffe. Kannst du sie nicht abholen?"

„Wie stellst du dir das vor? Ich habe bei Gott Wichtigeres zu tun, als in die Reinigung zu laufen."

Peng. Der nächste Schlag.

„So, so, und ich drehe den ganzen Tag nur Daumen und warte, dass die Zeit vergeht, oder wie siehst du das?!", ereiferte ich mich trotzig wie ein kleines Kind.

„Mein Gott, werde doch nicht gleich so hysterisch, nur weil ich dich bitte meine Anzüge abzuholen. Es liegt doch am Weg zum Büro. Also, mach mir doch den kleinen Gefallen, ja", erwiderte er ruhig und schob sich den letzten Bissen Fleisch in den Mund.

Sprachlos starrte ich ihn an. Am liebsten hätte ich ihm den ganzen Teller in den Rachen geschoben. Stattdessen stand ich auf und räumte den Tisch ab.

Als wir zu Bett gingen, zog er mich plötzlich an sich und umarmte mich liebevoll. Sanft drückte er mir einen Kuss auf die Lippen und streichelte mein Gesicht.

„Tut mir leid, dass ich vorhin so schlecht gelaunt war. Ich hatte einfach einen ganz miesen Tag. Und wegen morgen mach dir keine Sorgen, du schaffst das schon. Ich halte dir die Daumen", raunte Mark mir ins Ohr.

„Schon in Ordnung und danke", flüsterte ich zurück und kuschelte mich eng an ihn.

Der nächste Tag war ein voller Erfolg. Die Präsentation lief reibungslos, der Kunde war hellauf begeistert. Beim anschließenden Empfang sonnte ich mich heimlich in der Anerkennung meines Chefs sowie den Komplimenten meiner Kollegen und ließ mir den Champagner schmecken. Marks Anzüge hatte ich komplett vergessen. Gegen Mitternacht kam ich blendend gelaunt und aufgedreht nach Hause und wollte Mark unbedingt von meinem Erfolg berichten. Im Haus war bereits alles dunkel und schon auf der Treppe konnte ich lautes Schnarchen aus dem Schlafzimmer hören.

Ich war kein bisschen müde und so entschloss ich mich, mir noch einen Schlummertrunk zu genehmigen und es mir auf der Couch gemütlich zu machen. Gegen zwei Uhr früh ging ich schließlich zu Bett.

Marks Worte rissen mich aus einem tiefen, traumlosen Schlaf. Ich verstand zuerst gar nicht, was er meinte, und blinzelte ihn verstört an. Er stand in Hemd und Krawatte, Socken und Unterhose vor mir.

„Wo sind meine Anzüge?", wiederholte er forsch.

„Was für Anzüge?", nuschelte ich und zog die Bettdecke bis zum Kinn.

„Die Anzüge, die du versprochen hast abzuholen. Also bitte, wo sind sie?"

Plötzlich war ich hellwach und voll schlechten Gewissens.

„Ich habe sie vergessen. Es tut mir leid", antwortete ich kleinlaut.

„Es tut dir also leid. Davon habe ich aber nichts. Was soll ich jetzt deiner Meinung nach anziehen?", keifte er mich an.

„Mark, du hast einen ganzen Kasten voller Anzüge. Es muss doch heute nicht unbedingt einer von denen aus der Reinigung sein."

„Ich weiß, dass ich viele Anzüge habe, aber das ist hier nicht der Punkt. Der Punkt ist, dass ich dich um einen kleinen Gefallen gebeten habe und du vergisst es einfach", intonierte er lehrmeisterhaft.

„Ich entschuldige mich ja dafür, aber ich hatte wirklich keine Zeit und auch nicht den Kopf dafür. Gestern war doch die Präsentation und …", versuchte ich mich zu rechtfertigen.

„Das sind doch alles nur Ausreden. Du musst lernen, dich besser zu organisieren", schloss er und verließ das Zimmer. Ich zog mir die Decke über den Kopf und hätte am liebsten geschrien. Er behandelte mich wie ein kleines Kind und fand es nicht einmal der Mühe wert, nachzufragen, wie es mir bei der Präsentation ergangen war. Der Morgen war für mich gelaufen. Meine Stimmung im Bodenlosen. Als ich eine halbe Stunde später in die Küche kam, saß Mark vor der Morgenzeitung und trank Kaffee. Ich nahm mir auch eine Tasse und setzte mich zu ihm. Ich wollte ihm noch einmal erklären, dass es mir leidtäte und dass ich wirklich keine Zeit hatte und dass es doch eigentlich kein Grund sei, um so ein Drama daraus zu machen, aber ich fand keine Worte und war es eigentlich leid, mich rechtfertigen zu müssen. So nippte ich nur gedankenverloren an meinem Kaffee.

Dafür war Mark plötzlich redselig. Er lächelte mich an, nahm meine Hand und führte sie zu seinen Lippen.

„Jetzt mach nicht ein Gesicht wie sieben Tage Regenwetter. Ich bin ja gar nicht mehr böse auf dich. Natürlich sollte so etwas nicht vorkommen, aber jetzt Schwamm drüber. Heute kannst du sie doch abholen, nicht wahr?"

„Ja, sicher, kein Problem", antwortete ich tonlos.

„Gut. Ach übrigens, morgen fliege für vier Tage weg."

„Aber morgen ist Freitag? Du warst doch auch schon letztes Wochenende fort", fragte ich erstaunt.

„Tja, Kleines, mir geht's nicht so gut wie dir. Ich muss auch am Wochenende arbeiten."

„Schade, ich dachte, wir könnten es uns gemütlich machen oder wieder einmal schön essen gehen. Es gibt übrigens seit einem Monat eine neue Inszenierung in der Oper. Was hältst du davon, wenn ich uns für Mitte nächster Woche Karten besorge. Die Kritiken sind hervorragend und außerdem waren wir schon ewig nicht mehr."

„Das kann ich dir noch nicht sagen. Mal sehen, was die nächste Woche so bringt. Aber aufgeschoben ist ja nicht aufgehoben, wir holen alles nach, versprochen. So, jetzt muss ich aber los. Bis zum Abend, mein Schatz", sagte Mark und drückte mir einen feuchten Kuss auf die Wange.

So schlecht der Morgen begonnen hatte, verlief der Tag problemlos und angenehm. Ich verließ etwas früher das Büro, da ich noch die Wäsche machen und ein leckeres Essen vorbereiten wollte. Außerdem hatte ich im Sinn, Mark an diesem Abend zu verführen. In letzter Zeit war er kaum noch zu Hause und unser Sexleben war seit Monaten nur ein Wort in einem Lexikon. Ich stellte die Einkäufe auf die Theke, ging in die Waschküche, begann die Wäsche zu sortieren und in die Maschine zu legen. Ich knöpfte die Leisten auf, rollte die Ärmel runter und kontrollierte die Hemdtaschen, denn Mark vergaß öfters Geldnoten, Rechnungen oder Notizzettel darin. Als ich schließlich bei einem Hemd von seiner letzten Reise angekommen war, erfror mein Blut in den Adern. Ich spürte, wie alle Farbe aus meinem Gesicht wich und ein zentnerschwerer Felsbrocken in meinem Magen einschlug.

Die Zeit schien für eine Sekunde stillzustehen, als ich reglos das Hemd in den Händen hielt und ungläubig auf die Lippenstift- und Make-up-Spuren am Kragen starrte. Wie in Trance griff ich in die Brusttasche und fischte zwei entwertete Opernkarten heraus. Wie gelähmt stand ich da und fixierte das Datum der Veranstaltung. Montag. Mark war also gar nicht auf Geschäftsreise, er war hier, in unserer Stadt, in der Oper, mit einer Frau, roter Lippenstift, die Nacht über oder mehrere? Wer, seit wann, wieso? Meine Gedanken überschlugen sich. Ein unbändiger Schmerz umklammerte krallenartig mein Herz.

Ich fühlte mich wie in einem schlechten Film. Lippenstiftspuren! Was für ein Klischee! Bis anhin hatte ich immer über solche Szenen in Liebesfilmen gespottet, als lächerlich und an den Haaren herbeigezogen abgestempelt. Und jetzt war es plötzlich Realität.

Immer noch das Hemd und die Karten in der Hand haltend saß ich – ich weiß nicht, wie lange schon – auf dem Sofa, als Mark trällernd das Haus betrat. Innerlich zitterte ich wie Espenlaub, nach außen hin bemühte ich mich um Fassung. Ohne ihn zu begrüßen, blickte ich ihn fest an, streckte ihm die Sachen entgegen und mit einer Gelassenheit, die mich selbst überraschte, fragte ich: „Kannst du mir das bitte erklären?"

Ein erschrockener Ausdruck huschte für einen Moment über Marks Gesicht, die Sekunden seines absoluten Schweigens kamen mir wie eine Ewigkeit vor.

„Was soll ich dir da erklären, es gibt nichts zu erklären", antwortete er kurz und bündig.

„Wie bitte? Willst du mich für dumm verkaufen? Auf deinem Hemd sind Lippenstiftspuren und in deiner Tasche habe ich diese Karten gefunden. Und du sagst, es gibt nichts zu erklären?", zischte ich zurück, bemüht Haltung zu wahren.

„Du bist ja vollkommen hysterisch. Was soll denn das? Wenn ich dir sage, es gibt nichts zu erklären, weil da auch nichts ist, dann nimm das gefälligst zur Kenntnis", herrschte er mich an.

Nun war es mit meiner Fassung vorbei. Eine riesige Welle aus Wut und Enttäuschung brach über mir zusammen.

„Was soll ich zur Kenntnis nehmen? Dass du mich belügst und betrügst und für blöd hältst? Ich kann doch lesen. Du warst am Montag hier in der Oper und nicht auf deiner Geschäftsreise. Dein Hemd ist verschmiert und du wagst es, zu sagen, dass dies keiner Erklärung bedarf?!", schrie ich und schleuderte ihm das Kleidungsstück an den Kopf.

„Hör zu, ich muss dir gar nichts erklären, schon gar nicht, wenn du dich wie eine Wahnsinnige aufführst. Ich freue mich auf einen gemütlichen Abend mit dir und du hast nichts Besseres zu tun, als mir wegen nichts und wieder nichts eine Szene zu machen. So nicht, meine Liebe, so nicht", schrie er zurück und der Blick, den er mir dabei zuwarf, ließ mich erfrieren.

„Ich bin nicht ‚deine Liebe' und du brauchst jetzt gar nicht versuchen, den Spieß umzudrehen und mir irgendein schlechtes Gewissen einzureden. Schließlich hast DU mich offensichtlich betrogen und belügst mich, ohne mit der Wimper zu zucken. Du glaubst doch nicht im Ernst, dass ich das einfach so hinnehme", zischte ich mit zusammengekniffenen Augen und gefletschten Zähnen zurück.

Mark schüttelte nur den Kopf und sagte kein Wort, was mich beinahe zur Weißglut brachte.

„Jetzt rede endlich, sonst gibst du doch auch immer einen Kommentar zu jedem und allem ab. Also, ich höre. Wer ist sie und wie lange geht das schon?"

Ich schrie, meine Stimme überschlug sich und Tränen der Wut füllten meine Augen.

Mark sah mich nur schweigend an und aus seinen Augen war nicht das Geringste herauszulesen. Je mehr er schwieg, desto ohnmächtiger fühlte ich mich vor Wut und dem Gefühl, nicht ernst genommen zu werden. Am liebsten hätte ich mich auf ihn gestürzt und mit meinen Fäusten auf ihn eingeschlagen, aber ein letzter Funke Vernunft hielt mich davon ab. Sein Schweigen zermürbte mich und versetzte mich noch mehr in Rage. Ein Wortschwall ungeahnten Ausmaßes an Vorwürfen, Beschuldigungen und aufgestauten Frustrationen bahnte sich den Weg aus meinem Mund und schwappte über Mark zusammen.

Er starrte nur aus dem Fenster und schwieg eisern.

„Himmelherrgott, hast du denn gar nichts dazu zu sagen?", schrie ich verzweifelt und sackte in mich zusammen.

„Ich rede erst wieder mit dir, wenn du normal bist", erwiderte er eisig, stand auf und verließ das Haus.

„Mark, verflucht noch mal, komm zurück, du verdammter Mistkerl, du kannst mich doch nicht einfach hier so stehen lassen!", schrie ich ihm so laut nach, dass es im Haus hallte. Aber Mark blieb verschwunden.

◆

Rolf nahm meine Hand und drückte sie fest, während ich mit der anderen meine Tränen aus dem Gesicht wischte.

„Es tut mir so leid. Was willst du jetzt machen?"

Ich zuckte nur mit den Achseln und schüttelte unbewusst meinen Kopf.

„Wenn du meine Meinung wissen willst, dann solltest du dich von ihm trennen. So schnell wie möglich. Das ist doch keine Beziehung mehr, das ist ja schon ein Psychokrieg."

„Ich kann nicht."

„Wieso?"

„Ich muss das alles erst verdauen. Ich habe Mark seit gestern weder gehört noch gesehen. Er hat seine Reisetasche geholt, als ich schon im Büro war. Ich werde abwarten, bis er zurück ist, und dann versuchen in Ruhe über diese … diese Angelegenheit zu reden. Ich kann doch nicht einfach alles so hinwerfen und aufgeben. Ich liebe ihn – trotzdem – immer noch, obwohl er mir unendlich wehgetan hat. Es muss doch einen Grund oder eine Erklärung dafür geben. Vielleicht liegt es ja auch an mir oder vielleicht war das nur ein einmaliger Ausrutscher oder … Ich weiß es nicht. Ich habe mir das Zusammenleben ja auch anders vorgestellt und auf ‚so was' war ich schon gar nicht vorbereitet, aber vielleicht ist gerade das jetzt die Chance, etwas an unserer Beziehung zu ändern. Schließlich haben wir doch auch wunderschöne Zeiten miteinander. Er ist doch sonst so verlässlich und anständig, ich kann mir einfach nicht vorstellen, dass er mich wirklich so hintergeht. Ich darf jetzt den Glauben daran nicht verlieren. Es wird sich alles wieder einrenken. Es muss."

Rolf wusste nicht genau, was er darauf sagen sollte, und stammelte einige „Ja, aber …" und „Bedenke doch …" hervor. Schließlich putzte ich mir die Nase, richtete mich kerzengerade auf und blickte ihm fest in die Augen.

„Ich will nicht, dass er mich verlässt!"

Kapitel 29

Rosalind räusperte sich.

„Hören Sie mir noch zu?", fragte sie und sah mich eindringlich an.

„Ja, natürlich, verzeihen Sie. Ich war nur kurz in Gedanken woanders. Jetzt haben Sie wieder meine ungeteilte Aufmerksamkeit", entschuldigte ich mich hastig.

◆

Die folgenden Monate erlebte ich wie in Watte gebettet. Ich konnte Christos zweimal die Woche sehen, den Rest der Zeit in seinen Zeilen versinken und mich in Tagträumen verlieren. Ich verdrängte die Tatsache, dass es nicht ewig so weitergehen konnte. Ich ließ mich einfach in mein Gefühl fallen und blendete die Realität aus. Die Ereignisse der letzten Zeit verbreiteten sich wie ein Lauffeuer. Es blieb auch nicht unentdeckt, dass ich regelmäßig in das Fischerdorf kam. Ab diesem Zeitpunkt hatten wir sehr oft Besuch von dem damaligen Bürgermeister, der sich auf eine mich zutiefst abstoßende Art und Weise bei meinem Vater einzuschleimen versuchte. Immer öfter zogen sich die beiden in Vaters Arbeitszimmer zurück und verabredeten irgendwelche Geschäfte zusammen. Er war ein kleiner, drahtiger Mann mit schütterem Haar und einer rahmenlosen eckigen Brille, die auf seiner dünnen Hakennase saß und seine kleinen grauen Augen noch stechender und hinterlistiger erscheinen ließ. Aber ich kümmerte mich nicht weiter um diesen Mann, der immer Bücklinge vor meinem Vater machte und mich mit verschwörerischen Blicken bedachte.

Eines Tages befahl mein Vater meinen Bruder und mich in die Bibliothek. Er informierte uns, dass er in zwei Wochen eine große Jagd veranstalten würde, die dem Zweck diene, neue gesellschaftliche und geschäftliche Kontakte herzustellen und gleichzeitig einen adäquaten Bräutigam auszuwählen. Panik erfasste mich. Das Spiel würde von Neuem beginnen. Meinem Bruder hielt er weitere, beinahe unmenschliche Aufgaben auf, nur um zu sehen, ob sein missratener Sohn auch allem standhielt. Der Schneider wurde geholt, um für mich neue Kleider anzumessen. Das Haus wurde herausgeputzt, Gästezimmer dekoriert, die Köche angewiesen, nur das Feinste auf den Tisch zu bringen.

Es herrschte reges Treiben und selbst meine sonst so apathisch wirkende Mutter schien sich auf das große Ereignis zu freuen. In meiner Verzweiflung schlich ich eines Nachts zu meinem Bruder und weckte ihn. Ich wollte fliehen, zu Christos, endlich ausbrechen aus diesem Gefängnis, aber ohne seine Hilfe würde ich dies nicht schaffen. Doch Philippe wollte von alldem nichts hören. Er hatte sich so verändert. Die einstige Verbundenheit zwischen uns schien ausgelöscht. Mit trauriger Gewissheit begriff ich, dass ich auf mich allein gestellt sein würde. Ich konnte es meinem Bruder jedoch nicht übel nehmen. Ich wusste, dass er mich trotz allem liebte, doch nicht die Kraft hatte, auch noch für mich zu kämpfen. Er hatte mit sich selbst genug zu tun, um die Tiraden meines Vaters zu überstehen. Beim nächsten Treffen mit Christos erzählte ich ihm unter Tränen die Pläne meines Vaters.

Christos beruhigte mich und redete mir zu, Geduld zu haben, dieses Fest durchzustehen, meinen Vater in Sicherheit zu wiegen und Zeit zu schinden. Er würde versuchen, in der Zwischenzeit Geld aufzutreiben und einen Ort zu finden, der unser Paradies werden sollte. Er gab mir so viel Kraft und Zuversicht, denn wir beide wussten, dies würde nicht von heute auf morgen geschehen. Das Ziel für immer zusammen zu sein, war jedoch jede Entbehrung wert. Ich wollte stark sein, stark für Christos und unsere gemeinsame Zukunft.

Das Wochenende der großen Jagdgesellschaft war gekommen. Die Gäste trudelten etappenweise ein und belebten unser Haus. Alles, was Rang und Namen hatte, hatte sich eingefunden. Selbst der Bürgermeister mit seiner Frau und seinem pubertären Sohn, dessen Gesicht über und über mit Akne befallen war, war gekommen und scharwenzelte um meinen Vater herum. Freitagabend fand der große Ball statt, an dem ich die Verpflichtung hatte, zumindest mit jedem männlichen, ledigen Gast zu tanzen. Vater war in seinem Element. Er, der große Enno von Barrister, zog wieder alle Register. Erst später erfuhr ich, dass für das Aussuchen und Einladen junger Brautwerber der Bürgermeister verantwortlich zeichnete, sein angestrebtes Ziel jedoch darin bestand, seinen Sohn mit mir verheiraten zu können. Da hatte er sich jedoch gründlich verspekuliert. Mein Vater lachte dem kleinen Mann ob dieses absurden Gedankens nur höhnisch ins Gesicht.

Enno von Barrister würde seine Tochter niemals mit dem Sohn eines Untergebenen oder nicht Standesgemäßen vermählen. Außer vielleicht, er hätte sehr viel, sehr, sehr viel Geld. Aber das war im Falle des Bürgermeisters weit gefehlt.

Schließlich hatte mein Vater zwei Bewerber ins Auge und in die engere Wahl gefasst und mich angewiesen, besonders nett zu sein. Natürlich wurde ich zwischen diese beiden Anwärter platziert und musste gepflegte Konversation betreiben, lächeln und immer wieder dem einen oder anderen zuprosten. Als ich tanzend durch den Ballsaal gewirbelt wurde, verursachten mir die eindeutigen Avancen einen leichten Brechreiz und ich hatte Mühe, mich nicht übergeben zu müssen. Obwohl diese Herren bei Weitem besser aussahen und auch jünger waren als mein erster Verlobter, kostete es mich eine unglaubliche Überwindung, nicht sofort davonzulaufen. Hilfe suchend blickte ich zu Philippe. Doch mein Bruder lehnte in einer Ecke und konnte kaum die Augen offenhalten. In den letzten Tagen musste er noch mehr schuften als sonst. Der fehlende Schlaf zeichnete sich tief in seinem Gesicht ab, schwarze Ringe hatten sich unter seine eingefallenen Augen gegraben. Er kam mir noch dünner und erschöpfter vor als sonst. Ich sah, wie er litt, doch helfen konnte ich ihm nicht. Und schließlich auch er nicht mir.

Zu späterer Stunde lud mein Vater einige Herren in den kleinen Salon, um Cognac zu trinken. Auch Philippe sollte dabei sein. Die Stimmung war fröhlich, wenn auch schon mehr als angeheitert. Es wurden Wetten für die Jagd am folgenden Tag abgeschlossen. Mein Vater provozierte seinen Sohn, machte ihn vor den Anwesenden lächerlich und behauptete, er wäre nur gut, um den Stall auszumisten, aber von einem richtigen Männersport verstehe er nichts. Philippe kochte vor Hass und schrie meinen Vater plötzlich an, dass er es ihm beweisen werde.

Er schlug ihm ein Wettreiten vor, dann würde man ja sehen, wer ein richtiger Mann sei und wer nicht. Mein Vater hatte bereits seine Reitgerte in die Hand genommen und wollte auf Philippe einschlagen, denn so eine Dreistigkeit war ihm noch nie zuvor untergekommen. Wie konnte er es wagen, so mit ihm zu sprechen, noch dazu vor den Gästen. Philippe jedoch verhöhnte ihn nur und forderte ihn sogar dazu auf, ihn zu verprügeln, denn nur mit einem geschwächten Gegner hätte er vielleicht eine Chance.

Er lachte meinem Vater höhnisch ins Gesicht und bezichtigte ihn, Angst vor diesem Wettkampf zu haben. Wie zwei Streithähne standen sie sich von Angesicht zu Angesicht gegenüber. Nach einigen Minuten des eisigen Schweigens legte mein Vater schließlich die Uhrzeit des Rennens fest und Philippe verließ laut lachend den Raum.

Ich hatte ein flaues Gefühl im Magen, mir war diese Sache nicht geheuer. Nachdem alle Gäste zu Bett gegangen waren, schlüpfte ich in Philippes Zimmer und bekniete ihn, diesen Wahnsinn abzusagen. Ich flehte ihn an vernünftig zu sein, sich in seinem übermüdeten Zustand nicht solchen Strapazen auszusetzen. Ich kannte doch unseren Vater, er würde über Leichen gehen, nur um zu gewinnen. Doch Philippe war mit keinem Argument davon abzubringen und sah mich nur mit verständnislosen, hohlen Augen an. Ich erschrak über diesen entrückten Gesichtsausdruck meines Bruders, verließ resigniert und todtraurig sein Zimmer und brachte diese Nacht kein Auge zu.

Pünktlich um sieben Uhr früh standen die Pferde gesattelt bereit, mein Vater und Philippe mit versteinerter Miene daneben. Die Gäste hingen wie gierige Hyänen über der Balustrade, um dieses Spektakel nicht zu verpassen. Ich umklammerte mein Rubinkreuz und sandte ein Stoßgebet gen Himmel. Doch erhört wurde es nicht. Meine Mutter blieb dem Ganzen fern.

Die beiden Männer schwangen sich auf die Pferde und trabten zum Startpunkt. Ein Geschäftsfreund mimte den Schiedsrichter und setzte den Startschuss. Als wäre der Teufel hinter ihnen her, jagten die beiden davon, Kopf an Kopf, über das erste Hindernis, hinein in den Wald, bis man sie an der Lichtung wieder herauskommen sah, immer noch gleichauf. Ich bemerkte, wie mein Vater mit der Gerte immer wieder auf meinen Bruder eindrosch und ihn abzuschütteln versuchte. Ich musste mich von diesem Irrsinn abwenden, pure Angst erfasste mich.

Die Gäste grölten vor Vergnügen und feuerten die beiden an, als sie nach der ersten Runde an uns vorbeikamen. Verzweifelt rief ich ihnen hinterher, dass sie aufhören, diesen Wahnsinn beenden sollten, aber niemand nahm mich wahr. Als sie ein zweites Mal an uns vorbeigaloppierten, sah ich, dass Blut über Philippes Wange lief und sein rechtes Auge beinahe zugeschwollen war. Vater musste ihn mit der Gerte ins Gesicht getroffen haben. Doch Philippe war weit entfernt davon, aufzugeben. Im Gegenteil, aus seinen Augen sprühte ein satanischer, fast schon irrer Blick. Seine Muskeln waren aufs Äußerste angespannt und er trat sein Pferd unbarmherzig in die Flanken. Für einen kurzen Moment schloss ich die Augen und hoffte, dass dies alles nur ein Albtraum sei. Ich krallte meine Hände so fest in die Balustrade, dass meine Knöchel weiß wurden. Um mich herum sah ich keine Menschen mehr, nur mehr geifernde, sensationslüsterne Fratzen, die laut lachend dieses makabere Schauspiel verfolgten und dabei genüsslich Champagner schlürften. Mein Magen krampfte sich zusammen, ein plötzliches Gefühl der Trauer erfasste mich und ich war überzeugt, dass etwas Schlimmes passieren würde. Und so kam es dann auch. Als die dritte Runde anbrach und Philippe um eine halbe Kopflänge in Führung war, sich bereits triumphierend etwas aus dem Sattel hob, scheute plötzlich sein Hengst und warf ihn ab. Philippe verfing sich jedoch in einem Steigbügel und wurde von dem aufgebrachten Pferd in vollem Galopp mitgeschleift. Entsetzt blieb ich wie versteinert stehen, mein Herz setzte für eine Sekunde aus und nur ein unhörbarer, stummer Schrei entwich meinen Lippen. Die Gäste applaudierten überschwänglich, ohne zu begreifen, was tatsächlich geschehen war. Vater hatte in der Zwischenzeit das Tier anhalten können, saß aufrecht im Sattel und blickte auf den regungslosen Körper seines Sohnes. Wie in Trance rannte ich zu meinem Bruder, fiel vor ihm auf die Knie und beugte mich über ihn. Ein Fuß hing immer noch im Steigbügel. Sein schönes Gesicht war vollkommen zerschunden und blutüberströmt. Ich legte mein Ohr auf seine Brust, doch es war kein Herzschlag mehr zu hören. Die Tatsache, dass ich meinen toten Bruder im Arm hielt, sickerte langsam von meinem Gehirn in mein Herz. Ich befreite das verfangene Bein und legte es behutsam auf den Boden. Wie ein kleines Kind wiegte ich ihn, meine stillen Tränen tropften auf seine Wangen. Mit verschleiertem Blick sah ich auf und starrte vorwurfsvoll und hasserfüllt in die kalten Augen meines Vaters. „Er ist tot!", rief ich, „er ist tot!", wobei sich meine Stimme überschlug.

Er jedoch saß immer noch hoch zu Ross, keine Gefühlsregung war in seinem Gesicht zu lesen. Ich vergrub mein Gesicht in Philippes Haar.

Mittlerweile hatten die Gäste das Ausmaß der Situation begriffen und eilten ebenfalls zum Unfallort. Betretenes Schweigen und neugieriges Gaffen wechselten sich ab. Beschützend zog ich den leblosen Körper meines Bruders an mich und schrie die Leute an, dass sie verschwinden sollten. Ich konnte die Taktlosigkeit und die vor Sensationslust sabbernden Gesichter der Besucher nicht ertragen. Am liebsten wäre ich gestorben. Ich weiß nicht, wie lange ich dasaß und meinen Bruder in den Armen hielt. Ich hatte jegliches Gefühl für Zeit und Raum vergessen. Irgendwann packte mich jemand bei den Schultern und zog mich hoch. Ein anderer breitete eine Decke über Philippe; eine Bahre wurde geholt; ich wurde zurück zum Haus gedrängt. Was in den nächsten Tagen passierte, kann ich nicht sagen. Diese Zeit ist wie ausgelöscht.

Erst als ich vor dem offenen Grab stand, der Sarg langsam hinabgelassen wurde und der Pfarrer lateinische Gebete runterleierte, erwachte ich aus meiner Trance. Es regnete quer, der Wind peitschte uns ins Gesicht, doch von alldem spürte ich nichts. Nur die bittere Gewissheit, dass mein Philippe aus meinem Leben für immer gegangen war und ich nun alleine mit meiner depressiven Mutter und meinem gestrengen Vater bleiben würde, stach wie ein Dorn in mein Herz. Die Beerdigung wurde im großen Rahmen veranstaltet, alle Geschäftsfreunde und Nachbarn waren gekommen. Auch die zwei Brautanwärter waren unter den Gästen. Hunderte Schaulustige fanden sich ein, um den Gutsherren in seiner Trauer um seinen Sohn begaffen zu können. Mitleid wurde geheuchelt, Hände länger als nötig geschüttelt und vermeintlich tröstende Worte gesprochen. Direkt am Grab standen nur mein Vater, dem keinerlei Emotion anzusehen war, der Pfarrer und ich. Meine Mutter lag seit dem Unfall unansprechbar in ihrem Zimmer und ließ niemanden an sich heran. Allein die Dienstboten gaben aufrichtig und in gebührendem Respektabstand meinem Bruder das letzte Geleit. Leise schluchzend und voll unsagbarer Trauer warf ich ihm eine Rose und etwas Erde hinterher. Kaum hatte der Pfarrer die Zeremonie beendet, drehte sich mein Vater um und ging wortlos weg. Die Meute folgte ihm langsam, schließlich waren alle zum Leichenschmaus geladen. Ich blieb allein am Grab zurück, vollkommen durchnässt und schlotternd. Ich sackte zusammen, lag halb ausgestreckt auf dem Boden und grub meine Hände immer wieder in die nasse Erde, bis der Dreck unter meinen Fingernägeln brannte. Der aufdringliche Duft der vielen Blumen und Kränze, die rund um das Grab lagen, benebelten meine Sinne. Als ich so dalag, nass, frierend und schmutzig, packte mich plötzlich eine ungeheure Wut, ich trommelte wie eine Verrückte auf den Granitrahmen des Grabes und schrie, so laut ich konnte.

Ich schwor meinem Bruder, meiner Familie, Christos und vor allem mir selbst, dass dies der letzte Tag sein würde, an dem ich leiden müsste, an dem mein Vater mir das Leben zur Hölle machen sollte. Ich wollte nicht so enden wie meine Mutter und meine Geschwister. Es war an der Zeit. Ich würde fliehen. In dieser Nacht noch, während sich die anderen den Tafelfreuden zuwandten und mein Vater mich sicherlich nicht vermissen würde. Ich war bereit und würde es schaffen. Ich würde endlich mit Christos vereint sein und nichts und niemand würde uns mehr trennen können.

Aber das Schicksal hatte etwas anderes für mich vorgesehen.

Kapitel 30

Mark hatte sich noch immer nicht gemeldet. Es war Samstagabend und ich lag bereits seit Stunden auf der Couch und versuchte, mich mit Fernsehen abzulenken. Ich war so tief verletzt, dass ich es nicht einmal in Erwägung zog, Mark auf seinem Handy anzurufen. Ich wollte ihn weder hören noch an ihn denken, obwohl das fast ein Ding der Unmöglichkeit war. Die Demütigung und Zurückweisung hatte sich in jede einzelne Gehirnwindung eingebrannt und würde für immer gespeichert bleiben. Die Erkenntnis, dass ich für ihn anscheinend so unwichtig war, dass er mir keine Erklärung geben wollte oder – schlimmer noch – scheinbar nicht einmal ein schlechtes Gewissen hatte, verursachte mir beinahe schon körperliche Schmerzen. Das Gespräch mit Rolf hatte mir zwar gutgetan, aber Linderung oder eine Lösung hatte es mir nicht gebracht. Zumindest hatte ich es endlich gewagt und vor allem mir selbst eingestanden, Mark ein Stück weit von dem Sockel herunterzuholen, auf den ich ihn selbst gestellt hatte. Besser fühlte ich mich trotzdem nicht.

Jedes Mal wenn das Telefon läutete, zuckte ich zusammen und nahm nervös den Hörer ab, um fast erleichtert festzustellen, dass es nicht Mark war. Ich fürchtete mich direkt davor, mit Mark zu sprechen, geschweige denn ihn jetzt zu sehen. Gleichzeitig verletzte und verärgerte es mich umso mehr, dass er es nicht der Mühe wert fand, mich anzurufen. Bitter lächelte ich, als mir klar wurde, dass er das typische Spiel, das er so gern spielte, wieder einsetzte: Macht. Denn nichts anderes war dieses demonstrative Schweigen. Schließlich hatte das ja in der Vergangenheit auch funktioniert. In meiner Harmoniesucht war ich nicht nur einmal über meinen Schatten gesprungen und hatte den ersten Schritt zur Versöhnung getan, auch wenn es absolut nicht an mir gelegen wäre.

Wider jedes bessere Wissen hoffte ich trotzdem tief in meinem Inneren, dass Mark reumütig heimkehren, mich auf Knien um Verzeihung bitten und mich fest in die Arme nehmen würde, dass er mir versichern würde, dass ich die einzige und tollste Frau auf der Welt für ihn wäre und nichts und niemand uns jemals trennen könne.

Und ich schwor mir, ich würde dann hoheitsvoll auf ihn herabblicken und ihn ein wenig zappeln lassen. Schließlich würden wir uns in die Arme fallen, uns leidenschaftlich lieben und alles wäre wieder eitel Wonne.

„*So ein Blödsinn!*", dachte ich, denn ich wusste, dass genau das nicht passieren würde.

Genau genommen waren dies kindische Hirngespinste und ich musste über mich selbst lachen, denn solche Szenen gab es doch nur in kitschigen Liebesfilmen. Die Realität sah leider ganz anders aus und ich merkte, wie mir Tränen in die Augen schossen. Auch wenn er sich entschuldigen würde, den Schmerz, den ich tief in meiner Seele fühlte, würde er so schnell nicht heilen können. Wenn überhaupt.

Es klingelte und wieder zuckte ich zusammen.

„Ja, hallo?"

„Hier ist Rolf. Ich wollte nur wissen, wie es dir geht oder ob du etwas brauchst?"

„Danke, das ist lieb von dir. Es geht mir so weit ganz gut … nein, stimmt nicht, es geht mir gar nicht gut. Ich hänge den ganzen Tag vor dem Fernseher und blase Trübsal."

„Das ist doch verständlich. Ich wünschte, ich könnte dir helfen."

„Lass nur, Rolf, du hast mir gestern schon geholfen. Danke nochmals, dass du mir so lange zugehört hast."

„Dafür sind Freunde doch da. Übrigens, hat sich Mark schon gemeldet?"

„Nein."

„Ich weiß nicht, ob ich dir das jetzt sagen soll, aber ich denke, es könnte dich vielleicht interessieren."

„Ich bin ganz Ohr. Schlimmer, als ich mich jetzt fühle, kann es sowieso nicht werden."

„Mark ist nicht auf Geschäftsreise. Er sitzt seit gestern bei seiner Mutter im Haus und hält, wie es aussieht, Kriegsrat. Cylia war heute Vormittag zufälligerweise dort und hat die beiden bei einer angeregten Diskussion unterbrochen. Er fühlte sich sichtlich gestört und war mehr als kurz angebunden. Cylia hat dann Marks Mutter gefragt; die hat jedoch nur von ‚irgendwelchen Schwierigkeiten' gesprochen und beschwichtigend den Arm um Marks Schultern gelegt. Cylia hat gleich gemerkt, dass irgendetwas nicht stimmt, und schnell das Thema gewechselt.

Als sie heimkam, hat sie mich natürlich gefragt, ob ich wüsste, was los sei. Ich habe ihr ein bisschen von gestern erzählt, aber nur peripher."

Ich merkte, wie Hitze in mir aufstieg und in meinem Kopf ein kleiner Schalter kippte. Meine Traurigkeit wich einem unbändigen Zorn und ungläubiger Empörung.

„Wie bitte?? Das glaub ich ja nicht! Rennt der doch schnurstracks zu seinem Mütterchen und lässt sich trösten, statt sich mit mir auseinanderzusetzen und auszusprechen. Hätte ich mir eigentlich denken können, ‚Muttern' ist ja auch sonst immer allgegenwärtig und weiß stets einen guten Rat", brauste ich auf.

„Es tut mir leid, wenn ich gewusst hätte, dass dich das so aufregt, hätte ich es dir wohl besser nicht sagen sollen."

„Im Gegenteil, ich bin dir sogar dankbar dafür. Jetzt weiß ich wenigstens, woran ich bin. Ich bin überzeugt, dass er bei seiner Mutter wieder einmal den Spieß umdreht und mich als die Böse hinstellt und er der Arme sei und so weiter und so fort. Wäre ja schließlich nicht das erste Mal. Er ist ja immer der unverstandene, schwer arbeitende sich Aufopfernde", antwortete ich bitter und steigerte mich mit jedem Wort tiefer in bedrohliches Selbstmitleid.

„Ich dachte, bei euch wäre es ein unausgesprochenes Gesetz, nicht über ‚Internes' bei anderen zu reden. Jedenfalls hast du mir das gesagt und dich ja bis gestern Abend eisern daran gehalten."

„So ist es, aber wie du siehst, gilt diese Regel ja anscheinend nur für meinen Teil. Und außerdem, so würde Mark jetzt argumentieren, ist es ja schließlich seine Mutter und ihr hat er immer noch alles erzählt."

Angewidert schüttelte ich den Kopf, so als ob ich die Vorstellung, wie Mark mit seiner Mutter zusammensitzt und sich bedauern lässt oder schlimmer noch Problemlösungen für UNSER Leben diskutiert, dadurch vertreiben könnte. Ich schwieg für einen Moment, ganz in dem Bild versunken.

„Hallo, bist du noch dran?", fragte Rolf vorsichtig.

„Ja, natürlich, entschuldige", antwortete ich einsilbig.

„Tja, also, möchtest du vielleicht zum Abendessen kommen?"

„Das ist sehr nett, vielen Dank, aber ich denke nicht. Ich wäre heute kein guter Gast."

„Quatsch, das spielt doch keine Rolle, Hauptsache, du kommst ein bisschen raus aus den vier Wänden."

„Nein, ehrlich, Rolf, ich möchte wirklich nicht. Ich muss mir über einiges klar werden und dazu muss ich, glaube ich, einfach alleine sein. Aber vielen Dank noch einmal."

„Jederzeit, du weißt ..."

„Ja, danke. Sehe ich dich am Montag in der Firma?"

„Darauf kannst du wetten."

„O. k., dann bis Montag ... und Rolf ... schön, einen Freund wie dich zu haben. Tschüss."

Ich legte auf, um im nächsten Moment fast blind vor Wut und Enttäuschung das Telefon quer durch den Raum zu schleudern. Immer noch hatte ich das Bild von Mark und seiner Mutter vor Augen. Wie konnte er es wagen, mich in meinem Elend zurückzulassen, sich meinen brennenden Fragen zu entziehen und Schutz bei seiner Mutter zu suchen?! Überdies hatte er mir eine Lüge mehr aufgetischt. Statt auf Geschäftsreise zu sein, saß er nun bei seiner Familie. Der Apparat zerschellte mit einem lauten Knall auf dem harten Granitboden in tausend kleine Stücke, aber das kümmerte mich nicht. Ich stieg über die einzelnen Teile und holte mein Handy von der Küchentheke.

„Hallo, ich bin es."

„DU?? ... an einem heiligen Mark-Samstag? Was ist los?" Elise kannte mich wirklich gut. Sie hatte sofort begriffen, dass irgendetwas nicht stimmen konnte.

„Ohne lange herumzureden: Hast du heute Abend schon etwas vor?", fragte ich in einem ziemlich bestimmenden Tonfall.

„Ich nehme an, wir treffen uns", erwiderte sie genauso bestimmt.

„Halb sieben bei ‚Chez George'?"

„O. k., halb sieben. Bis dann."

Ich sprang die Treppe hinauf und versuchte mit einer langen Dusche, viel Make-up und einem lässig bequemen Outfit wieder einen Menschen aus mir zu machen.

◆

Pünktlich um halb sieben betrat ich das Lokal, steuerte auf einen leeren Tisch zu und bestellte ein Glas Wein. Keine fünf Minuten später rauschte Elise ein und ließ sich mir vis-à-vis auf den Sessel plumpsen. Nachdem sie ihre Bestellung abgegeben, der Kellner uns die Speisekarten in die Hände gedrückt hatte und wir nur für Sekunden einen Blick darauf warfen, waren wir auch schon in medias res: Mark.

„Du siehst schlecht aus. Ich weiß, dass du das jetzt am wenigsten hören willst, aber ich mach mir richtig Sorgen um dich. Was ist passiert?", fragte sie unverblümt und sah mich eindringlich an.

„Kannst du es dir nicht denken? Mark und ich hatten einen Riesenkrach – besser gesagt – ich habe geschrien, er hat sich wie immer ausgeschwiegen und dann ist er einfach gegangen. Seit Donnerstagabend habe ich ihn weder gehört noch gesehen", gab ich bereitwillig Auskunft. Es tat gut, einmal ohne nachzudenken Klartext zu reden.

Elise verdrehte die Augen, um gleichzeitig genauer nachzufragen.

„Worum ging es diesmal? Und erzähl mir bitte nicht wieder irgend so eine Geschichte, wo du ihn sowieso gleich wieder in Schutz nimmst und verteidigst, wie ‚Mark hat eben so viel Stress' – ‚Mark ist ein spezieller Charakter' – ‚Mark hat im Grunde ja recht' – ‚Mark liebt mich auf seine Weise' – und so weiter. Diese Leier kann ich wirklich nicht mehr hören. Es wird Zeit, dass du aufwachst und einmal sagst, was wirklich bei euch los ist."

Ich blickte Elise fest in die Augen, eine Sekunde verstrich, bis ich schließlich kurz und bündig antwortete.

„Ich denke, Mark hat ein Verhältnis mit einer anderen Frau."

Elise, die gerade einen Schluck aus ihrem Weinglas machte, spuckte diesen zurück und sah mich mit aufgerissenen Augen an. Erstaunt war der Ausdruck eigenartigerweise nicht.

„Puh, wer hätte das gedacht. Na, dann erzähl mal", kam die lapidare Antwort.

Genau wie Rolf erzählte ich nun Elise alle Einzelheiten und mehr noch. Ich erzählte ihr von den vielen kleinen Kratzern, die schon in meinem Herzen eingekerbt waren, dem erfolglosen Kampf, allem gerecht zu werden, meiner Verunsicherung und meiner momentan verzweifelten Lage. Ich würgte alles hervor, selbst Dinge, die ich längst vergessen oder verziehen zu haben schien. Zu lange hatte ich Elise zwar kleinere Streits und Unstimmigkeiten erzählt, diese jedoch auch immer wieder schöngeredet und mit der Zeit, nur um mich oder Mark nicht rechtfertigen zu müssen, erzählte ich ihr gar nichts mehr.

Alles heile Welt. Perfektes Paar, perfektes Leben. Jetzt schien es mir jedoch wie ein Kartenhaus zusammenzufallen.

„Bist du denn gar nicht überrascht?", fragte ich schließlich, nachdem mir Elise ruhig und ohne jegliche Verblüffung zugehört hatte.

Elise beugte sich zu mir über den Tisch, legte den Kopf zur Seite und ergriff meine Hand.

„Sei mir nicht böse, aber wie blind warst du eigentlich in den letzten Monaten, wenn nicht Jahren. Hast du wirklich all die Zeichen nicht erkannt? Ständig auf Geschäftsreise, keine Lust auf Sex und schon gar nicht auf Zärtlichkeiten. Permanent hat er an dir etwas auszusetzen und seine ständigen Bevormundungen … gut, das macht er ja seit eh und je … an das hast du dich ja leider gewöhnt, ohne es zu merken. Er biegt und bricht dich, wie und wann er will, zieht an Fäden, wie ein Marionettenspieler und du verschließt die Augen vor allem. Ich hab das schon lange gesehen, aber du wolltest ja meine Meinung partout nicht hören."

„Natürlich habe ich gemerkt, dass etwas nicht stimmt, aber ich wollte es einfach nicht wahrhaben. Verstehst du das nicht? Ich liebe Mark. Ich will, dass unsere Beziehung funktioniert, obwohl …"

„Obwohl was?"

„Ich weiß nicht, wie es jetzt weitergehen soll. Ich weiß ja nicht einmal, was wirklich passiert ist. Ob es einfach ein Seitensprung war oder ob er wirklich eine Affäre hat."

„Macht das einen Unterschied? Fakt ist doch, dass er dich hintergangen hat. Ob das nun einmalig war oder eben öfters. Im Grunde ist das ja eigentlich auch nicht der Punkt. Der Punkt ist …"

„Doch genau DAS ist der Punkt. Ich will ihn nicht verlieren. Was habe ich denn dann noch?", unterbrach ich sie und schniefte aufwallende Tränen weg.

Entsetzt und verständnislos blickte mich Elise an.

„Also, jetzt drehst du aber vollkommen durch. Was heißt denn da ‚Was habe ich dann noch?'? Du bist eine intelligente, junge, schöne Frau; hast einen super Job und falls ich dich daran erinnern darf, hattest du auch ein Leben vor Mark – und kein schlechtes nebenbei bemerkt. Ich kann nicht glauben, dass er es wirklich geschafft hat, dir jegliches Selbstvertrauen zu nehmen. Du bist doch nicht abhängig von diesem Mann. Du stehst mit beiden Beinen fest im Leben und hast keinerlei Verpflichtungen ihm gegenüber. Ich begreife nicht, wieso du dich so kleinmachst und ihm nachläufst wie ein kleines Hündchen."

„Er kann aber doch auch sehr lieb sein ...", versuchte ich wieder einmal die Angelegenheit schönzureden.

„Ah, kann er also auch lieb sein?! Klar, jedes Mal, wenn er dich fertigmacht, folgt ein kleines Schmuckstück. Na, wenn dir das reicht für eine schöne Beziehung?!", erwiderte Elise spitz.

„Um den Schmuck geht es mir doch gar nicht – und nein – das reicht mir eben nicht. Ich will es doch auch anders haben. Aber wie soll ich das denn schaffen? Elise, ich bin verzweifelt. Egal, was oder wie ich es mache, ist es falsch. Und jetzt auch noch das mit der anderen Frau ..."

„Sag einmal, merkst du eigentlich nicht, dass du jetzt schon wieder dir an allem die Schuld gibst und ihn in gewisser Weise in Schutz nimmst. ER betrügt dich. ER belügt dich. Und was noch viel schlimmer ist: ER liebt dich nicht so, wie DU bist – sprich nicht dich, sondern irgendein Idealbild, das er versucht sich zu formen. Warum sonst nörgelt er wohl an dir herum? Du wirst ihm nie gerecht werden, so sehr du dich auch anstrengst, denn wie gesagt, er liebt nicht DICH."

„Meinst du wirklich?"

„Ja, das meine ich wirklich, und wenn du nicht bald etwas änderst, wirst du ewig unglücklich sein und vor allem wird es dich als Person nicht mehr geben."

„Was soll ich denn tun?"

„Trenn dich!"

„Aber ich will ihn doch nicht verlieren."

„Ich weiß zwar nicht, was dich so an diesem Mann fasziniert und hält, aber das ist deine Sache. Zumindest solltest du ihm aber zeigen, dass er sich nicht alles herausnehmen kann, was er will. Rede Klartext mit ihm. Sag ihm offen, was dich stört und was dir fehlt und wie du dir eine Beziehung vorstellst. Dann gibt's nur zwei Möglichkeiten: entweder er geht auf dich ein und nimmt dich und vor allem eure Beziehung ernst oder er sucht in der Minute das Weite. Dann weißt du wenigstens, woran du bist. Und noch etwas, du kannst niemanden verlieren, der dir gar nicht gehört."

Ich nickte nur. Im Grunde wusste ich all das selbst. Ich sollte Mark ohne Rücksicht auf Verluste meine Gedanken und Gefühle darlegen, dafür hat man doch schließlich eine Beziehung. Wenn nicht dem Partner, wem sonst sollte man sich so öffnen? Es ist immer leichter gesagt als getan, obwohl ich mich fragte, warum das so sein muss. Warum hatte ich Angst, mich zu öffnen – dem Mann, mit dem ich zusammenlebte, meine Seele darzulegen, mein Herz zu schenken und trotzdem mich selbst als Mensch und eigenständige Persönlichkeit geben zu können. Woher kam diese paradoxe Angst, so wie ich sei nicht zu genügen? War Mark wirklich in mein Unterbewusstsein eingedrungen, um dort zu wüten und mein Selbst zu vernichten?

Für einen kurzen Augenblick verließ ich mich und sah mich selbst in diesem Lokal sitzen, ein Häufchen Elend, unfähig die Fäden in die Hand zu nehmen. Ich betrachtete fast mitleidig diese junge Frau, die nicht zu wissen schien, wie es weitergehen sollte, die am liebsten den Kopf in den Sand gesteckt hätte und darauf wartete, dass irgendjemand für sie die Entscheidungen treffen würde. Und obwohl ich mich selbst so sah und erbärmlich fand, erschien mir abzuwarten im Moment die beste Lösung. Irgendwie würde es schon weitergehen. Irgendwie.

„Herr Ober, bringen Sie mir noch ein Glas Wein!", rief ich dem Kellner zu und setzte mich aufrecht hin.

„Wir sollten etwas zu essen bestellen, ich habe schön langsam Hunger", beendete ich kurzerhand das Thema Mark für diesen Abend.

Kapitel 31

Rosalind hatte sich in Rage geredet. Mir kam es so vor, als ob sie der Zeit entrückt wäre und mir nicht die alte, gebrechliche Dame gegenübersitzen würde, sondern das junge Mädchen von damals, just in dem Moment, als sie es auch erlebte. Selbst ihre Stimme klang fest und jung und ihre verloschenen, großen Augen funkelten plötzlich kämpferisch. Rosalind japste und rang wiederholt nach Luft.
„Beruhigen Sie sich, Rosalind!", beschwichtigte ich sie. „Soll ich uns einen Tee machen, damit Sie sich etwas ausruhen können?"
„Nein, nein, es geht schon. Es sind nur die vielen Emotionen, die so lange verschüttet waren und jetzt wie ein Befreiungsstoß nach außen dringen. Lassen Sie mich weitererzählen."

◆

Als ich die große Eingangstür öffnete und leise hineinschlüpfte, drangen mir lautes Gelächter, Gläserklirren und undefinierbares Stimmengewirr entgegen. Der Leichenschmaus war in vollem Gang, obwohl man meinen hätte können, es fände eine Hochzeit statt. Trinksprüche wurden gelallt und lautstark prosteten sich die Anwesenden zu. Ich schlich mich zur Tür, die zum Speisesaal führte, und halb offen stand und spionierte kurz hinein. Mein Vater saß mit hochrotem Gesicht an der Stirnseite der langen Tafel und schüttete ein Glas nach dem anderen in sich hinein. Seine Augen waren glasig und mit schwerer Zunge warf er Satzbrocken in die Menge. Der Bürgermeister saß zu seiner Rechten und schenkte ihm beflissen und sich anbiedernd immer wieder nach. Selbst jetzt vergaß er nicht, angedeutete Bücklinge zu machen und schmierig zu lächeln. Ich wandte mich angewidert ab und ging auf Zehenspitzen die Treppe zu meinem Zimmer hinauf. Als ich im Schutz meines Raumes war, packte ich, so schnell ich konnte, zwei Reisetaschen. Zu groß und schwer durften sie nicht sein, denn zu Fuß würde der Weg lange und mühsam sein, und ich wollte nicht riskieren, unter Umständen vorzeitig entdeckt zu werden.

Behutsam verstaute ich Christos Briefe und getrocknete Rosen in meiner Handtasche sowie ein Foto, das mich mit meinen Geschwistern auf der großen Schaukel im Park zeigt, als wir noch Kinder waren. Ein paar Kleidungsstücke, Schuhe, Waschsachen waren schnell gepackt. Ich hielt inne und blickte mich in meinem Zimmer rundum. Es gab nichts in diesem Raum, was ich vermissen würde. Es gab in diesem Haus auch keine Menschen mehr, die ich vermissen würde. Es war allerhöchste Zeit. Keine Sekunde länger wollte ich mehr hier sein. Ich war gerade im Begriff, mir den Mantel überzuziehen, als mich ein gellender Schrei zusammenzucken ließ. Ich warf den Mantel zu Boden und stürmte aus dem Zimmer. Der Schrei schien nicht enden zu wollen und er kam aus dem Raum meiner Mutter. Ich war noch nicht ganz dort angekommen, als ich das Stubenmädchen rücklings und kreidebleich aus der Tür zurückweichen sah. Sie schrie nicht mehr, sondern biss mit weit aufgerissenen Augen in ihre geballte Faust. Ich sprach sie an. Sie reagierte nicht, sondern deutete nur mit dem Kopf in Richtung des Zimmers. Als ich sie beiseiteschob und in den Raum trat, erstarrte auch ich für einen Augenblick. Meine Mutter hatte sich am Rahmen ihres Himmelbettes erhängt. Weder mein Vater noch einer der Gäste dürfte den Schrei bemerkt haben, denn ich stand immer noch allein im Zimmer und blickte apathisch auf den leblosen Körper. Das Zimmermädchen war inzwischen in Tränen ausgebrochen und zitterte am ganzen Leib. Ich wies sie an in die Küche zu gehen und den anderen Dienstboten Bescheid zu geben. Ich schloss die Tür hinter uns und folgte ihr die Stiegen hinab, um meinen Vater zu informieren. Ungeachtet der Leute, die sich immer noch vollzählig und feiernd im Speisesaal befanden, stieß ich mit einem Tritt die schwere Türe auf und baute mich vor meinem Vater auf, der bereits mehr in seinem Sessel hing, als saß. Ich blickte in seine versoffenen, blutunterlaufenen Augen. Hass und Ekel überkamen mich, meine Nerven vibrierten und ich hatte Mühe, mich nicht zu übergeben. Es wurde still im Speisesaal; alle starrten mich an, als ich schließlich kaum hörbar flüsterte, dass er jetzt auch noch meine Mutter auf dem Gewissen hätte. Verwirrt blickte er mich an und versuchte aufzustehen. Er torkelte mir entgegen und hob bereits seine Hand, um mir ins Gesicht zu schlagen, doch ich duckte mich nicht wie sonst, sondern blieb aufrecht vor ihm stehen und fing an ihn anzuschreien. Ich forderte ihn heraus, mich zu schlagen, denn das wäre das Einzige, was er könne, er sollte auch mir gleich hier und jetzt den Todesstoß versetzen, wie er es bei allen anderen in der Familie gemacht hätte. Wie versteinert blieb mein Vater vor mir stehen, immer noch die Hand zum Schlag erhoben.

In seinem benebelten Zustand drangen meine Worte nur langsam in sein Gehirn und ich hörte nicht auf, ihn zu beschimpfen. Ich wirbelte herum, zeigte mit ausgestrecktem Arm nach oben und befahl ihm in Mutters Zimmer zu gehen. Zu meiner Überraschung antwortete er nicht, sondern schwankte an mir vorbei und schleppte sich die Treppen hinauf. Ich blieb zurück und sackte auf einem Stuhl zusammen. Die Gäste steckten die Köpfe zusammen und tuschelten, während der Bürgermeister als Erster die Fassung wiederfand und mir ein Glas Wasser reichte. Minuten später kehrte mein Vater zurück, nahm das volle Cognacglas und trank so gierig, dass die Hälfte über sein Kinn und über seine Brust rann. Mit einem Fluch schleuderte er das Glas in den offenen Kamin. Er deutete den Gästen das Haus zu verlassen, packte die halb volle Cognacflasche und sperrte sich in seinem Arbeitszimmer ein.

Alle bis auf den Bürgermeister waren gegangen. Er schlich um mich herum, legte immer wieder seinen Arm tröstend um mich und bot schleimerisch seine Hilfe an. Zum Glück erlöste mich der Verwalter, der vom Personal verständigt worden war und gerade in den Speiseraum trat, von diesem unsympathischen Mann und komplimentierte ihn hinaus. Mich nahm er in den Arm und führte mich in den Wohnsalon, wo ich mich auf der breiten Couch niederließ. Er klingelte und Minuten später trat unsere Köchin mit Tee und kleinen Sandwichbroten ins Zimmer. Mit einem mitleidigen Blick stellte sie das Tablett neben mir ab, drückte mir kurz die Hand zum Trost und zog sich wieder still zurück. Schweigend nippte ich an meinem Tee. In meinem Kopf war vollkommene Leere. Der Verwalter stellte mir einige Fragen, doch seine Worte drangen nicht zu mir durch und so blieb ich stumm und zusammengesunken auf der Couch sitzen. Nach einiger Zeit erhob er sich und versuchte in das Arbeitszimmer meines Vaters zu gehen, die Tür war jedoch verriegelt und auf sein Klopfen kam keine Antwort. Etwas ratlos trat er von einem Bein auf das andere, um sich schließlich mit einer kurzen Entschuldigung zu verabschieden. Ich blieb einfach im Wohnzimmer zurück und muss dann irgendwann eingeschlafen sein. Die Köchin weckte mich am nächsten Morgen. Als ich die Augen aufschlug und in ihr gütiges Gesicht blickte, hoffte ich für einen kurzen Moment, dass dies alles nur ein Albtraum gewesen sei, doch der traurige Schleier, der ihre Augen umgab, ließ mich nur allzu schnell in die Wirklichkeit zurückkehren. Mein Bruder war tot, meine Mutter hatte sich das Leben genommen, meine Schwester war weiß Gott wo; zurück blieben nur mein Vater und ich. Ich zermarterte mir den Kopf, warum ich nicht zehn Minuten früher geflohen war, dann wäre ich bereits bei Christos und würde von diesem ganzen Unglück nichts wissen. Wann würde sich die nächste Gelegenheit bieten, dieser Hölle zu entkommen? Wie würde es mir möglich sein, Christos zu benachrichtigen, geschweige denn ihn zu sehen? Tausend Gedanken jagten durch meinen Kopf, als ich plötzlich über mich selbst erschrak, dass ich nicht eine Sekunde lang um meine Mutter trauerte, sondern nur an meine Flucht dachte. Ich lag immer noch auf der Couch im Wohnsalon, als die Tür vom Arbeitszimmer aufschwang und mein Vater in den Raum trat. Ich traute meinen Augen nicht, als ich ihn sah. Er war in dieser einen Nacht um Jahre gealtert, sein Haar plötzlich grau, sein sonst so gestrenger Gesichtsausdruck leidend und schwach. Ganz entgegen seiner Art setzte er sich zu mir und nahm meine Hand in die seine, eine Träne bahnte sich den Weg über seine Wange und tropfte schließlich auf meinen Handrücken. Ich wagte kaum zu atmen, geschweige denn ein Wort zu sagen. Ich saß steif neben meinem Vater und beobachtete ihn vorsichtig, wie er, der große, strenge, unbarmherzige Enno von Barrister, plötzlich klein und elend dasaß, meine Hand drückte und weinte. Ich überlegte, ob ich Mitleid mit ihm hatte oder ob mein Hass nach wie vor so groß ihm gegenüber war, aber im Grunde musste ich feststellen, dass ich nichts fühlte. Rein gar nichts. Dieser Mensch war mir vollkommen fremd und vor allem vollkommen gleichgültig. Ich war absolut emotionslos, und das war ein gutes Gefühl. Innerlich freute ich mich, endlich keine Angst, keine Panik und schon gar keine Schuldgefühle mehr zu haben. Schließlich klopfte es an die Tür, mein Vater sprang auf, wischte sich mit dem Ärmel die Tränen aus dem Gesicht und stellte sich kerzengerade und breitbeinig vor den Kamin, bevor er einzutreten bat. Der Bürgermeister steckte seinen kleinen Kopf durch die Tür, sein schütteres Haar klebte in einzelnen Strähnen auf der Stirn, die sorgenvoll in Runzeln lag. Ich konnte mir nicht helfen, aber dieser Mann erinnerte mich immer an ein Wiesel und mir graute vor ihm. Er schlängelte mit den obligaten Bücklingen seinen Körper in den Salon, dicht gefolgt vom Verwalter, der mir einen mitleidigen Blick zuwarf. Nach Beileidsbekundungen und Grußfloskeln zogen sich die drei Männer in das Arbeitszimmer zurück und schlossen die Tür hinter sich.

Ich ging in mein Zimmer, um mich frisch zu machen und neue Kleider anzulegen. Ich hatte keinen Plan und auch keine Energie, irgendetwas zu unternehmen. Ich fühlte mich wie in einer Luftblase, funktionierte mechanisch, flocht zum x-ten Mal meinen Zopf, um ihn im nächsten Moment wieder zu lösen und meine Haare durchzukämmen. Auch der Gedanke an Christos oder ein gemeinsames Leben kam mir plötzlich utopisch vor. Ich würde nie diese Liebe leben können und es war mir in diesem Augenblick gleichgültig. Ich sah in mein Spiegelbild und begann an meinem Geisteszustand zu zweifeln. Würde ich jetzt auch den Verstand verlieren, wie meine Geschwister und meine Mutter? Würde ich es wirklich zulassen, Christos zu verleugnen, ihn aus meinem Herzen zu streichen und unsere Liebe zu verraten? Würde ich meinen Vater gewinnen lassen? Sollte ich nicht auch dem Ganzen ein Ende setzen, mich einfach aus dem Leben schleichen? Ich schloss die Augen und sah verschiedene Bilder wie in einem Film vor mir ablaufen. Ich sah mich, wie ich an Philippes Grab laut schreiend schwor, dass ich mich nicht unterkriegen lassen würde, ich sah, wie ich erst einen Abend zuvor meinem Vater die Stirn geboten hatte, ich sah Christos, wie er zärtlich mein Gesicht in seine Hände nahm und mich das erste Mal küsste, ich sah mich selbst strahlend und glücklich in den wenigen Stunden, die ich mit Christos verbringen konnte, ich sah meine Schwester, die wimmernd auf dem Steinboden lag und von meinem Vater geschlagen wurde, und schließlich sah ich meine Mutter, die genug von dem Wahnsinn hatte und sich einfach erhängt hatte. Nein, so durfte ich nicht enden. Ich schlug die Augen auf, flocht meinen Zopf zu Ende, zog ein neues Kleid an und verstaute meine Reisetaschen und meinen Mantel griffbereit unter dem Bett. Ich war wieder zu mir gekommen. Ich würde nicht aufgeben, um keinen Preis. Heute Nacht würde ich für immer dieses Haus verlassen und zu Christos gehen. Und niemand würde mich davon abhalten können. Überzeugter und stärker denn je verließ ich mein Zimmer und ging in die Halle hinab. Es war bereits später Vormittag eines grau verhangenen Tages. Im Haus herrschte reges Treiben. Viele mir unbekannte Leute tummelten sich durch die Gänge und Zimmer. Der Leichenbestatter rauschte an mir vorbei, nicht ohne mir einen geheuchelten Beleidswunsch mit feuchten Händen auszudrücken, als eines der Zimmermädchen auf mich zukam und mir sagte, dass der gnädige Herr mich in die Bibliothek befahl. Als ich das Zimmer betrat, saßen mein Vater, der Bürgermeister und der Verwalter zusammen und bedachten mich mit konspirativen Blicken.

Ich wurde angewiesen Platz zu nehmen. Minutenlanges Schweigen folgte, bis sich mein Vater räusperte und zu sprechen begann. Ich hörte zu, doch ich verstand nicht alles, was er sagte. Ich nahm nur noch wahr, dass ich ab sofort beim Bürgermeister im Küstendorf wohnen sollte, bis sich mein Vater von seiner Trauer erholt hätte. Außerdem müsse er auf eine Auslandsreise und könne mich nicht allein im Haus zurücklassen. Dann sprach er noch davon, dass er zum Gedenken an meine Mutter eine Kirche bauen lassen würde und, und, und. Seine Worte fanden zwar den Weg zu meinem Ohr, allerdings nicht in mein Gehirn. In meinem Kopf hallte nur noch der Satz, dass ich im Küstendorf wohnen würde, und dies setzte ich gleich mit Christos. Ich war am Ziel. Ich müsste nicht nächtens fliehen, ich würde offiziell zu ihm gehen können. Mein Herz zerbarst vor Freude und am liebsten wäre ich aufgesprungen und hätte meine Reisetaschen geholt. Doch ein letzter Rest Verstand und Vernunft ließen mich ruhig sitzen bleiben und mich devot bei meinem Vater und dem Bürgermeister bedanken. Der Verwalter sagte kein Wort, aber seinem Gesichtsausdruck zufolge war ihm das kleine Wiesel ebenso unsympathisch wie mir und er blickte mich an, als würde ich den Gang zum Schafott antreten. Doch für mich war es die Erfüllung all meiner Wünsche. Mein Vater beendete schließlich das Gespräch und wies mich an, in einer Stunde abfahrbereit zu sein. Das Zimmermädchen war vor mir informiert worden, denn als ich mein Zimmer betrat, war sie bereits dabei, zwei große Schrankkoffer zu packen. Ich zog meine beiden versteckten Reisentaschen unter dem Bett hervor und leerte dessen Inhalt ebenfalls in die großen Gepäckstücke. Das Mädchen blickte mich fragend an, wusste jedoch, dass sie keine Antwort erhielt. Keine zwanzig Minuten später stand ich in der Halle und konnte es kaum noch erwarten, endlich dieses Haus und all die damit verbundenen Erinnerungen hinter mir zu lassen. Schließlich kam der Bürgermeister aus der Bibliothek und verfrachtete mich samt Gepäck in seinen Wagen. Meinen Vater sah ich nicht mehr, er verabschiedete sich nicht einmal, doch das war mir gänzlich egal, ich war sogar erleichtert. Während der Fahrt redete der Bürgermeister permanent auf mich ein, ich hörte jedoch nicht zu. In Gedanken lag ich bereits in Christos Armen, spürte seine Küsse und fühlte seine Haut auf meiner. Ein wenig musste ich noch Geduld haben, doch dann würde ich am Ziel sein.

Ich ließ die Begrüßungszeremonie und das Mittagessen schweigend über mich ergehen. Nach dem Essen durfte ich ein kleines, eher karges Zimmer im Erdgeschoss des Hauses, welches grundsätzlich ein Dienstbotenzimmer war, beziehen. Ich richtete mich schnell ein, versteckte sorgfältig die Briefe und Blumen von Christos und warf mir mit pochendem Herzen den Mantel über, um zur Kapelle zu gehen. Ich wagte nicht zu hoffen, Christos zu sehen, aber ich würde bei Pater Braun eine Nachricht hinterlassen und hätte vor allem Gelegenheit, ihm all die schrecklichen Erlebnisse der letzten Tage zu schildern und mich in seine gütigen Hände fallen zu lassen.

Die Nachricht meiner Anwesenheit im Dorf und die Umstände dafür dürften sich bereits wie ein Lauffeuer verbreitet haben, denn als ich zur Kapelle ging, wurde ich von allen Seiten angestarrt, die Leute gruppierten sich, es wurde getuschelt. Ich beschleunigte meine Schritte und konnte schließlich die Tür hinter mir schließen. Ich lehnte mich an das Portal und atmete erleichtert auf. Hier im Schutz der kleinen Kapelle kehrte endlich Frieden in mein Herz und meine Gedanken. Pater Braun war nirgends zu finden, ich war ganz allein. Ich ging in die kleine Kammer, legte mich auf die Bank und schloss für einen Moment die Augen. Erst jetzt merkte ich, wie erschöpft und angespannt ich war. Meine Nerven vibrierten und ich zitterte am ganzen Körper. Die Abgeschlossenheit und Ruhe in dieser Kapelle waren Balsam für meine Seele. Schließlich fiel ich in einen tiefen, traumlosen Schlaf. Es dauerte eine Weile, bis mich das zärtliche Streicheln sanfter Hände und vorsichtige Küsse weicher Lippen weckten. Ich schlug die Augen auf und sah Christos Gesicht direkt über meinem. Er kniete vor der Bank, auf der ich lag, und liebkoste mein Haar mit seinen langen Fingern. Ich stieß einen Schrei aus, umklammerte Christos mit meinen Armen und drückte ihn so fest, dass ich kaum noch atmen konnte. Tränen sprangen aus meinen Augen, als wir uns immer und immer wieder küssten, unsere Hände nicht genug vom anderen berühren konnten, uns fester und fester aneinanderschmiegten. Keine Worte hätten die unendliche Liebe, die wir füreinander empfanden, mehr ausdrücken können, als die Blicke, die wir uns schenkten. Wir mussten auch nicht sprechen, wir fühlten und spürten uns, als ob wir eins wären. Ja, als ob endlich zwei Teile zueinandergefunden hätten und nun ein Ganzes wären.

◆

Rosalind wiederholte den Satz noch zweimal und schien in Gedanken weit weg zu sein. Ein Leuchten umgab ihr Gesicht und ein glückliches Lächeln umspielte ihre Lippen. Verstohlen wischte ich mir eine Träne der Rührung aus den Augen.

Kapitel 32

„Und? Hat sich Mark mittlerweile gemeldet?"
„Nein."
Es war Sonntagmittag und ich hing mit Elise am Telefon.
„Unglaublich, aber irgendwann muss er ja heimkommen."
„So ist es. Ehrlich gesagt, weiß ich gar nicht, wie ich reagieren soll, wenn er da ist. Ich meine, soll ich ihn drauf ansprechen, soll ich gar nichts sagen … ich weiß es einfach nicht."
„Lass es doch auf dich zukommen. Warte doch erst mal ab, wie er sich verhält. Du wirst schon das Richtige tun. Und vergiss nicht, was ich dir gestern Abend gepredigt habe. Jetzt ist er an der Reihe, Farbe zu bekennen, und du sei endlich du selbst und zeig ihm, dass du nicht das dumme, kleine Heimchen am Herd bist, mit dem er einfach so rumspringen kann."
„Ja, ja, ist ja gut. Ach Elise, warum muss denn alles so kompliziert sein? Ich will doch einfach nur eine normale, harmonische Beziehung. Ist denn das zu viel verlangt? Ich will nicht streiten und die Harte spielen. Ich will …"
„Hallo, bist du noch dran?"
„Ja, warte mal, ich glaube, ich höre die Haustür. Ich ruf dich später nochmals an. Tschüss", flüsterte ich in den Hörer und legte auf.
Ich hatte recht. Mark stand im Eingang und hängte seinen Mantel auf. Ich blieb regungslos auf der Couch sitzen und beobachtete ihn.
Er drehte sich um und sah mich an.
„Hallo", sagte er etwas gequält.
„Hallo", erwiderte ich kühl.
Als er auf mich zuging, knirschten einige Bruchstücke des Telefons unter seinen Schuhen. Ungläubig betrachtete er die Überreste meines Wutausbruchs, die immer noch am ganzen Wohnzimmerboden verstreut lagen.
„Deswegen also konnte ich dich nicht erreichen."
„Falls du mich erreichen hättest wollen, hättest du mich auch erreicht. Schließlich habe ich ein Handy."

Mark setzte sich mir gegenüber auf den Fauteuil, stützte vorgebeugt seine Unterarme auf seine Knie und faltete die Hände.

„Können wir reden?", fragte er, ohne den Kopf zu heben.

„Sicher", erwiderte ich ruhig, obwohl ich innerlich zitterte.

„Es tut mir leid. Ich hätte nicht so reagieren sollen. Ich hätte mit dir diskutieren sollen und die lächerlichen Vorwürfe, die du mir gemacht hast, entkräften und dir alles erklären. Ich war einfach wütend."

„Du warst also wütend. Was meinst du eigentlich, was ich war?", loderte es in mir auf.

„Lass uns nicht streiten. Ich weiß ja, dass du verletzt warst, aber du hast dich da in etwas reingesteigert, was keinerlei Hand und Fuß hatte. Ich gebe ja zu, dass ich mit einer Frau in der Oper war, aber das war wirklich rein geschäftlich. Sie ist eine wichtige Kundin. Wir waren anschließend noch etwas essen und sie hatte zu viel getrunken, deswegen habe ich sie in ihr Hotel zurückgebracht. Im Lift konnte sie kaum noch stehen, hing wie ein nasses Handtuch auf mir und da dürfte dann irgendwie der Lippenstift ans Hemd gekommen sein. Ich war zu müde, um noch nach Hause zu fahren, und habe mir ebenfalls ein Zimmer in dem Hotel genommen."

„Oh, wie praktisch, du hattest ja schließlich deine Reisetasche mit frischer Kleidung dabei", unterbrach ich ihn sarkastisch. Mark ging nicht darauf ein.

„Also, wie du siehst, alles ganz harmlos und du machst gleich so ein Spektakel daraus", setzte er fort.

„Eine schöne Geschichte. Und die soll ich dir jetzt glauben?"

„Ja, das solltest du, denn so ist es gewesen."

„Und wie, bitte schön, erklärst du mir, dass du gar nicht auf Geschäftsreise warst, sondern in der Stadt? Und das nicht nur die eine Nacht, wie ich annehme!"

„Natürlich war ich weg. Aber es haben sich einige Termine verschoben und so kam ich früher zurück."

„Ach so, natürlich … und deine ‚Kundin' hatte wundersamerweise genau an diesem Abend noch nichts vor und war sofort bereit mit dir in die Oper zu gehen."

„Falls es dir entgangen sein sollte, ist sie ja nicht von hier, sondern kam mit mir von meiner Reise zurück. Es war immer schon geplant, dass sie kommt, um die Verträge zu unterschreiben, aber wie gesagt, es hatten sich einige Termine vorverschoben, die Anwälte waren mit dem Papierkram fertig, das heißt, einer Unterzeichnung stand nichts mehr im Weg. Darum sind wir auch schon eher zurückgekommen und ich musste ihr doch ein Abendprogramm bieten."

„Soweit ich weiß, ist die Inszenierung ziemlich ausverkauft, aber dem großen Mark gelingt es im Handumdrehen, an solche Plätze zu kommen, nicht wahr?!"

„Meine Sekretärin hat sich darum gekümmert."

„Schön für dich."

Kurzes Schweigen trat ein.

„Wie lange geht das schon?"

„Geht was schon?"

„Mark, ich bitte dich, hältst du mich wirklich für so blöd? Ich bin sehr wohl in der Lage, eins und eins zusammenzuzählen, obwohl ich dies bisher tunlichst vermieden habe. Deine vielen Geschäftsreisen, vor allem übers Wochenende, deine ablehnende Haltung, dein sexuelles Desinteresse, Lippenstiftspuren, all das sind doch Indizien für ein Verhältnis mit einer anderen Frau."

Mark schüttelte den Kopf.

„Was willst du eigentlich von mir hören? Soll ich etwas gestehen, das es nicht gibt?! Es gibt keine andere Frau und ich habe dich nicht betrogen. Punkt. Es war wirklich, und das möchte nochmals betonen, wirklich rein geschäftlich."

„Wenn das so ist, warum hast du mir das nicht gleich erklärt, warum bist du einfach fort und hast nichts von dir hören lassen? Wie soll ich dir glauben, wenn du mir permanent Lügen auftischst. Du erzählst mir von einer weiteren Geschäftsreise übers Wochenende, dabei sitzt du bei deiner Mutter."

„Woher weißt du das? Ach, klar, Cylia hat mich ja gesehen. Ich habe dich nicht belogen, die Reise hat sich kurzfristig verschoben. Das war auch gut so, denn ich war unheimlich böse auf dich und brauchte ein bisschen Abstand. Darum war ich bei meiner Mutter."

„Du warst also böse auf mich!", spuckte ich hervor, „ich würde gerne wissen, aus welchem Grund."

„Das sagte ich doch bereits, weil du mir so eine Szene gemacht hast. Ich habe es im Alltag schon schwer genug und brauche dann zu Hause nicht auch noch Probleme."

„Aber warum hast du mich belogen? Du hättest mir doch von vornherein sagen können, dass du in der Stadt bist und mit einer Kundin ein Abendprogramm machen musst. Wäre doch nicht das erste Mal gewesen."

„Hör bitte auf, wir drehen uns ja im Kreis. Ich habe dich nicht belogen, ich habe dir nur nicht alles erzählt. Es hat sich einfach nicht ergeben. Außerdem bist du in letzter Zeit sowieso immer so eifersüchtig, da ist es einfacher, wenn du nicht alles weißt. In den letzten Tagen ist mir bewusst geworden, dass ich dich ein bisschen vernachlässigt habe und nur noch für meine Arbeit gelebt habe, aber ich verspreche dir, dass sich das bessern wird."

Mark erhob sich, setzte sich zu mir und umarmte mich.

„Komm, Kleines, lass uns wieder gut sein. Vergessen wir doch diese leidige Geschichte. Es ist wirklich nichts passiert, das kannst du mir ruhig glauben. Ist doch alles halb so schlimm, also mach kein Drama daraus."

„Aber …", versuchte ich zu protestieren. Ich wollte ihm sagen, dass ich diese Angelegenheit nicht so einfach vergessen und unter den Teppich kehren konnte und wollte, dass ich wirklich verletzt und verunsichert war, dass es doch nicht sein konnte, drei Tage zu verschwinden, dann heimzukommen und so zu tun, als ob nichts geschehen wäre. Ich konnte diese an den Haaren herbeigezogene Geschichte einfach nicht glauben. Was hatte er sonst noch für Geheimnisse, wenn er meinte, ich bräuchte nicht immer alles genau zu wissen. Seine absolute Ignoranz meinen Gefühlen gegenüber ließ mich erschaudern.

„Nichts aber, Liebes. Ich liebe dich doch, und damit das so bleibt, sei jetzt ein braves Mädchen und hör auf zu schmollen und zu diskutieren. Das ist nämlich nicht sehr sexy und wie gesagt, ich verspreche dir, mich dir wieder mit Haut und Haaren zu widmen. Und damit werde ich jetzt gleich anfangen."

Er drückte mir einen feuchten Kuss auf die Lippen und schob seine Hand unter meine Bluse. Ich wollte jetzt nicht befummelt werden, ich wollte reden, aber Mark ließ mir keine Chance. Er griff nach meiner Hand und führte sie bestimmend an seine Erektion in seiner bereits geöffneten Hose. Gleichzeitig züngelte er sich den Weg über den Hals bis zu meinen Brustwarzen, an denen er sich festsog.

Stöhnend streifte er meinen Slip ab, zog mich an den Beinen in eine für ihn bessere Position, wuchtete sich auf mich und drang tief in mich ein. Ich biss die Zähne zusammen, schluckte meine Traurigkeit runter und spielte mit. Nach mehreren heftigen Stößen sackte Mark keuchend über mir zusammen und blieb eine Minute ermattet auf mir liegen. Ich starrte die Decke an und fühlte mich miserabel. Mit einem gekünstelten Lächeln schob ich Mark von mir, klaubte die einzelnen Kleidungsstücke zusammen und stapfte ins Bad. Ich stieg in die Dusche und ließ das heiße Wasser minutenlang auf mich herabprasseln. Ich wollte gerade den Hahn zudrehen, als Mark zu mir in die Kabine kam.

Mit einem verschmitzten Lächeln und einer erneuten Erektion umfasste er mich von hinten.

„So, Kleines, da unten war die Pflicht, jetzt kommt die Kür."

Ich verweigerte mich wieder nicht, im Gegenteil. Meine Traurigkeit und mein Misstrauen schlugen in Hoffnung und Erleichterung um. Eine Stimme in meinem Kopf befahl mir, diesen Moment zu genießen. Ich klammerte mich an die Hoffnung, dass nun alles wieder gut sei, war dankbar, dass Mark wieder sexuelles Interesse an mir hatte. Schließlich wollte ich doch mit Mark zusammen sein und nicht unsere Zeit mit Streit oder Diskussionen vergeuden.

Die Alarmglocken, die in meinem Kopf schrillten, ignorierte ich. Ebenso den fahlen Geschmack des Ekels und der Verachtung, den ich für mich selbst empfand.

Kapitel 33

Rosalind tätschelte mir die Hand, als sie sah, dass ich mir eine Träne wegwischte.

„Aber nicht doch, Sie müssen nicht weinen. Soll ich weitererzählen?"

„Oh, ja, entschuldigen Sie, ich wollte Sie nicht unterbrechen."

◆

Bei der Beerdigung meiner Mutter sah ich meinen Vater wieder. Er hatte zu seiner alten Form zurückgefunden. Kalt, unnahbar, streng. Einzig seine ergrauten Haare zeugten noch von den Ereignissen der letzten Wochen. Er sprach kaum ein Wort mit mir und war sichtlich froh, als er mich wieder in die Obhut des Bürgermeisters übergeben konnte. Ich war über mich selbst überrascht, wie emotionslos ich der Bestattung und der Begegnung mit meinem Vater entgegnete. Wie es schien, hatte ich mit der Vergangenheit abgeschlossen. Mein Lebensinhalt hieß nun Christos. Der Umstand, dass ich beim Bürgermeister wohnen konnte und noch dazu das Zimmer im Erdgeschoss hatte, welches mir jederzeit die Möglichkeit bot, mich durch das Fenster davonzustehlen, kam mir wie ein Geschenk des Himmels vor. Entgegen meinen Erwartungen konnte ich tun und lassen, was ich wollte. Ich wurde weder kontrolliert noch gemaßregelt. Einzig zu den Mahlzeiten musste ich anwesend sein. Erst später erfuhr ich, dass der Bürgermeister viel Geld für meine Aufsicht bekam und trotz der Zugeständnisse an meinen Vater keinerlei Interesse daran hatte, mich zu kontrollieren. Für ihn zählte nur sein wachsendes Konto. Was mir nur recht war. Ich war so glücklich wie noch nie. Christos ging wie gewohnt seiner Arbeit nach, spätestens am Nachmittag trafen wir uns in der Kapelle und verloren uns für ein paar Stunden in unserer Welt. Dennoch, je mehr Zeit verstrich, je mehr Freiheiten ich hatte, desto stärker prägte sich mein Wunsch aus, für immer mit Christos vereint zu sein. Unsere Nachmittage in der kargen Kammer der Kapelle, das nächtliche heimliche Davonstehlen, um mit Christos eng umschlungen in seinem Boot zu liegen, genügten mir schon lange nicht mehr. Ich wollte endlich und mit Haut und Haaren bei Christos sein, weit weg von meinem Vater, weit weg von diesem Ort, weit weg von all den schlimmen Erinnerungen. Aber wie sollte das gehen? Mein Vater würde niemals einer Heirat zustimmen, eher würde er mich umbringen. Ein nicht Standesgemäßer, schlimmer noch, ein einfacher Fischer von zweifelhafter Herkunft war gänzlich undenkbar.

Es musste heimlich geschehen, wie alles andere in meinem bisherigen Leben, aber das war mir egal. Im Gegenteil, in Gedanken spuckte ich auf den Segen meines Vaters. Dennoch musste ich Geduld haben – wir mussten Geduld haben, nur so konnten wir unser Ziel erreichen. Christos arbeitete doppelt so viel und sparte, wo er nur konnte. Ich für meinen Teil konnte gar nichts beitragen, außer inbrünstig zu Gott zu beten, dass er uns in unserer Liebe und unserem Vorhaben beschützen und unterstützen solle.

Mittlerweile hatte der Bau der Kirche begonnen. Der Bürgermeister hatte es geschafft, meinen Vater davon zu überzeugen, eine prunkvolle Kirche in dem Küstenort zu bauen. Dies würde das Dorf aufwerten, Arbeitsplätze schaffen und vor allem würde der große Enno von Barrister sich selbst damit ein Denkmal setzen. Prestige und das Hervorheben, etwas Besseres zu sein, waren seit jeher das Wichtigste in den Augen meines Vaters. Und die Tatsache, dass er diesen Bau im Gedenken an meine Mutter errichten ließ, erschien ihm als besonders nobel.

Seit Beginn der Bauarbeiten sah ich meinen Vater wieder öfters, worauf ich gern verzichtet hätte. Alle vierzehn Tage kam er sonntags zum Mittagessen, inspizierte den Fortschritt der Arbeiten und besprach sich mit dem Bürgermeister, der mittlerweile sein absolutes Vertrauen hatte. Diese Sonntage waren schwarze Tage für mich, aber mit der Zeit wurden auch diese zur Routine. So vergingen Wochen und Monate und ich war zu blind zu erkennen, welch Schicksal mich erwarten würde.

Es kam, wie es kommen musste. Der Bau war fertig und wurde feierlich mit einer Messe, die von einem neuen Pfarrer abgehalten wurde, eingeweiht. Das ganze Dorf war gekommen, im feinsten Sonntagsgewand, begierig diesem Spektakel beizuwohnen. Ich fand es mehr als pietätlos, eine Kircheneinweihung und die Seelenmesse für meine Mutter zu einem Volksfest verkommen zu lassen. Auf dem großen Platz vor der Kirche waren Festbänke aufgebaut, eine Blaskapelle spielte, Bierschenken sprudelten und mehrere Spanferkel wurden gegrillt, worauf sich die Dorfbewohner wie hungrige Wölfe stürzten. Ich bekam keinen Bissen hinunter und wohnte dem ganzen Geschehen wie in Trance bei. Ich hatte alles so satt und wollte einfach nur weg. Aber mein Vater und der Bürgermeister wichen mir nicht von der Seite. Als das Fest sich dem Ende zuneigte, platzte die Bombe, die mich in ein riesiges Loch schleudern sollte. Mein Vater eröffnete mir, dass es an der Zeit wäre, nach Hause zurückzukehren. Ich verstand nicht gleich und nickte nur erleichtert darüber, ihn endlich los zu sein. Er jedoch meinte natürlich mich damit. Er wies mich an, in das Haus des Bürgermeisters zu gehen und meine Sachen zu packen. Eines unserer Dienstmädchen wäre schon dort, um mir zu helfen. Panik ergriff mich, und als mir bewusst wurde, was dies zu bedeuten hatte, schnürte es mir beinahe die Luft ab. Ich flehte ihn an, die Abreise auf den nächsten Tag zu verschieben, aber alles Bitten und Betteln war vergebens. Wie viel Zeit würde mir bleiben, wie sollte ich überhaupt in der Lage sein, Christos oder zumindest Pater Braun zu benachrichtigen? Meine Gedanken überschlugen sich, mein Puls raste und ich hatte das Gefühl, den Verstand zu verlieren. Tränen der Wut und Verzweiflung rannen ungehindert über mein Gesicht, als ich trotz intensivster Überlegungen keine Möglichkeit sah, dem Ganzen zu entrinnen. Das Dienstmädchen hatte ganze Arbeit geleistet, meine Koffer standen bereits fertig gepackt vor dem Eingang. Einzig ein paar persönliche Sachen, wie meinen Schmuck und natürlich die Briefe und Rosen von Christos, die ich unter einer losen Diele aufbewahrte, musste ich noch holen.

Ehe ich mich versah, saß ich im Wagen und war auf dem Weg in die Hölle.

Kapitel 34

Mark saß in seine Morgenzeitung vertieft in der Küche und nippte an seinem Kaffee. Ich stand in meinen Lieblingsbademantel gehüllt an die Theke gelehnt und hielt meine Tasse fest umklammert, als ob diese mir Trost spenden könnte. Ich beobachtete Mark, wie er so dasaß, las und mit sich und der Welt zufrieden schien. Der für mich schlimmste „Eklat" in unserer Beziehung oder, wie Mark es ausdrückte, „die leidige Geschichte" lag bereits ein paar Monate zurück. Obwohl sich Mark seither äußerst umgänglich, freundlich, gut gelaunt und beinahe schon zärtlich verhielt, brannte in mir noch immer der schale Geschmack der Verletztheit. Ich konnte es einfach nicht vergessen und ehrlich gesagt auch nicht wirklich verzeihen. Auch seine Worte „Ist doch alles halb so schlimm, also mach kein Drama daraus" spukten immer wieder in meinem Kopf. Trotzdem wurde das Thema nicht mehr angesprochen, ja sogar sorgsam vermieden. Mark bemühte sich wirklich. Er kam früher vom Büro heim und wir machten uns gemütliche Abende; an den Wochenenden unternahmen wir Ausflüge oder luden Freunde ein. Seine Freunde natürlich. Ich hatte es schon lange aufgegeben, meine Freunde einladen zu wollen. Einerseits hätte dies nur einen sauren Gesichtsausdruck sowie ein gequältes „Muss das denn sein" bei Mark hervorgerufen und andererseits verzichteten meine Freunde seit der letzten Einladung, die auch schon eine Ewigkeit zurücklag, freiwillig auf einen „gemütlichen Abend" bei Mark und mir. Dafür hatte Mark schon gesorgt.

◆

Es war gerade ein paar Monate her, dass ich bei Mark eingezogen war. Endlich wollte ich meinen Freunden mein neues Zuhause zeigen und einen unserer berühmten gemütlichen Abende, wie ich sie in meiner Singlewohnung immer veranstaltet hatte, organisieren.

„Mark, ich würde gern Elise, Paul, Christine und André nächsten Freitag einladen, damit du meine Freunde auch besser kennenlernst und außerdem habe ich sie schon recht lange nicht mehr gesehen. Weißt du, wir hatten, als ich noch Single war, so ein Ritual. Jeden Monat fand die Party bei einem anderen von uns statt. Wir hatten immer jede Menge Spaß und unsere Fressorgien sind schon fast legendär. Na, was meinst du dazu?"

„Wenn du meinst, dass das notwendig ist. Du weißt ja, dass ich nicht so gern Fremde in meinem Haus habe."

„Aber das sind doch keine Fremden, Mark, das sind meine Freunde. Bitte, bitte, tu mir doch den Gefallen, du wirst sehen, das wird ein super lustiger Abend."

„Also schön, wenn du meinst, dann lade sie halt ein."

Ich umarmte und küsste Mark stürmisch und war in Gedanken schon bei der Planung.

Freudig nahmen meine Freunde die Einladung an und standen dann auch pünktlich um 19 Uhr vor der Türe. Mark war noch im Bad, was mich verwunderte, denn er legte doch sonst immer so viel Wert auf Pünktlichkeit und Etikette. Obwohl ich ihn bereits zweimal gerufen hatte, ließ er sich nicht blicken. Egal, ich ließ meine Freunde herein, drückte ihnen einen Cocktail in die Hand, wir prosteten uns zu und sie gratulierten mir zu meinem neuen Heim. Ich machte eine kleine Hausbesichtigung, ließ jedoch das Obergeschoss, wo Mark sich immer noch aufhielt, aus.

„Schön hast du es hier", sagte Elise, als sie es sich auf der Couch bequem machte. „Vielleicht nicht ganz so, wie ich es von dir gewöhnt bin, aber schön."

„Ich weiß, Mark ist kein Liebhaber von ‚Staubfängern' und bevorzugt eher einen etwas kühleren Einrichtungsstil. Aber gib mir noch ein bisschen Zeit, beim nächsten Mal wird hier schon mein Einfluss zu sehen sein", erwiderte ich verschwörerisch zwinkernd.

„Darauf wette ich", zwinkerte Elise zurück.

Wir lehnten alle entspannt auf der Couch, kippten bereits den zweiten Cocktail und übertrafen uns im Erzählen von alten Geschichten. Ich fühlte mich rundum wohl, gelöst und glücklich. Jetzt erst merkte ich, wie sehr ich meine Freunde vermisst hatte.

Es fiel mir nicht einmal auf, dass Mark noch immer nicht erschienen war, und ich brach in schallendes Gelächter aus, als Paul eine seiner Anekdoten zum Besten gab.

„Na, ihr habt es aber schon recht lustig. Habe ich etwas versäumt?" Mark stand in Anzug, Krawatte und genagelten Schuhen am Treppenabsatz und lächelte gekünstelt. Das Klappern seiner Schuhe, als er langsam und stocksteif die Treppe herabschritt und den Blick musternd von einem zum anderen streifen ließ, verfehlte nicht seine Wirkung. Unserem ausgelassenen Gelächter folgte eine betretene Stille, nur unterbrochen von nervösem Räuspern. Elise, die es gewohnt war, mehr auf dem Sofa zu liegen, als zu sitzen, richtete sich blitzschnell auf und es schien, als habe sie einen Stock verschluckt. Der ungläubige Blick, den sie mir zuwarf, sagte mehr als tausend Worte. Was hatte sich Mark nur dabei gedacht, in so einer Aufmachung Freunde zu empfangen? Dies war ja schließlich kein Staatsbankett.

„Mark, da bist du ja endlich. Wir haben dich schon vermisst", sagte ich übertrieben fröhlich und versuchte den frostigen Auftritt von Mark zu überspielen.

„Elise, André und Christine kennst du ja schon und das ist Paul, ein uralter Freund von mir, der erst vor Kurzem aus dem Ausland zurückgekehrt ist."

„Sehr erfreut", kam die förmliche Begrüßung von Mark, während er sich wie ein Pascha in den großen Lehnsessel niederließ.

„Willst du auch einen Cocktail oder lieber ein Bier?", fragte ich Mark, um das Eis zu brechen.

„Ein Glas Weißwein wäre schön."

„Bring ich dir. Braucht sonst noch jemand Nachschub?"

„Oh ja, bitte und mit mehr Stoff drin, wenn es geht", rief Elise mir nach, als ich in der Küche verschwand, und saugte dabei geräuschvoll den letzten Rest mit dem Strohhalm aus ihrem Glas.

„Wird gemacht. Bin gleich zurück."

Wieder trat betretenes Schweigen ein. Mark sagte kein Wort. Elise fasste sich ein Herz und begann mit höflichem Small Talk.

„Ein sehr schönes Haus habt ihr. Wir haben schon einen Teil davon gesehen und sind ganz neugierig auf den Rest."

„So, ihr hattet also schon eine Besichtigung. Wäre das nicht mein Part als Hausherr gewesen, euch das Haus zu zeigen? Nun gut, dann kommt mit, ich führe euch noch im Obergeschoss herum."

Alle erhoben sich gehorsam und folgten Mark wie die Lemminge die Treppe hinauf. Ich nutzte die Zeit, um das Essen vorzubereiten und den Rotwein zu dekantieren. Nach ein paar Minuten kehrten Mark und meine Freunde zurück und setzen sich in der gleichen Formation wie vorhin auf die Couch. Mark übernahm wieder den Vorsitz im großen Sessel und trommelte demonstrativ mit den Fingern auf die Lehne.

Ich brachte Mark seinen Weißwein und Elise wie gewünscht einen extra starken Cocktail.

„Der Wein ist viel zu warm. Bring mir doch einen neuen, Schatz, sei so gut."

„Natürlich, entschuldige."

Ich kehrte mit einem neuen Glas frischen kalten Weißweins zurück, setzte mich beschwingt zu Mark auf die Lehne und lächelte in die Runde. Christine und André wetzten unruhig auf ihren Plätzen, Elise versenkte ihr Gesicht im Cocktailglas, Paul lächelte mich mitleidig an.

„Also, Paul, erzähl mal. Was hast du so gemacht? Wo und wie lange warst du im Ausland?", begann Mark eine ganze Liste von Fragen und nahm Paul regelrecht ins Kreuzverhör, wobei er bei jeder Antwort nur überheblich nickte. Mir wurde das zu viel und ich flüchtete in die Küche.

„Elise, kannst du mir kurz helfen?", rief ich ins Wohnzimmer.

„Sehr gerne, ich komme", kam die Antwort und schon stand sie neben mir.

„Läuft wohl nicht so, wie du dir das vorgestellt hast."

„Ach Elise, es ist mir so peinlich, Mark benimmt sich schrecklich. Ich hab mich so auf den Abend gefreut, aber jetzt wünschte ich, er wäre schon vorbei."

Elise nahm mich kurz in den Arm und drückte mich.

„Ach, komm, das wird schon. Das sind die üblichen Anfangsschwierigkeiten und Beschnupperungsrituale. Und außerdem, hast du wirklich gedacht, dass dies ein Abend wie in alten Zeiten wird?"

„Ich hatte es zumindest gehofft."

„Komm nimm einen großen Schluck, der Cocktail hat es wirklich in sich. Das macht dich vielleicht ein bisschen lockerer. Wir werden das Kind schon schaukeln. Wir kennen dich, wir sind gute Freunde und ich darf behaupten sogar deine beste und älteste Freundin zu sein. Also alles halb so schlimm."

„Du bist lieb. Danke. Ich wollte doch einfach nur, dass ihr auch Mark mögt und umgekehrt, aber wenn er sich weiterhin so ‚charmant' gibt, sehe ich da schwarz."

„Ach komm, vergiss es. Jetzt machen wir einfach das Beste daraus."

Das Essen war mittlerweile fertig und Elise half mir beim Anrichten. Mark führte die Gäste zu Tisch und wies jedem einen Platz zu. Also doch Staatsbankett. Während des Essens entspannte sich die Situation, selbst Mark taute etwas auf und beteiligte sich rege an der Konversation. Es wurde gelacht und gescherzt und schön langsam entspannte ich mich und fand mittlerweile, dass es doch noch ein schöner Abend war. Aber nicht sehr lange. Mark ließ es sich nicht nehmen, am Ende des Hauptganges einen Vortrag über den Wein, den wir tranken, zu halten. Es war ja toll, dass er so gut über Weine Bescheid wusste, aber musste er wirklich einen zwanzigminütigen Monolog führen und mit erhobenem Zeigefinger die schlimmsten Fehler, die man in der Handhabung mit Wein überhaupt machen kann, anprangern? Die Stimmung kippte. Elise und Christine halfen mir den Tisch abzuräumen und das Dessert anzurichten. Elise holte die Cognacflasche aus der Bar, nahm einen tiefen Schluck und streckte sie mir wortlos entgegen. Ich tat es ihr gleich und reichte die Flasche Christine weiter.

„Und jetzt brauch ich noch eine Zigarette", intonierte Elise.

„Super Idee", stimmte Christine ein und beide holten ihre Zigarettenschachteln aus ihren Handtaschen. Meine lagen griffbereit in einer Küchenschublade.

„Es gibt da nur ein kleines Problem. Mark versucht gerade sich einzuschränken und möchte nicht mehr, dass ich im Haus rauche. Wir müssen also auf die Terrasse."

„Wie gemütlich! Seit wann das denn? Du hast mir doch erzählt, Mark kümmert es überhaupt nicht, wenn im Haus geraucht wird und soweit ich mich erinnere, hat er nie und nirgends darauf Rücksicht genommen, ob geraucht werden darf oder nicht, sondern sich immer direkt eine angezündet."

„Ja, ich weiß, aber er meinte plötzlich, es stinkt im Haus und es wäre eigentlich besser, wenn ich überhaupt damit aufhöre."

„Aha und er darf munter weiterrauchen – eingeschränkt natürlich!", erwiderte Elise süffisant.

„Also dann gehen wir eben nach draußen."

Schweigend standen wir im Dunkeln und vertilgten zwei Zigaretten hintereinander.

Das Dessert wurde schnell und wortkarg verzehrt. Auf Kaffee und Schnaps wurde verzichtet und Christine und André mahnten zum Aufbruch. Paul und Elise waren sichtlich erleichtert und packten schnell ihre Sachen zusammen. Mark verabschiedete sich genauso gestelzt, wie er sie begrüßt hatte, und ging noch, bevor alle bei der Haustüre draußen waren, bereits die Treppe hoch.

Ich umarmte einen nach dem anderen und entschuldigte mich flüsternd, dass der Abend nicht so berauschend war.

„Aber wieso denn? Das müssen wir unbedingt wiederholen!", warf mir Christine entgegen und verzog das Gesicht. Diese Freundschaft würde nicht mehr lange bestehen.

Ich stand im Türrahmen und blickte ihnen nach, als sie ins Auto stiegen. Ich konnte gerade noch hören, wie Paul kopfschüttelnd „So ein arrogantes Arschloch" sagte und im Fond des Wagens verschwand. Leise schloss ich die Tür, sperrte ab und lehnte mich mit geschlossenen Augen dagegen. Nein, Mark war kein Arschloch, nur halt sehr speziell in seiner Art. Und wenn meine Freunde mit dem nicht klarkamen, dann eben nicht. Ich versetzte mir einen Ruck und räumte noch den Tisch ab, putzte die Küche und ging schweren Schrittes nach oben. Irgendwie war ich traurig, aber als ich mich an den bereits schlafenden Mark kuschelte, war meine Welt wieder in Ordnung. Ich hatte ihn. Mehr brauchte ich nicht.

◆

Komisch, dass ich jetzt gerade an diesen Abend dachte, den ich längst vergessen oder verdrängt hatte. Eigentlich hätte mir doch damals schon klar sein sollen, dass diese Beziehung zum Scheitern verurteilt ist. Aber sieht man nicht alles durch eine rosa Brille, wenn man verliebt ist? Ich schenkte mir Kaffee nach. Normalerweise hätte ich Mark gefragt, ob er noch wolle, aber ich lehnte nur weiterhin stumm an der Theke und sah Mark beim Lesen zu. Er schien nicht einmal zu merken, dass ich im Raum war.

Die letzten Monate waren wirklich harmonisch und fast wie in unserer Anfangszeit abgelaufen, dennoch fühlte ich mich nicht glücklich. Eine gewisse Wehmut lag über mir und ein leiser, angstvoller Gedanke, wie lange diese Harmonie andauern würde, nagte in meinem Hinterkopf. Wie lange konnte Mark sich verstellen und den liebevollen, aufmerksamen Partner spielen? Wann würde die erste Zurechtweisung, die nächste Verletzung folgen? Ich hatte Rolf und Elise von der wundersamen Wandlung Marks erzählt. Sie freuten sich zwar für mich, trauten dem Frieden jedoch nicht. Wie auch, wenn ich nicht einmal selbst davon überzeugt war, sondern nur zweifelnd hoffte. Immer wieder bestärkte ich mich, es einfach zu genießen und dankbar zu sein, dass sich alles zum Guten gewandt hatte. Dennoch, das flaue Gefühl im Magen blieb … und mein Gefühl hatte mich schlussendlich nicht getäuscht; denn seit ein paar Tagen war Mark nicht mehr ganz so aufmerksam und lieb, nicht mehr ganz so zuvorkommend und zärtlich. Es kehrte schön langsam wieder der alte Mark zurück, ohne dass er es vielleicht bemerkte.

Nachdem ich die Tasse halb ausgetrunken hatte, traf es mich wie eine schallende Ohrfeige. Mit einer unsagbaren Grausamkeit war es mir plötzlich bewusst. Es war vorbei. Diese Beziehung war vorbei. Wollte ich wirklich permanent ängstlich darauf erpicht sein, seinen Wünschen und Vorstellungen zu entsprechen, wieder gute Miene zum bösen Spiel machen und mein letztes verbliebenes ICH – wobei ich zugeben musste, dass davon nicht mehr viel übrig war – gänzlich aufgeben? Nein! Es fiel mir wie Schuppen von den Augen. Genau das wollte ich nicht mehr. Es ist vorbei. Vorbei. Vorbei.

Kapitel 35

Rosalind seufzte schwer. Die Tasse in ihrer schmalen Hand zitterte und Tee schwappte auf das Unterteller.

„… und Hölle ist nur das Vorwort!", setzte sie nach langem Schweigen fort.

Als ich das riesengroße Haus betrat, in dem nur noch mein Vater, ich und die Bediensteten wohnten, kam es mir vor wie ein eisiges Grab, das mich verschlingen wollte. Eingemauert bei lebendigem Leibe in eine kalte, feuchte Gruft. Ich verschwand sofort in mein Zimmer, warf mich aufs Bett und ließ meinen Tränen und meiner Verzweiflung freien Lauf. Als meine Tränen versiegten und ich mich etwas beruhigt hatte, setzte ich mich auf und sah mich in meinem Zimmer um. Die Wände schienen mich zu erdrücken, das kalte Mauerwerk verströmte den Hauch des Todes. Ich fröstelte und verkroch mich unter der Decke. Es musste doch einen Weg aus dieser Hölle geben. Sterben oder fliehen waren meine einzigen Optionen. Eine Flucht und nicht nur aus diesem Haus musste sorgfältig geplant sein. Was konnte ich also tun? Zuerst müsste ich einen Komplizen, einen Verbündeten finden, dann würde ich Geld benötigen und schließlich müsste sich eine günstige Gelegenheit bieten, um endgültig dieses Leben hinter mir zu lassen.

Während meiner Abwesenheit hatte mein Vater fast das ganze Personal ausgetauscht, außer dem Verwalter, der mir zwar wohlgesinnt, jedoch meinem Vater treu ergeben war. Es war niemand mehr da, den ich kannte beziehungsweise mit dem ich mich hätte verbünden können. Die neue Haushälterin war ein schmalbrüstiger Drachen, mit streng zurückgekämmten grau melierten Haaren, die abschätzig alle meine Schritte beobachtete. Das Zimmermädchen ein verstörtes, schusseliges junges Ding, unfähig nur einen geraden Satz herauszubringen, ohne sich dabei zu verhaspeln. Der Butler kam sowieso nicht infrage. Die Einzige, die übrig blieb, war die Köchin. So oft es ging, schlich ich mich in die Küche und stellte mich auf guten Fuß mit ihr. Sie war eine kleine, untersetzte, recht feiste Person mit roten Pausbacken und einem sonnigen Gemüt. Sie lachte sehr viel und ihre Stimme war glockenhell. Sie schwatzte auch gern und viel und war über meine Besuche sichtlich erfreut. So erfuhr ich auch immer den neuesten Klatsch und Tratsch, den sie mir mit verschwörerischer Miene mitteilte, während sie in einem großen Topf einen Teig knetete oder ein Huhn rupfte oder Gemüse schnitt.

Mittlerweile waren fast 4 Wochen seit meiner Rückkehr vergangen. Es kam mir wie eine halbe Ewigkeit vor und jetzt musste ich endlich einen Schritt vorwärts machen. Ich hatte von meiner Mutter etlichen Schmuck geerbt. Schmuck, den ich niemals tragen würde, aber ich könnte ihn zu Geld machen. Ich erfand irgendeine abstruse Geschichte, mit der ich die Köchin dazu anstiftete, meinen Schmuck zu versetzen und mir so rasch wie möglich den Erlös zu übergeben. Heimlich natürlich. Sie war viel zu einfältig, um irgendetwas dahinter zu vermuten beziehungsweise meine Geschichte in Zweifel zu ziehen. Im Gegenteil, ihr machte es sogar Spaß, Hauptfigur in einer Geheimaktion zu sein. Als dieser Teil erledigt war, kam die nächste Aufgabe für sie. Sie musste ein Paket in das Fischerdorf zu Pfarrer Braun bringen. In dem Paket befanden sich sämtliche Briefe von Christos, die getrockneten Rosenköpfe sowie die Briefe, die ich in den letzten Wochen geschrieben hatte. Weiters lag mein Schlachtplan bei. In zwei Wochen würde mein Vater auf eine kurze Geschäftsreise gehen und dann wäre der Zeitpunkt meiner Flucht gekommen. Bis dahin würde Christos genug Zeit bleiben, alle Vorbereitungen zu treffen. Kurz bevor mein Vater verreiste, machte uns Pater Braun seine Aufwartung. Ich war außer mir vor Freude, musste dies aber hinter einer devoten Fassade verstecken. Beim Abendessen ließ sich Pater Braun nichts anmerken, ja, er ignorierte mich fast und unterhielt sich vorwiegend mit meinem Vater. Geschickt führte Pater Braun die Konversation in eine Richtung, die es ihm erlaubte, sämtliche Informationen über die Geschäftsreise meines Vaters zu erfahren, die für mich am wichtigsten waren. Erst als er ging, steckte er mir einen kleinen Zettel zu, den ich eilends in meinem Mieder verschwinden ließ. Mit pochendem Herzen zog ich mich in mein Zimmer zurück und entfaltete das Papier. Christos war bereit. Alle Vorbereitungen für unsere Flucht waren getroffen. Er werde ab dem Tag der Abreise meines Vaters in der Kapelle auf mich warten.

Der Tag, besser gesagt die Nacht meiner Flucht war gekommen. Mein Vater verließ gegen Mittag das Haus. Ich zählte die Stunden, die sich endlos dahinzogen. Nach dem Abendessen ging ich in mein Zimmer, kramte mein seit Langem gepacktes, verstecktes Bündel hervor und wartete, bis die letzten Lichter im Haus erloschen und die Hausdame ihre allabendliche Runde beendet hatte. Mein Herz zerbarst vor Ungeduld und Angst, entdeckt zu werden. Auf Zehenspitzen schlich ich mich die Treppe runter und schlüpfte durch die Küchentüre in die Freiheit. Auf der Straße zu gehen, wäre zu gefährlich gewesen, darum wählte ich den Weg durch die Wälder. Das einzige Licht, das mir den Weg leuchtete, war der Mond, der sich durch das Blätterdach brach. Ich rannte, so schnell mich meine Füße tragen konnten, Äste schlugen mir ins Gesicht, Wurzeln und Gestrüpp brachten mich immer wieder zu Fall. Doch ich spürte weder die Dornen, die meine Beine zerkratzten, noch die feuchte Kälte, die sich durch meinen dünnen Mantel bis auf die Haut fraß. Kurz vor Morgengrauen erreichte ich mein Ziel. Keuchend öffnete ich mit letzter Kraft die schwere Türe zur Kapelle. Christos und Pater Braun stürzten mir entgegen und ich ließ mich erschöpft in Christos' Arme sinken. Zärtlich strich er mir eine Haarsträhne aus dem verschwitzten Gesicht und bedeckte meine Lippen mit federleichten Küssen.

Ich wusste, dass wir keine Zeit hatten, aber ich wollte nur für einen kurzen Moment verweilen, um wieder zu Kräften zu kommen. Pater Braun ging unruhig auf und ab und mahnte uns immer wieder zum Aufbruch. Nur ein paar Minuten trennten uns noch von der Freiheit und einem neuen Leben, doch meine Beine versagten mir den Dienst und so blieben wir länger als geplant zusammengekauert auf dem Boden sitzen. Plötzlich hörten wir Geräusche. Pater Braun eilte zum Portal, um nachzusehen, als dieses krachend aufgerissen wurde und mein Vater mit hassverzerrtem Gesicht hereinstürmte. Pater Braun wollte ihm entgegentreten, doch er hatte sich mit dem Teufel persönlich eingelassen, der ihn mit einem kräftigen Schlag zur Seite stieß. Pater Braun taumelte und fiel rücklings gegen eine der schweren Holzbänke. Dumpf schlug er mit dem Kopf auf die Kante und blieb reglos liegen. In Sekundenbruchteilen war mein Vater über mir und peitschte mich mit seiner Reitgerte. Er traf mich ins Gesicht, meine Wange platzte auf und Blut spritzte aus der klaffenden Wunde.

◆

Rosalind hielt kurz inne und strich sich geistesabwesend über die große Narbe auf ihrer linken Wange. Sie nippte an ihrem Tee, seufzte und schwieg noch für einen Moment. Mir lief es kalt den Rücken hinunter, als sie wieder zu sprechen begann.

◆

Er stürzte sich wie ein Berserker auf Christos, packte ihn an der Gurgel und drosch mit der bloßen Faust auf ihn ein. Nur mit Mühe konnte er sich dem Klammergriff entwinden und die Fausthiebe abwehren, ein Auge bereits bis zur Unkenntlichkeit zugeschwollen. Mit letzter Kraft warf ich mich dazwischen, sprang meinem Vater auf den Rücken und riss seinen Kopf an den Haaren zurück, was ihn für einen kurzen Augenblick aus dem Gleichgewicht brachte. Ich schrie Christos an zu fliehen. „Lauf Christos, lauf! Lauf um unserer Liebe willen! Lauf!" Er schüttelte ungläubig den Kopf, aber als plötzlich Vaters Schergen in die Kapelle drangen, sah er ein, dass die einzige Chance, ihn und mich zu retten, seine Flucht war. Er rappelte sich auf, lief in die Kammer und sprang aus dem Fenster. Ich spürte noch den Windhauch, der dem Schlag meines Vaters vorauseilte, mich mit voller Härte an der Schläfe traf und mich wie einen nassen Sack zusammensinken ließ. Dunkelheit umgab mich, die Stimmen der Männer waren dumpf und klangen wie in Watte verpackt. Nachdem sie mich gefesselt hatten, wurde ich wie ein Stück Vieh auf die Ladefläche eines Wagens geworfen. Bevor ich endgültig das Bewusstsein verlor, hörte ich entfernt das Knattern eines Fischerbootes. Ich lächelte und ließ mich dankbar in die Arme der Ohnmacht sinken.

◆

Es dämmerte bereits. Rosalind schwieg und wiegte sich sacht in ihrem Sessel hin und her. Mein Magen knurrte, denn mein Lunchpaket lag immer noch unangetastet im Flur. Ich schielte auf meine Uhr. Es war Zeit, zu gehen, sonst würde Millie nur wieder bohrende Fragen stellen. Außerdem hatte ich versprochen, zum Abendessen zurück zu sein. Ich räusperte mich, da Rosalind meine Anwesenheit vollkommen vergessen zu haben schien.

„Ich muss jetzt gehen", sagte ich leise. Rosalind nickte, machte jedoch keine Anstalten, sich zu erheben, um mich zu verabschieden, wie sie es sonst immer tat.

„Gute Nacht, Rosalind, bis morgen." Ich schlich mich aus der Tür und rannte den Weg zur Pension so schnell zurück, dass mir beinahe die Lunge explodiert wäre.

Kapitel 36

Sanft rieselten kleine Schneeflocken vom Himmel und deckten die Buchsbäume auf der Terrasse mit einer federleichten weißen Decke zu. Der Garten schien wie von Zauberhand in einen Dornröschenschlaf versunken zu sein, nichts regte sich, alles war ruhig und verharrte in Gleichmäßigkeit. Die Uhr an der Mikrowelle zeigte vier Uhr nachmittags. Ich saß auf der obersten der drei Stufen von der Küche ins Wohnzimmer, ein Glas Wein in der Hand und beobachtete durch die großen Glasscheiben das Spiel der tanzenden Schneekristalle. Drei Stunden noch. Drei Stunden noch, dann würde Mark zu Hause sein. Die letzten drei Stunden meiner Beziehung mit Mark, denn heute würde ich es ihm sagen. Heute würde ich endgültig aufgeben – unsere Beziehung aufgeben, unser gemeinsames Leben aufgeben. Meinetwillen. Es ging nicht mehr anders. Ich musste diesen Entscheid fällen, wenn ich nicht untergehen wollte. Trotzdem war mein Herz so schwer, dass es meine Brust kaum zu tragen vermochte. Nervöse Ameisen durchfrästen seit Stunden meine Eingeweide, die stetig wechselnden Zahlen auf der Uhr verursachten mir schweißnasse Hände. Es begann zu dunkeln. Ich erhob mich von meinem Lieblingssitzplatz, ging zum Kühlschrank, schenkte mir nach und begab mich an die gleiche Position zurück. Ich beneidete den Garten um seine beschützende, weiße Umarmung, die stetig dicker und weicher zu werden schien. Ich wollte auch umarmt, gehalten und liebkost werden und spürte gleichzeitig umso heftiger, dass dies der einsamste Moment meines Lebens war. Die Gewissheit, dass es nun endgültig sein würde, dass unsere Liebe gestorben war. Oder sollte ich besser sagen, wir unsere Liebe zu Tode gelebt haben? Ich schüttelte den Kopf, als ob ich mich in diesem Moment selbst davon überzeugen könnte, wie paradox die ganze Situation war. Ich sollte doch überglücklich sein: endlich kein Runterschlucken, kein Wegschauen, kein Totschweigen, kein Verstellen, kein Verzeihen und kein Vergessen mehr. Keine Unsicherheiten, keine Demütigungen, Zurückweisungen und gebrochene Versprechen mehr.

Ich nippte an meinem Glas, schielte zur Uhr der Mikrowelle. Eine Stunde noch.

Kapitel 37

Millie hatte nicht übertrieben, als sie in der Früh versprochen hatte, etwas Besonderes zum Abschied zu kochen. Als ich kurz vor 20 Uhr in der Pension eintraf, roch es bereits verführerisch nach einem Braten. Da ich den ganzen Tag nichts gegessen hatte, ließ mir der wunderbare Geruch das Wasser im Mund zusammenlaufen. Ich steckte meinen Kopf durch die halb geöffnete Küchentür und sah Millie in einem der großen Töpfe rühren.

„Guten Abend, Millie, da bin ich. Das riecht ja herrlich, Sie haben sicher wieder gezaubert."

„Ach Kindchen, da sind Sie ja, Sie kommen genau richtig. In einer halben Stunde ist alles fertig."

„Gut, ich mache mich nur schnell frisch und bin gleich wieder da!", rief ich ihr zu und sprang die Treppe zu meinem Zimmer hoch.

Nach einer kurzen erfrischenden Dusche betrat ich keine zehn Minuten später das Esszimmer. Einer der Tische war bereits festlich gedeckt, Kerzen brannten und neben dem großen Sessel am Kamin, der in dieser Woche zu meinem Stammplatz geworden war, stand ein kleines Tischchen mit einer Platte voller Häppchen und zwei mehr als zur Hälfte gefüllte Gläser des obligaten Whiskys. Ich ließ mich in die weiche Polsterung fallen, griff nach einem Glas und nahm einen kleinen Schluck. Wohlig rann die braune Flüssigkeit meine Kehle hinab und wärmte meinen Magen. Ich starrte ins knisternde Kaminfeuer und musste an Rosalind denken, die jetzt allein und aufgewühlt in ihrem kleinen Häuschen saß.

„Oh, meine Liebe, ich habe Sie gar nicht runterkommen gehört", keuchte Millie mit hochrotem Kopf und ließ sich schwer in den anderen Sessel fallen. Sie schnappte sich ihr Glas und prostete mir zu.

„Auf Ihr Wohl und eine gute Heimreise wünsche ich Ihnen."

„Vielen Dank und vor allem vielen Dank für die Fürsorge und das gute Essen, das Sie mir immer bereitet haben."

„Ach, keine Ursache. Es war mir ein Vergnügen. Allzu oft komme ich ja leider nicht dazu, jemanden zu bewirten. Dabei koche ich doch für mein Leben gern."

„Ja, das schmeckt man", lobte ich sie, während ich mir bereits das vierte oder fünfte mit Schinken, Käse und Kräutern gefüllte, noch lauwarme Blätterteighörnchen in den Mund schob. Millie strahlte über das ganze Gesicht und deutete auf mehrere kleine Häppchen, welche wie gefüllte Miniaturkörbchen aussahen.

„Diese müssen Sie unbedingt kosten. Es ist eine Spezialität von meiner Urgroßmutter. Sehr aufwendig zu machen, aber Sie werden sehen, die Mühe lohnt sich. Ich verrate Ihnen allerdings nicht das Rezept. Das ist ein Geheimnis", merkte sie mit einem verschmitzten Lächeln an, als sie mit der Hand eine zum Zugreifen auffordernde Handbewegung machte. Ich nahm eines der Körbchen und biss einen Teil davon ab. Millie hatte nicht übertrieben, eine Geschmacksexplosion machte sich auf meinem Gaumen breit.

„Mmmh, Millie, das ist ja köstlich!", schmatzte ich und verschlang den Rest des Körbchens.

„Ich wusste, es würde Ihnen schmecken. So, jetzt muss ich aber schnell in die Küche, nicht, dass mir zu guter Letzt noch der Braten anbrennt", flötete sie und verschwand durch die Tür.

Ich genehmigte mir noch eines der fantastischen Körbchen und spülte mit einem kräftigen Schluck Whisky nach. Ich lehnte meinen Kopf zurück und schaute gedankenverloren in die Flammen des Kaminfeuers, die munter über die nachgelegten Scheite züngelten. Das leise Prasseln und Knacken des Holzes schläferten mich ein und mir fielen gerade die Augen zu, als Millie mit einem großen Tablett mit dampfenden Speisen schnaufend eintrat.

„So, meine Liebe, zu Tisch bitte."

Artig kam ich ihrer Aufforderung nach, setzte mich und breitete die Stoffserviette auf meinen Schoß. Millie häufte meinen Teller mit allerlei Köstlichkeiten voll, die ich mit Heißhunger verschlang.

Als wir mit dem Essen fertig waren und auch die Rotweinflasche zur Neige ging, wechselten wir wieder in die bequemen Sessel vor dem Kaminfeuer.

„Millie, ich werde zeitig morgen früh abreisen. Wenn Sie mir jetzt schon die Rechnung geben könnten, müssten Sie nicht extra wegen mir aufstehen."

Millie legte nur den Kopf zur Seite und sah mich verwundert an.

„Aber Kindchen, war ich jemals später auf als Sie? Ich mache Ihnen selbstverständlich noch ein anständiges Frühstück, damit Sie gestärkt Ihren Heimweg antreten können."

„Das ist nett, vielen Dank. Ich werde jetzt zu Bett gehen, damit ich morgen fit und munter bin … und nochmals ein großes Kompliment für Ihr wunderbares Essen. Gute Nacht, Millie."

„Gute Nacht, meine Liebe, und schlafen Sie gut."

„Das werde ich."

Kapitel 38

Es war bereits dunkel und ich saß immer noch auf der Stufe, mein leeres Weinglas in der Hand. Im Lichtkegel der Straßenlaterne konnte ich die Schneeflocken tanzen sehen. So leicht, so fein, so unbeschwert. Wie gerne wäre ich genauso unbeschwert, so leicht, aber das bläuliche Licht der Anzeige der Mikrowellenuhr holte mich auf den Boden der Tatsachen zurück. In ein paar Minuten würde Mark hier sein und ich unsere Beziehung beenden. Ein zentnerschwerer Stein lag in meinem Magen und meine Nerven vibrierten wie die Saiten eines Instruments. Als ich das Knirschen von Reifen in der verschneiten Auffahrt hörte, wusste ich, es war so weit.

„Hallo, niemand zu Hause?", rief Mark, als er das Licht im Eingang anknipste und seine schneebedeckten Schuhe auf der Matte abstampfte.

„Küche", rief ich zurück.

„Warum sitzt du denn im Finstern um Himmels willen?"

Ich antwortete nicht. Stattdessen schaltete ich das Unterlicht der Küchenschränke an und füllte mein Glas auf und goss auch Mark eines ein. Plötzlich war ich vollkommen ruhig. Nervosität und Angst fielen von mir ab wie Blätter im Herbst von den Bäumen. Die noch vor Kurzem verspürte Unsicherheit schlug in Bestimmtheit und Stärke um.

Mark schälte sich aus seinem Mantel und hängte ihn in den Wandschrank.

„Was gibt's zu essen?"

„Nichts", erwiderte ich leise, als Mark auf mich zutrat und mich stirnrunzelnd ansah.

„Was heißt ‚nichts'?! Ich habe einen Bärenhunger."

„Mark, wir müssen reden."

„Nicht schon wieder! Können wir das nicht nach dem Essen tun?"

Ich drückte Mark schweigend das Rotweinglas in die Hand und setzte mich an den Tisch. Mit einem theatralischen Seufzer ließ sich Mark mir gegenüber auf einen Sessel fallen.

„Also, was gibt es so Wichtiges?", fragte Mark genervt.

„Ich ziehe morgen aus. Meine Sachen sind so weit wie möglich gepackt."

„Was, was, was! Was soll das heißen, du ziehst morgen aus? Wohin? Wieso?"

„Mark, ich trenne mich von dir."

„Du kannst dich nicht von mir trennen! Niemand trennt sich so einfach von mir. Das kommt überhaupt nicht infrage", erwiderte Mark erregt, fast schon erbost.

„Mark, ich frage dich hier nicht um Erlaubnis, ich treffe meine Entscheidungen selbst. Jetzt wieder zumindest. Bis ich eine Wohnung gefunden habe, ziehe ich zu Elise."

Mark sprang auf, sein Gesicht hochrot, die Kieferknochen so angespannt, dass seine schmale Nase noch schmäler und länger erschien, seine Halsschlagader trat bedrohlich hervor, seine Schläfen pochten.

„Aha, wusste ich es doch, dass dieser Blödsinn nicht auf deinem Mist gewachsen ist. Jetzt ist alles klar. Elise, diese Schlampe, hat dir das eingeredet. Ich konnte sie noch nie leiden. Was mischt sich diese Frau überhaupt in unsere Beziehung ein? Sie ist ja nicht einmal fähig einen Mann länger als die Dauer eines One-Night-Stands zu halten und will dir gute Ratschläge geben. Das wäre ja noch schöner. Ich erlaube nicht, dass du gehst! Diese Flausen kannst du dir gleich mal aus dem Kopf schlagen", eiferte sich Mark und seine Stimme überschlug sich, während er wie ein gehetztes Tier im Wohnzimmer auf und ab schritt.

Ich ließ einige Sekunden verstreichen, bis ich mit leiser, ruhiger Stimme antwortete: „Mark, bitte, beruhige dich und lass uns vernünftig miteinander reden. Komm, setz dich wieder hin. Bitte."

Mark ließ sich nach kurzem Zögern auf den Sessel sinken, legte seine Hände auf den Tisch und faltete sie so fest, dass seine Knöchel weiß hervortraten.

„Meine Entscheidung, unsere Beziehung zu beenden, hat in keinerlei Weise etwas mit Elise zu tun, sondern nur mit uns. Ich bin unglücklich und ich will das nicht mehr sein. Ich sehe keinen anderen Weg. Glaube mir, ich habe mir monatelang den Kopf zerbrochen, mit mir gehadert, die guten und die schlechten Argumente abgewogen, immer wieder gehofft, aber schlussendlich musste ich mir eingestehen, dass ..."

„Aber es ist doch alles gut zwischen uns. Wir haben es doch schön miteinander. Ich meine, ich hab mich doch auch in letzter Zeit sehr bemüht, bin auf dich eingegangen, habe meine Wünsche zurückgestellt. Zählt denn das gar nichts?" Mark war plötzlich aschfahl, seine Stimme zitterte und seine Augen glänzten feucht.

„Ja, du hast dich bemüht, Mark, eine Zeit lang, aber das reicht mir nicht. Du müsstest dich permanent verstellen, aber wie lange kannst du das durchhalten? Drei Monate, sechs Monate, ein Jahr? Das bist nicht DU und irgendwann wirst du wieder ganz in dein altes Schema zurückfallen. Mark, ich kenne dich zu gut, um nicht zu wissen, dass du, sobald du dein Ziel erreicht hast, nämlich wenn ich wieder rundum in deinem Sinn funktioniere, wieder ganz der Alte sein wirst. Dass du dich bemühst, ist ja nett, aber es kommt nicht aus deinem tiefsten Inneren, nicht von dir aus, sondern es ist ein kurzfristiges Schauspiel, dessen du bald überdrüssig sein wirst. Ich will nicht, dass du dich verstellen musst, damit heile Weltstimmung herrscht. Das macht auf die Dauer dich nicht glücklich und mich schon gar nicht, da ich mich dann fast verpflichtet fühle, dieses Spiel mitzumachen, und das wäre eine Lüge. Und vor allem will ich nicht mehr zu allem Ja und Amen sagen, nur um des lieben Friedens willen. Ich kann das nicht mehr. Ich will das einfach nicht mehr."

Mark sah mich ungläubig an und Verzweiflung breitete sich über seine Gesichtszüge.

„Ich liebe dich doch", flüsterte Mark mit gebrochener Stimme und brach in Tränen aus.

Mitleidig, aber vollkommen ungerührt, was mich selbst überraschte, saß ich vor Mark und sah ihm beim Weinen zu.

„Aber ich liebe dich nicht mehr, nicht mehr genug, um diese Beziehung fortzuführen. Es tut mir leid", gab ich ruhig zurück.

Mark rutschte vor mir auf die Knie und nahm meine Hände in die seinen. Mit verschleiertem Blick sah er zu mir auf.

„Bitte, gib uns noch eine Chance! Du kannst doch nicht einfach alles so hinwerfen. Was ist denn so schlimm an unserer Beziehung? Ich versteh das nicht. Das kann doch alles nicht sein! Gib mir eine Chance, du wirst sehen, es wird alles gut."

„Mark, ich habe unserer Beziehung und dir schon Hunderte Chancen gegeben. Und dass du nicht weißt, was in unserer Beziehung nicht stimmte, zeigt mir einmal mehr, dass ich mit meiner Entscheidung recht habe. Wie viele Tränen habe ich vergossen, die du belächelt hast, wie viele Gespräche wollte ich führen, die du abgewürgt hast, wie oft habe ich mich nach Nähe und Zärtlichkeit gesehnt, die du verweigert hast!

Du hast dich damals in mich verliebt, so wie ich war, und dann hast du begonnen, mich zu ändern, zu formen, zu drehen und zu modellieren. Ich habe mich dabei selbst verloren und je mehr ich mich deinen Anforderungen angepasst habe, desto mehr hast du dich von mir entfernt. Ich war zeitweise so einsam, dass es mir körperlich wehtat, und das obwohl du bei mir warst. Ich habe mir lange Zeit vieles schöngeredet, obwohl mir mein Bauchgefühl etwas anderes gesagt hat. Ich habe deinetwegen meine Freunde und Familie vernachlässigt. Du hast mein Selbstbewusstsein, mein Selbstwertgefühl so dezimiert, dass ich anfing eifersüchtig zu werden. Eifersüchtig auf alles, was dich betraf, weil ich dich nicht erreichen konnte. Hinter jeder Geschäftsreise, jedem Geschäftsessen, jedem Meeting einen potenziellen Betrug zu vermuten, war nicht gerade ein schönes Gefühl. Ich war ja schon richtig paranoid und wurde immer unsicherer, was durch deine vielen Zurückweisungen nur noch verstärkt wurde. Ich hasse dieses Gefühl der Unsicherheit und ich will nicht jeden Tag um deine Liebe oder Anerkennung kämpfen oder betteln müssen. Darum glaube ich, dass es für uns beide besser ist, einen Schlussstrich zu ziehen. Es war ein langer und steiniger Weg, bis ich das erkannt habe beziehungsweise mir eingestanden habe. Ich kann uns keine Chance geben, denn es gibt keine mehr."

„Bitte, verlass mich nicht. Was soll ich denn ohne dich tun, da kann ich mich ja gleich aufhängen. Ein Leben ohne dich ist kein Leben. Ich liebe dich, ich liebe dich", schluchzte Mark und vergrub sein Gesicht in meinem Schoß.

Ich streichelte eine Zeit lang seine seidigen Haare und sagte gar nichts.

Mark hörte zu weinen auf und erhob sich. Er setzte sich mir gegenüber und sah unendlich traurig aus. Mein Herz sank, doch ich durfte jetzt nicht weich werden. Schweigend saß er da und nickte nur. Er wischte sich mit dem Handrücken seine tränenfeuchte Wange ab, atmete tief durch und blickte mich an.

„Ich verstehe. Dein Schweigen zeigt mir, dass es dein voller Ernst ist und ich anscheinend nichts mehr an deiner Entscheidung ändern kann. Ich werde für heute das Feld räumen. Wenn du morgen gehst, dann ersuche ich dich, den Schlüssel in den Briefkasten zu werfen. Ich wäre dir auch dankbar, wenn du deine restlichen Sachen so schnell wie möglich holen könntest. Am besten wäre es, Rolf holt sie für dich ab, dann müssen wir uns nicht sehen. Ich möchte keinen Kontakt mehr zu dir, ich habe dich soeben aus meinem Leben gestrichen. Ich gehe jetzt."

Marks Sachlichkeit und die Kälte in seinen Worten trafen mich wie ein Schlag in die Magengrube, aber ich hatte es ja so gewollt. Ich hätte mir denken können, dass es für ihn kein „Wir können ja Freunde bleiben" geben wird. Für Mark gab es nur schwarz oder weiß, Grautöne kannte er nicht. Eine Träne bahnte sich den Weg über meine Wange und blieb für einen Moment an meinem Kinn hängen, bis sie auf meinen Schoß tropfte.

Mark war bereits an der Tür, als er sich noch einmal zu mir umdrehte.

„Ich wünsche dir, dass du mit deinem neuen Leben glücklich wirst, aber glaube mir, du wirst es noch schwer bereuen, mich verlassen zu haben!", sagte er gefühllos und ließ die Tür hinter sich ins Schloss fallen.

Kapitel 39

Obwohl ich todmüde war, konnte ich nicht schlafen. Das Abendessen lag mir schwer im Magen und ich wälzte mich unruhig hin und her. Um die Zeit totzuschlagen, begann ich meine Reisetasche zu packen, mir die Kleidung für den nächsten Tag auf den Sessel zu legen und mein verbliebenes Geld zu zählen. Ein weiterer Versuch, zu schlafen, schlug fehl und so beschloss ich ins Kaminzimmer zu gehen und zu lesen. Ich schlich mich auf Zehenspitzen die knarrende Treppe hinab und schlüpfte lautlos durch die Türe. Das Feuer im Kamin war ausgegangen, nur die dunkelrotgraue Glut schimmerte noch schwach. Ich knipste die Leselampe an und schlug das Buch auf, das ich zwar von zu Hause mitgenommen, aber bis jetzt nicht ausgepackt hatte. Ich begann etwas lustlos zu lesen und war bald in der Hälfte des Buches angekommen. Meine Augen schmerzten und ich schloss sie für einen kurzen Moment.

„Oh mein Gott, Kindchen, haben Sie mich erschreckt!", rief Millie, die in ihren Morgenmantel gehüllt mit aufgerissenen Augen und an die Brust gedrückten Händen vor mir stand. Millie hatte mich mit ihrem Schrei aus einem tiefen Schlaf gerissen. Ich schreckte hoch und zuckte dermaßen zusammen, dass mein Buch in hohem Bogen durch den Raum flog.

„Entschuldigen Sie, Millie. Ich konnte nicht schlafen und wollte ein bisschen lesen. Da bin ich wohl eingenickt."

Ich streckte mich und merkte jetzt erst, dass mein Rücken ganz steif war und mein Nacken schmerzte. Millie machte Feuer im Kamin, während ich mein Buch aufhob und in mein Zimmer ging. Ich duschte lang und ausgiebig und ließ das heiße Wasser auf meine verspannten Schultern prasseln. Mein letzter Tag in diesem eigenartigen Dorf war angebrochen. Ich würde Rosalinds Geschichte zu Ende hören und dann endlich nach Hause fahren. Bei diesem Gedanken lächelte ich unbewusst und eine freudige Nervosität schlich sich in meinen Magen.

Nach einem wie immer üppigen Frühstück beglich ich meine Rechnung, warf meine Reisetasche ins Auto und ging noch einmal zu Millie, die in der Haustür stand und darauf wartete, mich zu verabschieden. Sie umarmte mich heftig und drückte mich fest an ihren großen Busen. Im Rückspiegel sah ich, dass sie immer noch wie angewurzelt im Eingang stand und mir mit ausschweifenden Bewegungen nachwinkte.

Ich parkte mein Auto am Ende des Dorfes in einer kleinen Seitengasse. Der Himmel war bleigrau verhangen und die Luft roch nach Regen. Auf dem Weg zu Rosalinds Haus begegnete ich keiner Menschenseele. Das Dorf schien wie ausgestorben zu sein, die meisten Fensterläden waren fest verschlossen und die Gassen gespenstisch verwaist. Die kühle Feuchtigkeit kroch durch meine Jacke bis auf die Haut und der Wind trieb mir Tränen in die Augen. Fröstelnd wickelte ich mich fester in meinen Schal und beschleunigte meine Schritte. Endlich stand ich vor Rosalinds Haus und klopfte an die Tür, die kurz darauf geöffnet wurde. Rosalind bat mich mit einer Handbewegung herein und ich setzte mich auf meinen gewohnten Platz.

Rosalind begann ohne Umschweife zu erzählen.

◆

Ich lag immer noch auf der Ladefläche, als ich das Bewusstsein wieder erlangte. In meinem Kopf pochte ein dumpfer Schmerz, die Wunde auf meiner Wange brannte wie Feuer, die Fesseln schnürten sich tief in meine auf den Rücken gebundenen Handgelenke. Ich leckte mir über die Lippen, die salzig nach getrocknetem Blut schmeckten. Trotzdem lächelte ich, da ich mir sicher war, dass es Christos gelungen war, zu fliehen, und er mich schon bald retten würde. Dass dies ein schmerzlicher Irrtum war, sollte ich nur allzu bald erfahren.

Als wir beim Haus ankamen, zerrte mich mein Vater an den Füßen von der Ladefläche, sodass ich hart mit der Schulter am Boden aufschlug. Er schleifte mich in die Halle und ließ mich mitten im Raum liegen. Er beschimpfte mich als Hure, schrie, dass ich die Brut Satans sei, und trat mir dabei mit seinen schweren Stiefeln immer wieder in den Bauch und den Unterleib. Ich krümmte mich zusammen und versuchte seine Schläge mit den Beinen abzuwehren. Doch dies ließ ihn nur härter zutreten. Das Letzte, was ich wahrnahm, bevor eine erneute Ohnmacht mich gnädig einhüllte, war das selbstgefällige, boshafte Lächeln auf den Lippen der Hausdame. Sie war es, die mich bespitzelt und verraten hatte.

Als ich aufwachte, lag ich auf einer Holzpritsche in einer Dachkammer. Ich öffnete die Augen und sah mich um. Im schwachen Licht, das durch eine kleine Luke fiel, konnte ich einen Waschtisch mit einem halb blinden Spiegel erkennen. Neben der Waschschüssel stand ein mit Wasser gefüllter Krug, auf dem Tischchen lagen meine Haarbürste und ein kleines Handtuch. Über dem Sessel, der neben der Tür stand, hing frische Kleidung. Ich richtete mich stöhnend auf und zog mich mühsam aus. Mein Körper war übersät von blauen Flecken, jeder Knochen und jeder Muskel schmerzte. Meine Handgelenke waren rot und von den Fesseln wund gescheuert. Ich schleppte mich zum Waschtisch und schaute in den Spiegel. Erschrocken von meinem Antlitz prallte ich zurück. Mein Gesicht war immer noch blutverschmiert und meine linke Wange bis über mein linkes Auge verschwollen und dunkelblau. Die klaffende Wunde war mit dunklem Blut verkrustet, das auch in meinem Haar klebte. Mit aller Kraft goss ich Wasser aus dem Krug in das kleine Becken und begann mich vorsichtig zu säubern. So gut es ging, wusch ich auch mein Haar und bürstete es zu einem strengen Rossschwanz. Ich schlüpfte in die neuen Kleider und ließ mich erschöpft auf die Pritsche zurücksinken. Ich weiß nicht, wie viele Stunden vergingen, ich hatte jegliches Zeitgefühl verloren. Als ich so im Dunkeln lag, spulten sich die Szenen in der Kapelle immer wieder vor meinem geistigen Auge ab. Ich sah Pater Braun stürzen, meinen Vater, wie er auf uns zustürmte, und schließlich, wie Christos floh. Die Gedanken an Christos waren die einzigen, die mich meine Schmerzen vergessen ließen und mich davon abhielten, wahnsinnig zu werden. Er war in Sicherheit, das war das Wichtigste. Er würde kommen, um mich zu holen. Alles würde gut werden.

Irgendwann hörte ich, wie ein schwerer Schlüsselbund in das Schloss gesteckt wurde und die Türe aufging. Die Hausdame erschien im Türrahmen und blickte mich mit kalten Augen an. Sie deutete mir an ihr zu folgen. Ich gehorchte und hinkte hinter ihr her. Sie führte mich ins Esszimmer, wo mein Vater an der langen Tafel saß und Wein trank. Ich wurde angewiesen, mich am anderen Ende des Tisches niederzulassen und zu schweigen. Die Speisen wurden aufgetragen. Während mein Vater ein dreigängiges Menü verspeiste, saß ich vor einer Scheibe trockenen Brotes und einem Glas mit Wasser. Mehr gebührte einer Sünderin anscheinend nicht. Vaters Speisen rochen köstlich und verursachten bei mir einen regen Speichelfluss. Mein Magen krampfte sich zusammen und ich lechzte nach einem Stück Fleisch. Vater bemerkte meine hungrigen Blicke, aber anstatt mir einen Bissen abzugeben, pfiff er nach seinen Hunden und warf zwei Keulen seines Truthahns auf den Boden. Belustigt beobachtete er, wie ich den Hunden beim Verschlingen der Leckerbissen zusah und immer tiefer in meinem Sessel versank. Mit dem Dessert verhielt es sich nicht viel anders. Die große Schüssel mit Pudding war noch halb voll, als er sie mir entgegenstreckte und mich mit einer einladenden Bewegung dazu aufforderte, sie mir zu holen. Vorsichtig erhob ich mich und ging auf meinen Vater zu. Kurz bevor ich die Hände nach der Schüssel ausstreckte, kippte er sie um und leerte den Inhalt auf den Fußboden, dort wo zuerst seine Hunde gefressen hatten. Blitzschnell fasste er nach meinen Armen, drehte sie mir auf den Rücken und zwang mich auf die Knie. Er drückte mein Gesicht in den Pudding und sagte leise: „Friss, du Hündin!" Nach ein paar Minuten ließ er von mir ab, lachte schallend und verließ den Raum. Ich hatte gerade eine neue Form seines morbiden Humors kennengelernt. Die nächsten Tage verliefen nach demselben Schema. Zwischen den Mahlzeiten wurde ich in die Dachkammer gesperrt, wo ich stundenlang auf der Pritsche lag und von Christos träumte.

Eines Nachmittags schrak ich aus einem unruhigen Dämmerschlaf hoch. Irgendetwas war passiert, ich fühlte es, wusste aber nicht, wie ich den hässlichen Albtraum und mein flaues Gefühl im Magen deuten sollte. Unruhig ging ich auf und ab, ich konnte mich einfach nicht beruhigen, meine Nerven waren zum Zerreißen angespannt und ich glaubte beinahe den Verstand zu verlieren. Ich wusste nicht, wie viele Tage ich nun schon in dieser Kammer verbrachte, der permanente Nahrungsentzug machte mich müde, schwach und teilweise litt ich an Halluzinationen. Ich wusste, es war etwas Schlimmes passiert und mein Gefühl sollte mich nicht trügen. Es war noch hell, also viel zu früh für das Abendessen, als die Hausdame die Tür aufsperrte und mir mit strengem Blick und eiskalter Stimme befahl in die Bibliothek zu gehen. Mit pochendem Herzen schlich ich die Treppen hinunter und trat in den großen Raum, wo mein Vater an seinem Schreibtisch saß, ein Glas Cognac vor sich sowie mehrere Gewehre und Pistolen, die er gerade reinigte und lud. Ich wusste nicht so recht, was ich tun sollte, und so stand ich regungslos vor ihm. Vorerst beachtete er mich nicht, sondern polierte akribisch eine Waffe und strich über den Lauf, als wäre dieser seine Geliebte. Nach einer Weile hob er den Blick und lächelte diabolisch.

Seine Worte hallen mir heute noch in den Ohren. Mit einem triumphierenden Grinsen erzählte er mir, dass es an der Zeit wäre, mir mitzuteilen, dass mein „Liebhaber" tot sei, wobei er das Wort „Liebhaber" fast herausspie. Er habe eine hohe Prämie demjenigen versprochen, der Christos jagen und zur Strecke bringen würde. Die Männer im Dorf rotteten sich zusammen und verfolgten ihn in ihren Booten. Es dauerte nicht lange, da hatten sie ihn eingeholt und umzingelt. Sie brachten sein Boot zum Kentern und machten sich einen Spaß daraus, Christos so lange schwimmen zu lassen und dabei immer wieder mit den Paddeln auf ihn einzuschlagen, bis ihn die Kraft verließ und die See sein feuchtes Grab wurde. In diesem Augenblick zersprang nicht nur mein Herz, in meinem Kopf klickte es, und wie wenn man einen Schalter umlegt, wurde ich zu purem Hass. Ich weiß nicht, woher ich die Kraft und die Schnelligkeit nahm, aber ich stürzte mich wie eine Furie auf meinen Vater, der mitsamt dem schweren Sessel nach hinten kippte, die Waffe immer noch in Händen haltend, und der für kurze Zeit wie ein Maikäfer, unfähig sich zu rühren, auf dem Rücken lag. Ich entwendete ihm das Gewehr, hielt es an seine Brust, blickte kalt in seine ungläubig weit aufgerissenen Augen und drückte ab. Sein Brustkorb explodierte. Er röchelte und aus seinem Mund bildete sich ein kleines Rinnsal von Blut, das sich seinen Weg über das Kinn meines Vaters bahnte. Der zweite Schuss traf ihn in den Bauch, sodass seine Eingeweide herausquollen und sich der Boden unter ihm rot färbte. Ein dritter Schuss löste sich und zerfetzte ihm den Schädel. Zitternd, schwer atmend und blutbespritzt stand ich über ihm, als die Türe aufgerissen wurde und die Hausdame und das Zimmermädchen hereinstürmten. Auch sie sollten keine Minute mehr leben. Ich griff nach einer anderen Waffe auf dem Schreibtisch und feuerte in blinder Wut. Die beiden Körper sackten lautlos in sich zusammen. Stille trat ein.

Als mich der Verwalter fand, saß ich mitten im Raum, die Haare hingen mir wild ins Gesicht, mein Gewand klebte an meinem schweißnassen Körper. Ich hielt ein Gewehr in der Hand, wiegte es wie ein Kind und summte, apathisch vor mich hinstarrend, ein Lied. Er kam auf mich zu und schüttelte mich, doch ich sagte kein Wort, ich sah nicht einmal auf. Ich schwieg.

„Bis Sie gekommen sind", endete Rosalind, drückte meine Hand und schloss für einen Moment die Augen.

Die Kunde vom Tod von Pater Braun und vom Mord an Christos, an dem das halbe Dorf beteiligt gewesen war, sowie das Blutbad, das ich angerichtet hatte, verbreitete sich wie ein Lauffeuer im ganzen Landkreis. Was in den nächsten Wochen genau geschah, kann ich nicht sagen, denn ich wurde unter Hausarrest gestellt und vollkommen von der Außenwelt abgeschirmt. Es war mir egal, ich wäre am liebsten gestorben, innerlich war ich ja schon tot. Ich hatte alles verloren, was ich jemals geliebt hatte. Was also konnte mir das Leben noch bieten? Ich wartete, bis mich die Polizei verhaften und abführen würde, dann wäre wenigstens alles vorbei. Aber die Polizei kam nicht. Stattdessen tauchte eines Tages der Bürgermeister im Herrenhaus auf und wies mich an meine Sachen zu packen. Zuvor musste ich noch jede Menge Papiere unterschreiben, deren Inhalt mich nicht interessierte und auf die ich auch keinen Blick verschwendete. Wortlos unterschrieb ich alles, was mir vorgelegt wurde. Als wir die Treppe runterkamen, sah ich, dass das Haus leer geräumt war. Kein einziges Möbelstück, Bild oder Teppich war mehr vorhanden. Selbst die schweren Brokatvorhänge waren verschwunden und die Fensterläden fest verschlossen. Unsere Schritte hallten durch das ganze Haus, das mir jetzt gespenstisch vorkam, nur bewohnt von den toten Seelen, die hier ihr Ende gefunden hatten. Ein kalter Schauer lief mir über den Rücken und ich verließ das Haus, ohne mich noch einmal umzudrehen. Ich wurde in dieses Häuschen gebracht, in dem ich den Rest meines Lebens verbringen sollte. Als ich eintrat, sah ich, dass einige Möbel aus meinem Elternhaus hergebracht worden waren und auch die Küche das Nötigste an Geschirr und Kochutensilien enthielt.

Der Bürgermeister ermahnte mich, nein besser gesagt, drohte mir geradezu, niemals nur ein Sterbenswort über die ganze Angelegenheit zu verlieren, sonst würde er mich persönlich „zur Vernunft bringen", wie er sich ausdrückte. Ich könnte hier ein friedliches, freies Leben führen, nur sollte ich mich vom Dorf und den Bewohnern fernhalten. Die Anwesenheit einer Mörderin war nicht gewünscht und ich hätte es nur ihm zu verdanken, dass ich nicht in einer feuchten Gefängniszelle verrotten würde. Ich sollte es mir nicht im Traum einfallen lassen, seine Anordnungen zu missachten, denn nicht nur mein Leben, sondern der Ruf und das Ansehen des ganzen Dorfes hingen davon ab. Ich verstand dies erst etwas später. Es ging nicht um den Ruf oder das Ansehen des Dorfes, sondern um das Leben aller. Der Bürgermeister und die Bewohner des Dorfes hatten nicht nur die Morde an Pater Braun und Christos vertuscht, sondern auch meine Taten. Dafür haben sie sich bereichert. Die Papiere, die ich unterzeichnet hatte, bestätigten den Verzicht auf mein Erbe sowie die Überschreibung sämtlicher Güter an den Bürgermeister. Er verteilte einen großen Teil des Geldes sowie das Mobiliar unter den Einwohnern. Er selbst behielt sich das größte Stück des Kuchens: sämtliche Ländereien, das Gestüt, die Aktien und natürlich auch eine nicht unbeträchtliche Summe des Geldes.

Anfangs schien diese „Lösung" die Beste zu sein und alle waren mit ihrem neuen Reichtum zufrieden. Mit übertriebener Höflichkeit, Freundlichkeit und Zurückhaltung versuchten sie über die Geschehnisse Gras wachsen zu lassen und wieder zu einem normalen Alltag zurückzufinden. Aber Gier und Angst können den Charakter eines Menschen schnell ändern. Sie konnten ihr Geld nicht genießen, zu viel Blut klebte daran. Das schlechte Gewissen sowie die Furcht, entdeckt und verhaftet zu werden, nagten hartnäckig in ihren Seelen. Sie wurden unzufrieden, misstrauisch und verschlossen. Sie begannen sich gegenseitig zu bespitzeln und sich gegen Nachbarn, Freunde, ja sogar gegenüber Verwandten und natürlich oder vor allem auch gegen Fremde abzuschotten. Obwohl viele von ihnen heute nicht mehr leben, hat sich der Geist des Bösen auf deren Kinder und Enkel übertragen und dies wird so weitergehen, bis ich sterbe. Ich habe mich an das Versprechen, dass ich dem Bürgermeister gegeben hatte, gehalten. Ich habe das Dorf gemieden und auch sonst mit niemandem gesprochen. Ich ließ den Dingen seinen Lauf. Allerdings habe ich mir auch selbst ein Versprechen abgenommen und dafür – und nur dafür – lebe ich noch. Seit dem Tag meiner Ankunft in diesem

Haus suche ich die Stätten der Verbrechen auf, um den Bewohnern des Dorfes mit meiner Anwesenheit in der kleinen Kapelle sowie am Steg immer wieder, Jahr für Jahr, Tag für Tag, jede Minute ihres Lebens ihre Kaltblütigkeit, Geldgier und Verderbtheit vor Augen zu führen. Sie sollten genauso leiden wie ich und keine Sekunde Freude an ihrem Blutlohn haben. Ich habe Christos nicht nur mit dem Tod meines Vaters gerächt, sondern mich mit meiner permanenten schweigenden Anwesenheit in ihre Körper und Gehirne geschlichen, wie ein Wurm, der sich langsam, aber unaufhaltsam durch ihre Gedärme und Eingeweide frisst, bis sie zu lebenden Toten verkommen und ihnen ihr jämmerliches Dasein faulig aufstößt. Ich bin der pure Hass und versprühe mein tödliches Gift erbarmungslos über diese Kreaturen. Verrecken sollen sie alle und ewig in der Hölle schmoren.

Rosalinds Gesicht verzog sich zu einer furchterregenden Fratze, während ein teuflisches Lachen ihren zarten Körper schüttelte.

Sprachlos starrte ich Rosalind an. Ihr gellendes Gelächter ließ mich erschaudern. Ich erhob mich vorsichtig und ging langsam zur Tür.

Rosalind hatte aufgehört zu lachen, erhob sich ebenfalls und warf sich ihren schwarzen Kapuzenmantel um. Sie folgte mir zum Eingang.

„Es ist Zeit für meinen Rundgang", sagte sie nur knapp, wobei ihre Augen diabolisch funkelten. Sie schritt durch die Tür und ließ mich ohne ein weiteres Wort stehen. Ich sah ihr noch eine Weile nach, wie sie langsam über den Strand lief.

Ich brauchte noch ein paar Minuten, um meine Fassung wiederzuerlangen, und schüttelte mich, als ob ich das eben Erlebte damit loswerden könnte. Diese kleine, zarte, bemitleidenswerte Person hatte sich in Minutenschnelle in eine boshafte, unberechenbare Wahnsinnige verwandelt.

Ich lief zu meinem Wagen, schleuderte die Handtasche auf den Beifahrersitz und startete den Motor. Ich wollte so schnell wie möglich weg von diesen verrückten Leuten, diesem verfluchten Ort.

Es war Zeit, heimzukehren.

Epilog

Ich schloss die Tür zu meiner neuen Wohnung auf und fühlte mich das erste Mal so richtig wohl. Lächelnd betrachtete ich die Umzugskartons und fuhr mit den Fingern über die wenigen Möbel, die ich bereits gekauft hatte. Ich öffnete eine der Kisten und angelte eine kleine Porzellanfigur heraus. Eines meiner Lieblingsstücke, die ich allerdings in Marks Haus nie aufstellen durfte. Ich stellte sie auf die Anrichte und nickte zufrieden. Ich würde mir nie wieder etwas verbieten lassen. Nie wieder. Ich ließ mich auf das überdimensionale Sofa fallen und legte den Kopf zurück.

„Was für eine verrückte Woche", dachte ich und atmete tief durch. Es kam mir vor, als wäre ich eine Ewigkeit weg gewesen, in einer anderen Zeit, in einem anderen Leben, als hätte ich eine Wiedergeburt erlebt. Während der Heimfahrt dachte ich noch lange über diesen komischen Ort, die traurige Geschichte von Rosalind und vor allem über sie selbst nach. Diese kleine, zierliche, alte Person, die mir beinahe unwirklich vorkam.

Egal, jetzt wollte ich nichts mehr davon wissen. Nicht mehr daran denken; nicht an diese Woche, nicht an die Monate zuvor und schon gar nicht mehr an Mark. Obwohl nur eine Woche dazwischenlag, konnte ich mir kaum noch vorstellen, warum ich vorher so traurig war und einem Leben nachtrauerte, das mich im Grunde nur unglücklich machte. Nein, ich bereute es nicht, mich von ihm getrennt zu haben, so wie er es mir prophezeit hatte. Im Gegenteil. Endlich war ich heimgekehrt. Zu mir.

Das Leben lag vor mir, ich musste nur die Arme öffnen und es empfangen. Mich hineinstürzen in die vielen Abenteuer, welche es für mich noch bereithalten sollte.

„Ich komme!", sagte ich laut und lachte.

novum VERLAG FÜR NEUAUTOREN

Bewerten Sie dieses Buch auf unserer Homepage!

www.novumpro.com

Die Autorin

Claudia Roth-Silberberger, geboren 1967 in Wien, arbeitete als Marketingdirektionsassistentin, bevor sie 1997 in die Schweiz zog. Nach diversen Weiterbildungen hatte sie Führungspositionen im Marketing und Verkauf inne. Heute ist sie selbstständige Consulterin im medizinisch-technischen Bereich.

novum VERLAG FÜR NEUAUTOREN

Der Verlag

„Semper Reformandum", der unaufhörliche Zwang sich zu erneuern begleitet die novum publishing gmbh seit Gründung im Jahr 1997. Der Name steht für etwas Einzigartiges, bisher noch nie da Gewesenes.
Im abwechslungsreichen Verlagsprogramm finden sich Bücher, die alle Mitarbeiter des Verlages sowie den Verleger persönlich begeistern, ein breites Spektrum der aktuellen Literaturszene abbilden und in den Ländern Deutschland, Österreich und der Schweiz publiziert werden.
Dabei konzentriert sich der mehrfach prämierte Verlag speziell auf die Gruppe der Erstautoren und gilt als Entdecker und Förderer literarischer Neulinge.
Neue Manuskripte sind jederzeit herzlich willkommen!

novum publishing gmbh
Rathausgasse 73 · A-7311 Neckenmarkt
Tel: +43 2610 431 11 · Fax: +43 2610 431 11 28
Internet: office@novumpro.com · www.novumpro.com

AUSTRIA · GERMANY · HUNGARY · SPAIN · SWITZERLAND